Nadia Busato

Factory Girl

SOCIETÀ EDITRICE MILANESE

Factory Girl
di Nadia Busato

ISBN 978-88-93-90428-5

Questo libro è dedicato alla memoria
di Chiara Fumai (1978-2017),
la donna e la mistica, la femminista
e la studiosa, l'artista e il suo corpo.

Warhol rifletteva il sogno americano, ma la cosa fenomenale in lui è che rappresentava anche il disastro americano, sogni e disastro.

ULTRA VIOLET, *The Ultra Violet Interview*

Le mie pretese sono in realtà umilissime. Affermo soltanto di aver influenzato un branco di cretine – gli stupidi slogan, gli scritti vacui e lo stile di vita incasinato di donne vuote, inconsapevoli con zero talento, donne incapaci di una singola idea valida e originale, donne convinte che, se non sono Valerie Solanas, non sono niente.

VALERIE SOLANAS, lettera in *Majority Report 7*

I

Considerate un anno tipo della vostra vita, di qualunque vita conosciate. Dividete le ore di sonno da quelle di veglia. Non importa se siete tra quelle persone che si vantano di dormire poco. Se anche lo siete, significa che le ore che vi occorrono durante la giornata per abbassare il vostro consumo di energia pareggiano quelle in cui non dormite. Mi spiace, ma è proprio così. Quindi, ragioniamo per categorie generali. Prendete le ore di ogni giorno e dividetele tra sonno e veglia. Più o meno, un terzo della vostra vita se ne va in oblio fisiologico.

Considerate poi le ore che passate a occuparvi del cibo che mangiate: fare la spesa, cucinare, masticare, digerire; ma anche, se siete fortunati o molto viziati, decidere in che ristorante andare al prossimo pasto, mettersi in auto, guidare, arrivare, sedersi, ordinare, quindi aspettare e, infine, masticare e digerire, per poi rimettersi in viaggio e percorrere il tragitto in senso opposto. Aggiungete che nella vita di ciascuno di voi, a parte la caffeina, non esiste alcuna sostanza che vi tenga un po' su, che vi dia energia e che spalmi i suoi benefici eccitanti lungo tutte le vostre ore di veglia attiva; da più di due secoli, ormai, in ogni angolo del pianeta siamo tutti così assuefatti al caffè che il suo effetto stimolante rappresenta il livello minimo necessario per la sopravvivenza nel mondo contemporaneo. Sopravvivere in una metropoli senza caffè: questa sarebbe un'impresa davvero sensazionale!

Ma non perdiamo il conto proprio adesso.

Dicevamo: il ritmo a cui si vive. Su quello ci si gioca tutto, ovviamente. Una persona qualunque, con i suoi limiti da persona qualunque, e con il solo aiuto di sostanze legali, è possibile che resti in vita come lo restano quelli che per descrivere se stessi usano aggettivi riassumibili sotto un'unica, enorme categoria: normali. La normalità è la diretta emanazione della norma, che altro non è che l'abitudine, ossia la pratica di tenersi su con piccoli vizi regolarmente tassati, comprati al bar sotto casa, o nel negozio dietro l'angolo, con concentrazioni diverse di eccitanti naturali, familiari per gusto, consistenza, origine. Caffè, alcol, nicotina, vitamine, integratori, gocce, sciroppi, zuccheri, drink arricchiti, cibi potenziati, barrette bilanciate, qualche pillola per dormire, qualche altra per stare un po' più svegli: sono tutte cose che chiunque può utilizzare stando attento a non esagerare, per non stare troppo male, per non uscire da uno stato di ordinario benessere produttivo.

Considerate la vostra vita tipo: a quale età avete cominciato a inserire queste piccole droghe legali nelle vostre giornate? I primi mix sperimentali in età giovanile, poi alcuni episodi in cui ricordate di aver passato il segno, la prima fase della maturità in cui vi siete vantati di saper evitare l'assuefazione grazie a un addestramento che vi permetteva di avere tutto sotto controllo, l'età adulta con i primi cedimenti psicofisici e diversi momenti di malfunzionamento. Non è il crollo a spaventarvi, ma l'idea di non essere più performanti, di non tenere il ritmo, di diventare inutili. Il vostro contrario di normalità non è *sballo,* bensì *finito, vecchio, sostituibile*.

E se in questa esistenza qualcuno, apparentemente normale, si presentasse da voi con un bel sorriso luccicante e una pelle fresca e polposa per dirvi che si può osare un pochino di più senza conseguenze, se non uno stato di euforia inaspettato e, come effetto collaterale, un fisico tonico e scattante, un'energia incontenibile, un cervello che gira al triplo della velocità, senza più pensieri bui, senza dolore fisico, senza controindicazioni? Se una pubblicità vi dicesse che la soluzione esiste, ha un costo contenuto e non vi fa scavalcare il confine che protegge la società dall'anarchia?

È importante: bisogna che sappiate di cosa sto parlando. Perché quelli erano anni così. Sfogliando una rivista di moda, capitava di fermarsi a osservare l'illustrazione a tutta pagina di una bella signora con un lungo collo e un'età indefinibile, di certo felicemente sposata e altamente fotogenica, che suggeriva ad altre donne che si sentivano come lei – ma solo nelle loro aspirazioni, nei loro sogni segreti – di prendere una pillola al giorno. E poco oltre, accendendo la radio, una calda voce femminile – forse la stessa signora dal collo di cigno e dai boccoli lucidi e cromati – consigliava alle mamme di condividere la medesima cura di bellezza e salute psicofisica con figlie adolescenti già troppo sovrappeso per poter ambire a incastrare un buon partito. Camminando poi per strada, tra una commissione e l'altra, non era raro imbattersi in un cartellone che reclamizzava pastiglie miracolose, capaci di guarire ogni tipo di malanno, dalla febbre al mal di gola, dalla rinite allergica all'insonnia: ottime per i mariti, ma consigliate per tutta la famiglia.

Quelli di cui parlo – e voglio parlarvi – sono gli anni in cui solo da poco la morfina non era più una caramella, la cocaina non si poteva più acquistare come ingrediente miracoloso di uno sciroppo o una tavoletta masticabile al gusto di arancia, e ci voleva un esercito di medici conniventi per fare dell'amfetamina la sostanza miracolosa che avrebbe reso tutte le donne d'America snelle e sorridenti, proprio come nelle pubblicità.

La droga non è sempre stata droga. E la normalità non esiste, è solo un caleidoscopio di abitudini in cui, se non siamo lucidi e attenti, finiamo per sentirci a casa e al sicuro.

Una storia emblematica, tanto per farvi un esempio. Un secolo esatto prima dell'epoca in cui vi sto trascinando, il dottor John Pemberton inventò una dissetante bevanda gassata a base di cocaina con l'obiettivo innanzitutto di disintossicare se stesso dalla morfina. La chiamò *French Wine Coca,* copiando spudoratamente un amatissimo intruglio del Vecchio Continente, quello da cui arrivavo anch'io, chiamato *Vin Mariani,* con cui si diceva si curassero anche la Regina Vittoria, Thomas Edison e tre non meglio identificati pontefici. La ricetta prevedeva vino rosso di Bordeaux miscelato con mezzo grano di cocaina, e il farmacista parigino Angelo Mariani raccomandava di assumerne al massimo tre bicchieri al giorno. Pemberton, che la voleva rendere adatta al Nuovo Mondo – perciò dissetante, capace di creare immediata dipendenza e senza limiti di consumo – aggiunse gas (che lui chiamava *aria fissa* e otteneva miscelando gesso polverizzato e acido solforico), zucchero e, soprattutto, noci di cola: un frutto che i lavoratori africani masticavano, ricco di metilxantine come la caffeina e la teobromina, capaci di dare energia togliendo al contempo l'appetito. Se la tua vita tipo è quella di uno schiavo, puoi vivere solo con l'aiuto delle metilxantine; e non è una scelta. Ma della schiavitù, reale e percepita, parleremo più avanti. Qui stiamo ancora parlando della normalità, che è un punto davvero, davvero importante.

Quindi, continuiamo a considerare la vita tipo che facevano i figli di famiglie come quella da cui sono scappata io, di corsa, a nuoto, ad alta quota, a perdifiato, scommettendo tutto ciò che avevo di me stessa, che a conti fatti era tutta me stessa e tutte le me stesse che mi sono creata per non lasciare tracce. E ricalcoliamo una stima del tempo che serviva per vivere, perché devo dirvi cosa è successo a me quando sono arrivata a New York, quando lì è iniziata la seconda metà della mia vita e poi la terza; finché, infine, ci sono morta.

Ho bisogno di dirvi, e voi dovete proprio capire, che, semplicemente, era una questione di sopravvivenza. Ho bisogno che conosciate la ragazza che sono stata e la donna che sono diventata sopravvivendo a tutte quelle vite. Ho davvero bisogno che mi teniate per mano perché io non avevo settantotto anni quando il cancro mi ha chiuso gli occhi, ne avevo molti di più. Io non volevo soltanto vivere, volevo sperimentare una vita oltre la vita, una fusione totale con l'essenza più autentica, più fondante dell'esistenza: l'arte. Arte e vita erano le due dimensioni in cui desideravo più di ogni altra cosa esistere. E ogni altra cosa era per me, e per tutti quelli come me – che per anni ho considerato una vera famiglia, di cui ero radice e ramo insieme, erede e capostipite, madre adorata e figlia favorita –, così repellente che, se non fossimo approdati tutti in quel porto che era l'East Village agli inizi degli anni Sessanta, avremmo cercato un albero contro cui schiantarci, una scogliera da cui lanciarci, un fuoco in cui ardere e un modo luminescente per svanire dal mondo dei cosiddetti normali.

Noi eravamo noi e noi soltanto: una nuova genesi, l'origine di una stirpe, la generazione di una discendenza. Dietro di noi lasciavamo bambini distrutti, corpi abusati, coscienze plagiate, talenti repressi, giovani uomini e donne sequestrati nelle camerette, nelle aule di scuola, nelle facoltà universitarie che, come un tunnel, ci avrebbero condotto a ruoli e professioni predeterminate, ricattati con debiti e con scenari di futuro a cui potevamo soltanto adattarci, come acqua in un contenitore a chiusura ermetica. Dentro di noi, invece, custodivamo segreti indicibili e usavamo parole sbagliate per descrivere il mondo: chiamavamo amore la violenza, affetto la commiserazione. E mentivamo, mentivamo, mentivamo contro qualsiasi cosa: davanti allo specchio, dietro a un telefono, sotto le lenzuola.

Eravamo in frantumi quando siamo approdati a New York. Come topi e scarafaggi, abbiamo risalito in branco le tubature dalle fogne su per i cessi, ci siamo riversati nelle metropolitane e nelle strade in cerca di un posto dove trovare i nostri simili e colonizzare lo spazio pubblico. L'East Village è diventato il nostro covo e il luogo in cui abbiamo fatto un patto: non avremmo speso un minuto in più a cercare di rimetterci in sesto, ma avremmo fatto in modo di precipitarci alla massima velocità contro il mondo perché finisse in frantumi anche lui. Solo allora, dopo che tutto sarebbe esploso, immaginavamo, saremmo stati noi quelli *normali*.

Ecco perché abbiamo messo su la nostra *fabbrica*, dove la catena di montaggio non creava prodotti ma smantellava il mondo così come l'avevamo conosciuto, sabotava gli strumenti che l'avevano costruito, scandalizzava le persone che lo popolavano. Questo terremoto, lo sapevamo, avrebbe travolto anche parti di noi stessi, ma ciò che non avevamo previsto è che quelle parti di noi che volevamo annientare e dimenticare non potevano essere distrutte senza conseguenze. Arte, sesso, droghe, fotografia, musica, cinema erano tutti ingranaggi che facevamo vorticosamente roteare per schiacciare il mondo, dentro e intorno a noi.

Allora, quante sono le vostre ore di vita ogni giorno? La mia famiglia newyorkese non mangiava, non dormiva, non si riposava e, quando era sveglia, ingoiava tutto quello che c'era a tiro: amfetamina, LSD, speed preparato in casa, metedrina, Obetrol, Desoxyn, cocaina, eroina e Placidyl. Bocche aperte, braccia tese, natiche esposte, dita allargate, vene pulsanti: in quei giovani corpi, si è compiuto un esperimento mai più ripetuto di resistenza e di moltiplicazione della vitalità oltre ogni limite. Ogni nostra ora equivaleva ad almeno cinque di veglia di ogni qualunque essere umano a cui, da Max's, era consentito ordinare solo ciò che veniva servito nella prima sala, mentre non gli era permesso, in alcun modo, mettere piede nella stanza sul retro.

Eccomi qui: io sono una di quelle persone fortunate che sono riuscite a non morire, ma non ho potuto evitare il giorno della resa dei conti, quando per poter nuovamente sopravvivere – senza parlare del mantenimento di un sano equilibrio fisico e mentale – ho dovuto abbandonare i miei vizi.

Sono morta con un'età anagrafica e un'età storica. La prima è quella che leggete su qualsiasi articolo abbia annunciato la fine della mia lotta con il tumore che mi ha consumata silenziosamente e che, con un ultimo atto misericordioso, ha vinto. Ma l'altra età, quella storica, ha superato il secolo ed è tutta concentrata in quei pochi anni dilatati da un terremoto che destabilizzarono dalle fondamenta l'America del dopoguerra e ne imposero la potenza con una veemenza nuova, paragonabile solo a uno stormo di bombe all'idrogeno o a una cintura di fuoco in piena eruzione. Una rivoluzione universale che aveva al suo centro un sole di mezzanotte, un sole nero, con un corpo freddo, un animo di plastica, un nome slovacco di cui si è vergognato fino alla morte e un amuleto ruteno cucito dentro una piccola tasca segreta con cui pregava, ogni giorno, di poter essere chiunque altro tranne se stesso: Andy Warhol.

II

A conti fatti, ce ne andiamo tutti prima del tempo. Io che sono ancora qui posso dire solo una cosa: è certamente peggio per quelli che rimangono.

Uno dopo l'altro, quelli che hanno condiviso parte della vita insieme a te sono scomparsi e ti hanno lasciato al loro posto una pila disordinata di ricordi da catalogare. Il passato diventa più pesante del futuro e sei da sola a difendere la verità di ciò che è stato, con tutto il bene e tutto il male che inevitabilmente si sono intrecciati. Le cose insignificanti, lette a posteriori, ti sembrano rivelazioni a cui avresti dovuto prestare più attenzione. Mentre ciò che è già diventato storia ti suona riduttivo, semplice, morto.

In Oriente, i grandi imperatori capaci di soggiogare interi continenti, all'avvicinarsi della morte, imponevano che i loro soldati più fedeli venissero sepolti vivi insieme a loro. Le anime, intrappolate nei corpi murati ancora in vita, avrebbero vigilato in eterno perché le vestigia dell'imperatore, i suoi tesori più preziosi e la sua casa eterna non fossero profanati. Non erano lì come custodi silenti, ma come portatori di maledizione e di morte anzitempo per chiunque avesse osato violare il tempio del potere. Non si limitavano ad agitare catene o emettere ambigui frastuoni; all'inizio sottraevano il sonno, poi la serenità e, gradualmente, la vita agli usurpatori, ai miscredenti, agli scettici e ai ladri.

A un certo punto, murata viva dentro l'alter ego di Ultra Violet, sul quale ho costruito la mia immagine pubblica prima a New York e in seguito nei pettegolezzi del provinciale mondo dell'arte contemporanea, ho dovuto scegliere se rimanere al mio posto come spirito custode o ribellarmi, sfondare il muro e disertare la memoria dell'imperatore.

Andy Warhol voleva essere riconosciuto in vita e diventare il più famoso tra i morti. Tutto il suo talento e la sua intelligenza, tutto il suo autocontrollo e la sua determinazione sono stati indirizzati a essere celebre finché esisterà la celebrità. Un concetto, questo, che lui ha ricreato e cesellato con una miriade di sfumature rimaste immortali: ci sono quindici minuti di notorietà per tutti, anche per te; la tua arte coincide con la tua vita; colleziona oggetti e ritagli di giornale; stai nella situazione giusta perché è eccitante; se non sei nella situazione giusta è come se fossi già morto; essere la situazione è il tuo obiettivo; aspira all'eternità della plastica; "Vivi in fretta, muori giovane, fai in modo che il tuo cadavere abbia ancora un bell'aspetto": ripeti questa frase attribuita a James Dean come un mantra, a te stesso e agli altri; non hai bisogno di conoscere l'arte se sei tu a farla; sii un'icona ed esponiti sempre al meglio sotto le luci, in modo da apparire abbagliante e inestimabile; vivi senza perdere tempo a sopravvivere; diventa una Marilyn Monroe maschio, una Maddalena pagana, un centro di una devozione mediatica; sii lo specchio in cui osservare te stesso.

Seduta tra le duemilacinquecento persone nella cattedrale di St. Patrick durante la funzione commemorativa per la sua morte, penso che se venticinque anni prima avessi fatto scelte diverse, anche all'apparenza insignificanti (attardarmi a una cena, non rispondere a una telefonata, scegliere un vestito diverso, ordinare un altro drink, restare a letto), se le cose non fossero andate esattamente come sono andate, in qualsiasi altra vita lui sarebbe stato il mio nemico.

La fama di Andy Warhol è cresciuta in modo costante dagli inizi degli anni Sessanta fino alla sua morte, avvenuta il 22 febbraio 1987 all'età di cinquantotto anni. Molto più di quei quindici minuti di gloria mediatica che predicava come diritto universale, lui è stato famoso per quasi trent'anni.

Non era solo un artista di cui era riconosciuto il valore, le cui opere acquisivano quotazioni sempre maggiori, il cui talento era altamente stimato per la sua capacità di creare stupore e scandalo, così come per l'abilità di ricreare l'arte donandole parametri ed estetica nuovi; era anche una forza sociale dirompente.

Ha cambiato il modo in cui l'Occidente atlantico considera l'arte, considera il mondo; ed è riuscito probabilmente a cambiare anche il modo in cui consideriamo noi stessi.

Questa è la lettera che gli scrivo ora, sapendo che non può più rispondermi. Lo so che le lettere sono fatte per viaggiare tra un momento presente e un altro. E so anche che nessuna lettera riesce a esprimere pienamente quello che vogliamo dire e che, per quanto il tuo animo sia colmo di sentimento e la tua mente di conoscenza, le parole che scegli con cura non basteranno a fare in modo che l'altro ti capisca. Andy era alienato anche quando era presente, perciò scrivergli ora che è morto non fa alcuna differenza, casomai qualcuno se lo chiedesse.

Non gli dirò che mi manca; questa non è una confessione nostalgica. Era e rimane per me un uomo nell'ombra, nascosto da tutto ciò di cui si circondava: i collaboratori, a cui delegava ogni cosa, dalle incombenze alle interviste, e da cui si faceva perfino sostituire nelle conferenze; i suoi accessori, iniziando dalle celebri parrucche che fissava saldamente alla nuca con un gancio innestato nel cranio; ma soprattutto la sua opera.

Ancora oggi, riguardo quello che ha creato e ciò che vedo non smette di riempirmi di meraviglia. Non parlo solo delle illustrazioni, dei dipinti, delle stampe, delle serigrafie e di tutta la galassia di tecniche usate per creare immagini iconiche e indimenticabili. Warhol ha incarnato un'idea di arte e di artista con una forza gravitazionale unica, che ha inghiottito ogni altra forma nel suo buco nero, sconvolgendo la galassia atlantica del collezionismo e del divismo, sconfinando nella musica e nel cinema, entrando in rotta di collisione con la letteratura e i media. Ripensando a quegli anni, mentre la distanza nello spazio e nel tempo mi consente il lusso di mettere a fuoco, non riesco a considerare né bene né male ciò che è stato. E neppure è possibile attribuire tutta quella rivoluzione a un puro atto di volontà consapevole; o a un talento sovrumano; o perfino a un'ossessione per il controllo sulle cose della vita e su quelle successive alla morte come quella esercitata da Warhol.

Ho in mente da molto di scrivere queste righe e, colpevolmente, ho lasciato passare i giorni credendo di avere ancora abbastanza tempo. Ma oggi che dalla radio, dalla televisione e dai giornali viene dato l'annuncio della morte di Callie Angell[1], l'ennesima amica che non è sopravvissuta, mi rendo conto che il tempo che mi rimane è una variante troppo labile per farci affidamento. Ho incontrato Callie nella terza metà della mia vita, dopo che il meteorite della Factory aveva già scosso l'America, sparso detriti e causato diversi morti. Solo la sua intelligenza e il suo entusiasmo potevano spingerla a guardare i chilometri di pellicola sgorgati dalla camera fissa che Andy e Paul tenevano puntata su quell'esercito di derelitti che era Midtown in quegli anni. Soltanto il suo immenso amore per il cinema era in grado di rinvenire, dentro quella sequenza disordinata di *footage* e *screen test,* una forma di poetica ascrivibile ad altre correnti, ben più strutturate e sensate, del cinema negli anni della Guerra Fredda.

La notizia della morte di Callie mi lascia in uno stato di prostrazione per giorni. Con grande dolore, sono sopravvissuta anche a lei: la notizia della sua malattia e poi del suo suicidio mi ha lacerata. Callie ha sublimato il suo amore per il cinema nell'accumulo compulsivo di materiali audiovideo di Andy, trovando in quel caos l'origine di linguaggi moderni e, ancora prima, un pezzo imprescindibile della poetica di Warhol. È stata anche l'unica persona a cui ho potuto raccontare un segreto nero e buio, qualcosa che non trova posto nella leggenda della Factory e dello sciamano del pop: un atto di violenza inimmaginabile per chiunque, ma per me – e credo per tutti coloro che come me hanno creduto in quello che c'è stato – insopportabile. Tanto più che è stato compiuto verso la creatura più fragile che abbia mai messo piede nel nostro tempio, ossia Edie Sedgwick, l'esile e frammentata ragazza che ci ha guidato come una cometa, per poi spegnersi ed essere brutalmente dimenticata.

Non solo Callie mi ha ascoltata mentre confessavo il mio peccato e raccontavo l'indicibile. Nonostante l'amore che provava per Andy e per il suo anti-cinema, ha cercato le prove di quello che le descrivevo, ha tentato di recuperarne i resti e mi ha creduto, sebbene tutto sia stato distrutto e ogni testimone sia ormai sepolto insieme al suo peccato.

Come i protagonisti di quel tempo lasciano uno dopo l'altro questa terra, così anche la loro memoria – già confusa e frammentata – svanisce. E a ciò che è stato vivo, complesso, contraddittorio, sopravvive una narrazione enervata, lineare, semplice. Proviamo nostalgia per il passato proprio perché non ci è possibile riviverlo interamente, né ricordarlo con accuratezza. È simile a quel che sentiamo per il futuro, dove l'intricato intreccio delle nostre angosce magicamente si dipanerà. Coltiviamo la speranza nella distanza siderale tra i ricordi e le aspettative. Nel nostro cuore, è un sentimento puro, gioioso, rassicurante, che ci conforta dalle assurdità del tempo presente, l'unico che possiamo davvero vivere.

Ma nemmeno i ricordi più limpidi sono immuni dalla presenza di ombre. Alla radice dell'umano, c'è il nodo inestricabile della coesistenza di assoluti contrari: quello che abbiamo costruito insieme è fondato sul terrore che ognuno di noi ha del limite. Il decadimento, la malattia, la morte, ovvio; ma anche solo il fatto di avere un corpo ci costringe in ogni momento a compiere scelte assolute, come imboccare un sentiero, salire o non salire su un aereo, entrare o restare fuori da una stanza. Ognuna di queste decisioni apre o chiude una sequenza di vita, ci espone all'errore e all'incertezza, cambia il corso di molteplici esistenze. Tutti percepiamo chiaramente la vertigine dell'assoluto, dell'infinito, dell'eterno.

La morte di Callie agita i miei sonni mentre scrivo queste pagine poiché i miei occhi hanno visto ciò che in pochi hanno potuto vedere. Perché le ho raccontato con sgomento ciò a cui avevo assistito e che mai ho dimenticato. Se valga la pena raccontarlo oggi, a distanza di oltre mezzo secolo, è una domanda a cui non so dare risposta, e nemmeno voglio farlo. Non è questione di bene o male, di giusto o ingiusto. Il punto è che una storia costruita con l'eliminazione di ogni versione alternativa, con l'epurazione di testimonianze ritenute scomode, una narrazione sterilizzata per diventare una mitologia monetizzabile tradisce molto più dei suoi protagonisti.

Ogni leggenda di successo con al centro un uomo solo e il suo talento è una sciocchezza. Va bene per qualche frasetta motivazionale, per qualche slogan di incoraggiamento, per una scritta sul muro fatta col pennarello. Questo tempo che viviamo ne è scandalosamente pieno.

Del presente che ci accomuna, quello in cui abito con voi nella terza e ultima metà della mia vita mortale, detesto l'ottusa e angosciosa dipendenza da una speranza semplice, infantile, priva di consapevolezza e sterilizzata dalla potenza di calcolo. È un'età, questa, l'ultima in cui potrò esistere, per lo meno attraverso il mio corpo, fatta di orizzonti corti, di scopi a breve termine, ossessionata dall'epifania della logica, dalla spiegazione il più possibile semplice. La stupidità del nostro tempo consiste in una guerra vana alla contraddizione, al conflitto, all'imprevisto, all'irrilevante e all'ambiguo: ovunque mi volti, assisto all'estirpazione della complessità, al rifiuto della comprensione; e, naturalmente, all'esplosione impaziente di una rabbia che non ha nemmeno più il diritto di esprimersi.

Ma come si fa a dar guerra alla radice stessa dell'umano senza capire che non resterà alcun vincitore? Noi eravamo certamente ingenui, edonisti fino all'eccesso, insofferenti a ogni regola, spavaldi e dissoluti, ma non ci siamo mai illusi di poter semplificare il mondo o rimetterlo in ordine con la pretesa di avere ragione.

Mentre anche Callie mi lascia da sola a riflettere su quanto sopravvive di tutto ciò in cui hanno creduto persone come noi, decido che questi fogli bianchi sono l'unica opportunità che mi resta per raccontare quegli anni impazienti e tumultuosi attraverso ciò che non si può narrare dello spettro che più degli altri popola ancora oggi i miei sogni: quello di Edie Sedgwick.

Devo però avvisarvi prima che proseguiate nella lettura. Le pagine seguenti non sono la ricostruzione della vita di Edie, di cos'è stata prima di approdare alla Factory e dopo essere stata scomunicata dai suoi sacerdoti. Non è un resoconto scandaloso dei suoi amori o un registro dei suoi traguardi falliti. Non è nemmeno un ritratto esemplare di come una ragazza priva di riferimenti e di talento possa finire per essere completamente distrutta dalle droghe. Se volete ripercorrere la sua storia, potete cercare in qualche biblioteca o mercatino dell'usato l'inchiesta capolavoro che Jean Stein, con la collaborazione di George Plimpton, ha condotto tra il 1972 e il 1982, e che non a caso ha intitolato *Edie. Una biografia americana*. O potete recuperare, sempre con enorme pazienza e un pizzico di fortuna, qualcuno dei volumi quasi esclusivamente fotografici compilati dall'esercito di mestieranti dell'arte e della moda che sono passati dalla Factory e le hanno fatto qualche scatto. Non sono interessata a raccontarvi Edie per quello che è stata agli occhi degli uomini e delle loro macchine, fotocamere o cineprese che fossero. Se sto scrivendo questo libro, oggi, è proprio perché ho bisogno di evadere dal posto in cui l'artista Warhol ci ha "plasmate" e voglio uscirne insieme alle mie compagne di viaggio come delle persone e non più come oggetti creati per essere ammirati, danneggiati, distrutti, dimenticati.

Ora che quegli anni sono passati, che la leggenda è stata scritta sul sangue e ogni verità è stata sepolta sotto montagne di soldi, voglio liberare me stessa e le mie sodali. Voglio che ce ne andiamo da quel luogo, quel ventre metallico in cui il genio dell'artista ci ha inghiottite per generarci una seconda volta.

Non intendo restare intrappolata in questa finzione per l'eternità. Uscire dalla vita, come molte di loro hanno scelto di fare, non è bastato: hanno dato una fine certa alla loro infelicità, le hanno impedito di durare in eterno, ma sono rimaste senza voce. La loro ragione è sepolta insieme a loro, e io sola, ormai, posso raccontare le donne che sono state nel tempo che gli era concesso.

Voglio allontanarmi da quella fabbrica di icone per ricostruire un altro riflesso di quella storia e raccontarlo a chiunque sia disposto ad ascoltare.

È impossibile descrivere cos'è stato esattamente quel tempo e quel luogo; e sono perfettamente consapevole che qualunque cosa racconterò non potrà diminuirne il fascino. Non sono una strega, non conosco la magia che può annullare un incantesimo in cui ci sono troppe vite, troppi destini che si sono intersecati; troppi colori e gesti e significati e forme; troppi corpi e lingue e umori; troppo buio e oscurità e oblio; troppa libertà e disordine e perdizione.

Nessuna di noi avrebbe mai potuto affermare con certezza che quello a cui partecipavamo con tutte noi stesse era l'esperimento più estremo di controllo portato avanti da un individuo su poche persone; e di queste su tutte le altre. È vero: il tempo ha reso ormai inoffensivi il controllo, la manipolazione, il ricatto e la vendetta. Alla nostra età non conta più chi dovette inginocchiarsi e chi restò in piedi; chi poteva guardare e chi invece doveva solo divaricare bene le gambe. Tutto ciò che ha convertito il carisma in plagio non è più perseguibile. Eppure, per quello che è stato commesso in quegli anni e in quelle stanze solo noi ragazze non siamo mai state perdonate.

Questo è il motivo per cui devo disturbare i vivi chiamando a raccolta i morti, perché subire l'abuso e concedere il perdono non sono gesti equivalenti: anche se hanno luogo nello stesso spazio – nel nostro caso, sullo stesso divano – ci rendono antagonisti.

Quello che in vita fu amico, mentore e creatore, dopo la morte del corpo, affidato alla storia, si è trasformato in oppressore. Con questo atto, con le parole che scrivo, intendo esorcizzare la maledizione che ha scagliato su di noi perché non siamo rimaste come ancelle custodi del tempio in cui, per un tempo relativamente breve, siamo state le benvenute: in realtà, per poche primavere, fino al primo appassire della bellezza e del fascino, condannate dal manifestarsi della disperazione, della fragilità, e dai dolori del passato, tormentate dalle case che fuggendo avevamo abbandonato al fuoco e alla distruzione; perché non abbiamo accettato di essere murate vive, come sentinelle cariatidi devote a proteggere il passato; perché non abbiamo trasformato i nostri gemiti in un inno di lode; perché abbiamo imparato a odiare rabbiosamente, a spiegare le nostre ragioni, a condannare il tradimento, a cercare vendetta.

In questo poco tempo che mi rimane, sono pronta a disturbare i morti e a dare loro la parola, ben sapendo che dovrò pagarne le conseguenze.

Edie Sedgwick e Andy Warhol, che nel 1965 erano così inseparabili da venire considerati due metà del medesimo essere androgino – come nel mito platonico: così simbiotiche da non riuscire a sopravvivere se separate –, sono ormai morti entrambi. Lei si è tolta la vita nella notte tra il 15 e il 16 novembre 1971. Lui è morto nella solitudine della sua lussuosa camera d'ospedale il 22 febbraio del 1987.

Quelle che ora leggerete sono le pagine del diario di una delle poche sopravvissute al caos scatenato nel nostro mondo da quella pallida e bionda creatura con quattro braccia, quattro gambe, due volti retti da un solo collo, che pareva essersi generata direttamente dalle pagine del *Fedro* per sfidare l'olimpo delle celebrità con il suo animo eroico, insolente, arrogante e irriverente.

Sono sicura che troverete, tra questi miei ricordi intrecciati e talvolta apparentemente contraddittori, qualcosa che non vorrete leggere o che considererete irrispettoso. Ma per l'amore che ho portato a ognuno di loro e per la vita che mi hanno tolto, prego voi quanto prego lo spirito che tutti ci ardeva di perdonarmi se oso profanare la memoria dei morti per riportare in vita l'altra verità, quella che, dopo che anch'io me sarò andata, rischia di essere definitivamente cancellata.

Offendere i morti non è mai una buona idea, e neppure parlarne come se fossero assenti o ormai esclusi dalle conversazioni. È un peccato d'ingenuità, un passo falso che può avere conseguenze pericolose, poiché i morti, proprio come i vivi, non prendono bene le offese.

Una tale mancanza di rispetto è punita senza esitazione: le ombre, molto più delle droghe, confondono i pensieri e la coscienza dei sopravvissuti. Li illudono, alterano le loro certezze, rovesciano i loro punti di riferimento, tornano sotto mentite spoglie per brevi significativi attimi, proprio quando la scelta definitiva è tra salvarsi o perdersi.

Parlare dei morti è pericoloso quanto ignorarli: sono presenti tanto quanto i vivi e, proprio come loro, vogliono spiegare, discutere, spettegolare. Tutti tranne Andy Warhol, che ha lavorato così tanto sul suo spettro da rendere impossibile pensare a lui come a un morto.

Come si può rimpiangere qualcuno che non se n'è mai andato? A distanza di decenni, l'eco delle sue ossessioni si moltiplica in ogni aspetto del sogno americano, questo grande spettacolo in cui siamo ogni giorno più immersi, sempre più illusi di esserne i protagonisti, felici di accelerare la nostra trasformazione in macchine, in androidi, in robot, in avatar. Nell'oceano virtuale, finiamo per somigliare alle rane dell'esperimento, ingenue e apatiche, che piuttosto di prendere coscienza della trappola si lasciano bollire vive.

E così eravamo noi, da vive: rane convinte di aver lasciato lo stagno per l'oceano, finite invece a insaporire una zuppa che altri avrebbero mangiato. Se c'è qualcuno contro cui potevamo vendicarci, questo era proprio Andy Warhol, che ci aveva scelto e attirato in quello studio dalle pareti d'acciaio, pericolosamente somigliante a una pentola a pressione.

Per quanto lusinghieri siano gli aggettivi con cui lo si ricorda, a conti fatti non era che un uomo; un uomo solo, con l'arroganza di essere molti simboli insieme. Certo che per lui eravamo solo figurine in un album di ritagli di giornale e belle facce da copertina! Senza la nostra attiva partecipazione, la disponibilità dei nostri corpi e l'inevitabilità con cui accoglievamo ogni compromesso, allora tutta quella devastazione psicologica e sociale, le attività aberranti, il sesso pubblico, l'edonismo, i film in cui succedeva qualsiasi cosa e gli attori erano sconvolti dalla droga, senza di noi tutto questo non sarebbe diventato un fenomeno mediatico, una rivoluzione sociale o un argomento di pubblico interesse. Se ci fossero stati solo i ragazzi, più o meno belli, più o meno disposti a tutto, la Factory sarebbe stata soltanto l'ennesimo covo gay. Osceno, depravato, scandaloso, certo, ma nulla di così interessante.

Eravamo noi ragazze a fare la differenza. La fiamma ardente era la nostra disponibilità pornografica, il modo in cui manifestavamo entusiasmo per quelle prodezze e le mostravamo al mondo, dai professionisti ai giovani studenti, incoraggiandoli alla promiscuità, alla pansessualità, al disinteresse, alla droga.

Sebbene per me (e, mi sento di dire, per ognuna di noi, con livelli di consapevolezza differenti) l'immoralità sessuale non fosse che l'aspetto disperato della ricerca di sicurezza emotiva, devo riconoscere che ho fatto parte di un movimento che ha contribuito all'esplosione della pornografia hard-core, dell'abuso di droghe e della piaga dell'aids. Da qui a dire che ne siamo colpevoli, naturalmente, c'è un abisso. Ma il punto resta lo stesso: il fatto che noi ragazze fossimo della partita ha attirato l'interesse delle folle; e ha cambiato le regole del gioco.

Andy era cosciente di questo. Lo sapeva così bene che, quando creò i Velvet Underground imponendo loro la presenza di Nico, l'incasso era diviso esattamente in due: lei prendeva la metà, mentre il gruppo si spartiva il resto. Siete liberi di non credermi, e potete sfogliare i diari in cui Warhol o i suoi assistenti annotavano i pochi incassi, così miseri che i soldi finirono per diventare un problema insormontabile. Non era questione di arte. Ma sto precorrendo i tempi: Nico arrivò tardi, non fu colpa sua. Tutto era cominciato molto prima.

Non so da dove sia meglio iniziare, quindi chiudo gli occhi e scelgo dalla memoria un ricordo tra i tanti. È un giorno del 1964 e siamo seduti sul grande divano al centro della Factory, sfondato dai collassi, dalle orge e dalla ressa di aspiranti superstar che frequentano lo studio. La musica rock riempie l'aria a un volume per me quasi insopportabile; d'altronde, sono l'unica che non ha ingerito, sniffato, iniettato nulla nel suo corpo per alzarsi dal letto ed essere qui. Tutti gli altri hanno il battito cardiaco sintonizzato con la batteria e muovono il corpo secondo ritmiche ossessive, seguendo la ripetitività su cui sono costruiti i pezzi.

Ecco un altro tabù che Warhol ha distrutto: la ripetizione non solo è permessa, è *cool*. Si possono replicare perfino le opere d'arte, più o meno all'infinito. Andy non tiene un registro della sua produzione – anche perché, come ho già accennato, non è lui a realizzare materialmente le sue opere –, dunque molto presto i suoi collaboratori si sentono autorizzati a realizzare dei falsi Warhol, tirandone centinaia di copie. Lo scandalo riguarda i mercati oltreoceano, l'Italia soprattutto, ma Andy sembra interessarsene poco: i falsi sono solo uno degli effetti collaterali della fama.

Mi chiede cosa dovremmo fare.

Lui non dice mai "creare", ma "fare" le opere d'arte. Srotola una grande tela sul pavimento e ci sistema sopra una matrice serigrafica su cui è impresso uno sfondo con due enormi fiori. Per il più grande, in mio onore, sceglie un classico dalla palette Benjamin Moore: il Blue Viola 1424. Per l'altro, suggerisco io il colore complementare: arancione. Quando lo guardo, ancora oggi mi meraviglio di quello che vedo. Sono certa che sia bello: quei due fiori coloratissimi sembrano esplodere al di fuori della tela, sembrano capaci di tutto, anche di emettere un suono intenso, squillante.

Dopo che l'abbiamo realizzato, non riesco a ottenerlo in regalo in quanto co-autrice, se possiamo definire *creazione* quello che è appena successo. Insisto e ottengo di pagarlo duemila dollari, in due rate: Andy scarabocchia due ricevute e il quadro è mio.

Poco prima che lui morisse, il suo valore aveva già superato i duecentomila dollari e io avevo ormai un rapporto confidenziale con il mio assicuratore, al quale garantivo entrate cospicue.

La bellezza di quei due fiori mi è chiara istintivamente; ma se solo provo a capirla in modo razionale, ecco che, esattamente come il suo autore, diventa ambigua, sfuggente. Il punto non sta nel fatto che quei fiori Andy non li abbia mai visti, né che nulla di importante lo leghi a loro: dove li ha trovati, che fiori sono, perché li ha scelti, quando li ha trasposti su una matrice di enormi dimensioni. Conosco abbastanza l'arte contemporanea da sapere che l'uso della fotografia è una pratica comune da diversi decenni. I fiori sono fiori, senza dubbio, ma sono irriconoscibili. Sono tutti fiori, eppure sono inesistenti, palesemente artificiali, ogni loro legame con la realtà è perduto. Sono diventati eterni proprio perché sono prodotti in serie, artefatti al pari di oggetti in plastica, finti e dunque immortali.

Più fisso quel dipinto, più la mia mente riconosce un altro assunto di Warhol: l'inevitabilità della plastica, una situazione che trascende il surrealismo e nella quale la finzione è più reale della realtà. Nel passaggio dall'olimpo della pubblicità all'orgia della controcultura, ciò che credo abbia guidato

Andy come una mano invisibile è la sua irresistibile e ambivalente attrazione per la morte.

Quando l'ho incontrato per puro caso nel 1961, eravamo due sconosciuti seduti allo stesso bancone di un'anonima tavola calda fra l'ottantottesima e Madison.

«Per gli americani, la buona cucina è una chimera.»

Sono così indignata per il menu che sto leggendo da sentire il bisogno di condividere il mio disappunto con qualcuno, quindi cerco di fare conversazione con l'uomo alla mia sinistra.

«In Francia le persone sono ossessionate dal cibo, non pensano ad altro. Si vedono per mangiare e parlano di cosa hanno già mangiato o mangeranno in futuro, come cucineranno quella tal cosa o chi la preparerà per loro. La tavola è un supplizio a cui si è costretti per ore, con conversazioni amletiche sulle sfumature di una salsa.»

A un'occhiata più attenta il mio interlocutore rivela il suo aspetto bizzarro: i capelli chiarissimi, la pelle di un pallore spettrale, il viso infantile e solcato da lesioni epidermiche. Non è uno di molte parole.

«Cosa stai mangiando?»

«Zuppa di pollo.»

Osservo con disgusto il tramezzino al tonno che ho ordinato: il pane sembra di gomma e a malapena riesce a contenere l'eccesso di maionese.

«Che cosa fai per vivere?»

«Dipingo.»

«Anche io dipingo! Qual è il tuo stile? A cosa ti ispiri? Raccontami un po' di te.»

«Dipingo poco. Sto cercando idee.»

L'indignazione mi è passata; o meglio, questo commensale così introverso è riuscito a catturare completamente la mia attenzione.

«Perché non dipingi un barattolo di zuppa?» gli suggerisco, indicando uno scaffale alle spalle della cameriera su cui sono ordinatamente impilati una ventina di barattoli di zuppa Campbell's. Lo dico senza malizia, tanto per tener viva questa conversazione unilaterale. Ignoro che quello sconosciuto artista abbia già dipinto una latta di pesche Del Monte e stia per dedicarsi proprio ai barattoli di zuppa Campbell's, alle bottiglie di Coca-Cola, alle banconote e ai francobolli.

Ci rincontriamo due anni dopo, nel dicembre del 1963. Io e Salvador Dalí siamo una coppia affiatata da quasi due anni e adoriamo soggiornare al St. Regis quando siamo a New York insieme. Lì il maestro dispone addirittura di una stanza tutta sua, la 1610, che è per lui un atelier studio metropolitano e un caldo rifugio invernale. Stiamo bevendo il tè nel grande salone dell'albergo quando si avvicina un tipo di cui noto la carnagione d'argilla e il parrucchino sintetico tricolore: nero all'attaccatura, argentato sui ciuffi e bianco sulle punte. Il maestro ci presenta: io in qualità di contessa Isabeau de Bavière, nata Collin Dufresne, lui con il nome di Andy Warhol. Non lo riconosco subito; e mi servirà ancora del tempo per ricollegare il solitario degustatore di zuppa di pollo all'inappetente creativo divoratore di pastiglie. Fatto sta che mi propone di fare un film.

«Come sei bella, dovremmo proprio farti un film. Perché non ne facciamo uno insieme?»

«Quando?»

«Domani?»

Il giorno dopo sbarco dal ponte di testa della limousine di Dalí al fronte del porto della Factory, al 231 della quarantasettesima est. Indosso un meraviglioso abito di Chanel tessuto con fili d'oro, rosa e azzurro, i capelli annodati in un nastro di velluto nero, e sono pronta per diventare la diva che ho sempre sognato di essere. Provo a sedurre Warhol ottenendo un risultato quasi grottesco e mi adatto rapidamente a diventare parte della sua zuppa di aspiranti star. Siamo un branco di galline, e lui l'imprenditore che ci alleva e ci valuta per capire chi tra noi produrrà più uova d'oro.

Sono affascinata dalla sua ambivalenza: Andy osserva chiunque, soprattutto gli osservatori. È riuscito a rendere il voyeurismo, da sempre il peccato inconfessabile degli artisti, tremendamente *chic*: negli stessi anni in cui lui costruisce il suo successo, le gallerie rimpiazzano i *foyer*, gli *opening* diventano più mondani delle prime.

Lui però fugge l'adorazione e il ruolo di artista feticcio, preferendo sempre e comunque quello dello schivo osservatore. Non sopporta di essere toccato, non solo fisicamente: detesta entrare in contatto ravvicinato con qualsiasi causa, o anche solo con una convinzione o un'emozione.

Ai visitatori occasionali, ai frequentatori disincantati, estranei al mondo dell'arte e immuni all'incantesimo del divismo di Warhol, la Factory appare come una grande gabbia, dove animali più o meno esotici, riottosi, deboli si aggirano in attesa dell'unico nutrimento che li possa tenere vigili e attivi.

Perché siamo tutti lì, perché restiamo? Ognuno ha la sua risposta. La quantità di droga che si consuma continuamente alla Factory è certamente un comfort non indifferente. Così come, per moltissimi, la possibilità di avere un tetto sotto il quale poter dormire qualche ora, anche riversi su un pavimento lurido. Ma c'è di più, molto di più.

Quello era il rifugio di tanti che se l'erano passata malissimo e ora si davano coraggio esibendo le proprie cicatrici. Prendersi in giro, dare scandalo, essere sempre sopra le righe, avere un aspetto malsano, ridere degli insulti, mostrarsi distaccati e indifferenti erano tutte manifestazioni dello stesso coraggio: il coraggio che serviva per sopravvivere negli anni Sessanta se eri un artista, una *drag queen* o anche solo un giovane alla ricerca di modelli alternativi a quelli della buona società newyorkese.

Come in una sorta di paradosso spaziotemporale, nello stesso presente sono sovrapposte due città antitetiche: da un lato, la metropoli borghese, la capitale della finanza e dei media, delle *socialite*, come Jacqueline Bouvier, che imparano a memoria l'elenco degli scapoli d'oro residenti in città aggiornato con cadenza trimestrale; dall'altro lato, la città di cui la Factory è un compendio rappresentativo.

Times Square non è la zona più pericolosa di questa città, ma è certamente tra le più squallide. Il nostro centro per la raccolta di esemplari umani si integra perfettamente con le facciate di mattoni, i negozi delle occasioni, i banchi dei pegni e le rivendite di liquori. Perfino gli edicolanti qui hanno l'aria di chi è invischiato in qualcosa di vagamente illegale e comunque fallimentare. I tossici ciondolano lentamente avanti e indietro, fremono e si radunano in piccoli capannelli, oppure piagnucolano in disparte mentre attendono l'arrivo del loro uomo.

Dentro la Factory gli specchi sono tutti opachi, le finestre sono oscurate dall'alluminio, il bagno è pressoché inagibile perché sempre occupato, le superfici mandano riflessi indistinti di forme e colori. Warhol e il suo mondo vivono in una sorta di "irrealtà realistica" fatta di fotografie dei rotocalchi, articoli dei quotidiani, recensioni delle riviste: le cose esistono solo quando vengono registrate, fotografate e trascritte.

La maggior parte dei frequentatori della Factory è decisamente troppo debole per poter sopravvivere all'esterno di quella gabbia argentata. L'amore che ognuno di noi dimostra al suo creatore e carceriere è totale: soffriamo la sua indifferenza e temiamo la sua vendetta.

Quasi tutti fuggiamo dalle nostre famiglie – da quello che loro rappresentano, da quello che ci hanno fatto, dalle loro aspettative – e soprattutto dai nostri padri. Quando abbiamo trovato lui, lo abbiamo implorato di adottarci.

Prima che entrassi nell'orbita di Warhol, *pensavo di essere felice*.

Oggi so che non è la stessa cosa che *essere felice*.

In tutto questo, non abbiamo ancora parlato delle ragazze. Ognuna di noi ha un proprio aneddoto riguardo il suo incontro con Andy, ma per capire il motivo per cui contesti diversi ci hanno condotte al medesimo destino è sufficiente avere un minimo di dimestichezza con la semiotica. Qualche nozione di psicologia, inoltre, non guasta. L'invito a ricoprire il ruolo di protagonista, che ognuna di noi riceve, è a tutti gli effetti un invito all'adozione: per noi che fuggivamo da padri abusanti e da famiglie talmente ipocrite e coercitive da costringerci a subire i peggiori trattamenti a scopo rieducativo, Andy era l'uomo che avevamo sempre sognato. Privo di qualsivoglia istinto sessuale, ci offriva con voce suadente la possibilità di essere viste. Non solo, anche di essere ammirate e amate dagli occhi di un uomo. I suoi modi rassicuranti e il sostegno che dava alla nostra indole ribelle erano la liberazione che avevamo atteso, per cui avevamo pregato.

Noi siamo state le prime e le ultime: abbiamo aperto strade per giovani donne che cercavano vie di fuga dalle loro camerette blindate e siamo state l'ultima generazione di femmine animate dalla convinzione incrollabile di avere l'assoluta necessità di un padre: senza, in quel mondo, eravamo certe che ci saremmo semplicemente estinte.

Ingrid è stata cronologicamente la prima delle *warholettes*. Facciamo tutte parte della sua discendenza, di lei che ha unito il suo nome di battesimo al marchio di Andy diventando Ingrid Superstar. È un'esaltata che crede nella potenza rivoluzionaria della New York dei primi anni Sessanta dove, dice, «ogni tipo di arte ci sta esplodendo intorno». È così naturalmente su di giri ed entusiasta di tutto che le pillole che manda giù in continuazione come se fossero noccioline sembrano non avere su di lei il minimo effetto. Il suo talento è la disarmonia: risplende per la sua bruttezza ed è tanto stonata quanto adora cantare a squarciagola. È completamente fuori registro, le labbra e le mani si muovono in modo casuale, asincrono, mentre agita la sigaretta che stringe compulsivamente tra le dita. È l'archetipo della macchina canta-fuma. Andy non smette di incitarla: «Continua a cantare, Ingrid, sei favolosa».

«Che canzone vuoi sentire?»

«Una qualsiasi.»

«Ho la bocca stanca.»

La prima volta che la incontro, le domando se sta preparando un'audizione. Sono sinceramente curiosa di conoscere questa specie di *freak* cacofonica.

«Non faccio audizioni, io sono una superstar. Finirò a Hollywood.»

Ammirerò sempre la sua tenacia e finirò per volerle bene.

Baby Jane Holzer è una principessa ebreo-americana autentica, con lunghe gambe sinuose che spuntano da minigonne vertiginose, una massa di capelli biondi voluminosa come la criniera di una leonessa e due scintillanti occhioni azzurri. Per tutti noi è una specie di Brigitte Bardot degli emarginati: arriva alla Factory dopo essere stata esclusa dall'elegante Finch Junior College, decisa a far capire a tutti che è assolutamente moderna e tendenzialmente meravigliosa. Passa il tempo a ritoccarsi il trucco, cotonarsi i capelli, rendere voluminose le sue labbra seducenti, provare espressioni e pose che le serviranno per incantare la macchina fotografica. La fashion editor di "Life", Sally Kirkland, perde completamente la testa per lei e le dedica interi servizi di street style in cui sembra dominare le strade di New York. Jane ci lascia quasi subito: raggiunta la notorietà che sperava, capisce che essere identificata con un covo di tossicodipendenti, per quanto blandamente *glam*, non gioverebbe alla sua reputazione, a cui tiene moltissimo. Di lei so: che ha creato un piccolo impero immobiliare; che è diventata una collezionista d'arte nota nei salotti perbene; che ha prodotto commedie e film di successo come *Il bacio della donna ragno*; ma, soprattutto, che ha realizzato il sogno di ogni bambina, ossia autodedicarsi una catena di gelaterie che ha aperto a Palm Beach in Florida, dov'è nata. Si chiama Sweet Baby Jane's.

Brigid Polk è una che, come me, è rinata più di una volta nella stessa vita. Quando la incontro io, è già Brigid Polk e se ne va in giro per la Factory in topless, con un corpo così rotondo che fatico a distinguerne le parti in quel continuum carnoso rosato. È molto fiera di quel suo corpicione sovrappeso, che sua madre ha tentato inutilmente di ricondurre a un'accettabilità estetica dandole amfetamine fin da quando era bambina. Il destino di Brigid, del resto, era segnato ancora prima che venisse al mondo: in quanto primogenita di Richard E. Berlin, presidente della Hearst Corporation, le era richiesta massima obbedienza a ogni etichetta estetica, comportamentale, sociale. Quando scopro di chi è figlia, non posso sottrarmi a pensieri maliziosi: Andy ambisce segretamente a diventare una sorta di Citizen Kane, un magnate della celebrità. Brigid è per lui un simulacro di Mr. Hearst, e il solo pensiero di averla intorno gli fa venire la pelle d'oca dall'emozione. Starle accanto gli trasmette la sensazione di sfiorare quel potere e quella ricchezza alla quale aspira con tutto se stesso. D'altronde, Brigid è a modo suo un'artista. Gira con un voluminoso quaderno dove ha raccolto le firme e il ritratto inguinale di celebri furfanti, ricama cuscini riproducendo a punto croce i titoli dei giornali scandalistici, scatta polaroid destinate a diventare un libro, mette in scena uno spettacolo in cui, dal palco, chiama al telefono persone ignare di far parte del suo show[2].

«Ricordo una sera in cui me ne stavo lì, sdraiata sul divano, e chiamai Hartford, il mio produttore. Gli dissi che ero in guai seri e mi servivano dei soldi per abortire. Fui molto convincente. Hartford mi disse di andare da lui, che mi avrebbe dato il denaro necessario. Perciò chiesi al pubblico: "Aspettate qualche minuto, corro in taxi in uptown, prendo i soldi, torno in teatro e ve li mostro". Ed è esattamente quello che ho fatto. Poi ho chiamato mia madre e mio padre e li ho svegliati nel cuore della notte.»

Brigid arriva alla Factory nel 1965 e, in un certo senso, non se ne va più: è lei una delle persone "B" di cui Andy riporta le conversazioni nel suo memorandum autocelebrativo. Quando Brigid è nei paraggi, è impossibile non parlare di esibizionismo, nudità, corpi.

«In un corpo liberato il sovrappeso è bellezza. Brutto è bello» grida Eric Emerson da un remoto angolo dello studio.

«La nudità porta alla prigione» gli fa eco Taylor Mead.

«...che è l'antitesi della libertà» commenta distrattamente Gerard Malanga mentre impila le matrici.

Brigid li zittisce tutti: «Io sono nuda, ecco la libertà!».

Subito dopo colpisce con decisione la sua polposa coscia riuscendo a non rompere l'ago ipodermico, nonostante per farsi l'iniezione non si sia sfilata i blue jeans. Ci vuole un talento speciale per bucarsi attraverso la stoffa spessa, e lei è una vera maestra. Rifiuto spesso le sue offerte: gira tenendo in braccio una grossa busta di carta da imballaggio piena di pillole. Eric, al contrario di me, impazzisce per quelle caramelle.

«È ora della distruzione» esulta.

«Obetrol o Seconal? Duenol o Obetrol?» gli chiede Brigid.

«Le voglio tutte.»

Brigid è soprannominata *la dottoressa* perché riesce a procurarsi praticamente ogni tipo di pillola in circolazione. Ha anche altri soprannomi: è *la duchessa*, perché i soldi che ha li regala con generosità a chi glieli chiede; e per me è *la chiacchierona* perché, proprio come l'attore Ondine, non smette mai di parlare.

«Devo continuare a parlare, non posso fermarmi. Sentire i discorsi degli altri mi fa venire delle idee e le idee devono uscire dalla mia testa. Non posso bloccare la lingua. Andy si siede là e io parlo. Mi libero di un mucchio di collera e di frustrazione. Grido, urlo. Andy è così favoloso! Io lo amo, è il mio vero padre. Mi registra continuamente. Non ascolta mai.»

Più o meno nell'estate del '66 entra a far parte della nostra famiglia Susan, figlia di un procuratore distrettuale di Boston. Ho sempre immaginato che l'assegno che riceve mensilmente sia frutto di un compromesso diplomatico grazie al quale la famiglia non deve rispondere delle sue scelte di vita. Lontano dagli occhi, lontano dai pettegolezzi, insomma.

Così, Susan Bottomly a soli sedici anni lascia il nido impregnato di valori e tradizioni del New England, il collegio da cui è stata espulsa ben quattro volte, e parte per diventare una modella a New York City. Stabilisce la sua base al Chelsea Hotel a spese di mamma e papà, chiarendo subito quale parte della metropoli intende frequentare. Incontra Warhol a una festa: lei è super-giovane, extra-bella, ultra-innamorata di Gerard Malanga, con cui trascorre i primi mesi praticamente sempre a letto.

Folle anche lui d'amore, le scrive poesie che parlano di lei e di quanto sia meravigliosa.

Noi della Factory non possiamo che dargli ragione: Susan è bella e ha in più qualcosa che la rende incredibilmente femminile in ogni dettaglio, con un lungo collo sinuoso, una folta chioma scura, un corpo elettrico che attira gli sguardi come un magnete. Passa molto tempo a truccarsi con gesti ipnotici. «Osservarla mentre si trucca il viso» dice Andy «è come guardare una meravigliosa statua che dipinge se stessa.»

«Da quanto tempo usi il talco?» le chiedo, incuriosita da come riesce a esaltare la sua carnagione pallida donandole una sfumatura quasi marmorea.

«Lo uso da tutta la vita: prima sul sedere, adesso sulla faccia» mi risponde con quel suo tono costantemente sopra le righe.

Mary la detesta e non riesce a trattenere il suo disprezzo. Le dà della zoticona, della provinciale, le dice di fronte a tutti che ha il culo troppo basso e largo per pensare sul serio di avere un futuro nella moda; intercetta perfino le sue telefonate dall'agenzia e la tormenta con innumerevoli dispetti.

Quando entra nella zuppa di Warhol, a differenza di altre ragazze, Susan è già una modella: è nella scuderia di una nota agenzia, è una ragazza da copertina, ha persino fatto una foto scandalosa, in cui appare ripiegata in due dentro un bidone della spazzatura con la didascalia *Ecco la donna americana di oggi: 21 anni e già da buttare.*

Nei salotti di Boston la copertina di "Esquire" diventa una bomba che mette a dura prova la sopportazione dei Bottomly. Ma Susan è lontana, circondata da una nuova folcloristica famiglia che ha nella provocazione uno dei suoi valori fondanti. L'invidia delle altre è un prezzo che vale la pena pagare per far parte della corte di Andy: partecipa a una delle versioni di *Andy Warhol Screen Tests,* e si ribattezza International Velvet, ottenendo insieme al suo soprannome il titolo di *superstar.*

Bastano poche settimane perché la cover di "Esquire" venga archiviata e Susan si salvi: la famiglia non l'ha abbandonata, e lei, generosa e affamata d'amore come tutte noi, cerca di sostituirsi a Edie nel cuore di Warhol.

Edie. È lei il centro di tutto, il motivo per cui scrivo queste righe e passo le ultime ore che la vita mi concede a rimettere insieme tutte le tessere di questo puzzle. Sono consapevole che, con i pochi indizi che ho fornito finora su di lei, non è possibile vederla con la comprensione e la compassione necessarie, non si può capirla né provare per lei la benevolenza che tanto disperatamente cercava e, come del resto tutte noi, meritava.

Sul modo in cui si materializza alla Factory circola più di una leggenda. In quella che preferisco, esattamente come una favola, è il 15 gennaio del 1965. La notte di New York si dispiega con le sue raffiche gelide che tagliano il reticolo delle strade di Manhattan, in cui un operoso esercito di taxi, limousine e vetture con autista trasportano altrettanti *parvenue* e *wannabe* da un evento imperdibile all'altro. Uno di questi è certamente il party che Lester Persky – il re mida della pubblicità martellante e quasi produttore cinematografico, lo stesso che Truman Capote nel suo *Musica per camaleonti* descriverà come la creatura più disgustosa e ripugnante che abbia mai strisciato per le stanze del potere d'America – sta dando nel suo lussuoso attico sulla cinquantanovesima. Qui un annoiato Andy Warhol deambula per gli scorci della *penthouse* assolvendo all'obbligo di interazione umana con uno sforzo encomiabile. Mentre l'evento sociale arranca nel solito cerimoniale di esposizione di successi e malignità, ecco apparire una giovane, fresca, incantevole creatura. Indossa una pelliccia di finto leopardo, e dei vistosi orecchini le pendono sul lungo collo, su cui ricadono i capelli in un'acconciatura a *bouffant*. La sua pelle chiarissima e i suoi grandi occhi neri scintillano sotto le luci fredde del grande salone, mentre lei gesticola freneticamente stringendo tra le dita un bicchiere sempre colmo e una sigaretta sempre accesa. Anche i piedi non riescono a stare fermi un momento; ride e accenna passi di danza con gambe lunghissime, che sembrano muoversi lievi su una nuvola di zucchero filato.

È così magra da sembrare trasparente. È così luminosa da sembrare fatta di luce. Nonostante tutta la sua impassibilità, Andy non riesce a trattenersi: la ammira estasiato, non riesce a toglierle gli occhi di dosso. È arrivato alla festa accompagnato dalla sua superstar del momento, naturalmente, che è Baby Jane Holzer, ormai prossima al declino e all'archiviazione. Baby è stata ragazza dell'anno nel 1964, ma il 1964 è ormai finito e in molti alle sue spalle parlano del suo stile come pacchiano e puttaneggiante. Andy se la porta ancora in giro, ma la trascura volutamente, abbandonandola ai sorrisi ipocriti e lasciandola annegare nei pettegolezzi spietati, che la trattano come una barzelletta che non fa più ridere nessuno. L'apparizione di Edie è una vera epifania: la sua bellezza è così reale che lei deve, assolutamente, essere una star. Dopo quella sera passano alcuni giorni, forse settimane, prima che i due si incontrino ancora. Il fato ha lanciato l'incantesimo: Andy e Edie, mano nella mano, solcheranno la navata delle coppie leggendarie dei favolosi anni Sessanta, al pari di Liz e Dick, di Mick e Marianne, di John e Yoko, di Sonny e Cher. Con una sola apparizione nel cast tutto al maschile di *Vinyl*, senza fare alcunché di speciale o memorabile, Edie ruba lo schermo a Gerard Malanga e diventa il centro gravitazionale del cinema di Andy. La sua figura ripresa dalla pellicola sembra traslucente. Fino ad allora, nell'olimpo delle dive, solo Marilyn Monroe possedeva il potere di illuminare lo schermo irradiando le immagini della sua stessa luce. Fino a quel momento, nell'inferno delle celebrità, solo Judy Garland portava su di sé lo stigma di una vitalità così burrascosa da lanciarla verso il precipizio.

Bastano pochi minuti perché anche la pellicola si innamori di Edie. Andy la invita alla Factory e la inserisce a forza nei suoi film dal cast composto solo da uomini.

L'ho già detto: se ci sono le ragazze è tutta un'altra faccenda. E il cinema, per Warhol, è una questione di sopravvivenza.

Mettiamo un attimo in pausa la storia di Edie e sbobiniamo questa parte della creazione di Andy.

Mostrerete pazienza verso una signora della mia età. Ma io lo devo a Callie, visto che questa pila disequilibrata di ricordi è costruita proprio sopra i resti del suo corpo mortale. Glielo devo perché è stata lei a insegnare al mondo che i film di Warhol rappresentavano per lui una sorta di polifonia eptatonica, una ricerca virtuosistica con la quale cercava di trasformare il cinema nel catalizzatore totale, l'elemento di fusione tra arte e vita. Capirete bene anche voi quanto disperata fosse questa impresa e quanto irrazionale apparisse agli occhi di chiunque la sua perseveranza nello sprecare chilometri e chilometri di pellicola. Warhol dichiarava pubblicamente che tutto ciò che impressionava lui meritava di impressionare anche la celluloide. Usava il termine "impressionare" nel suo significato più sterile e passivo, indicando tutto ciò che genera una risposta dei sensi.

Per come lo conoscevo io, Andy era una persona completamente priva di moralità, come altri individui sono privi della vista, dell'udito o di un qualsiasi arto. Il suo cinema era esattamente come lui. Per questo non perderò tempo a cercare significati – artistici, morali, provocatori – nelle sue creazioni, limitandomi a restare sulla superficie, esattamente come da lui prescritto.

Tutto ciò che viene prima di questa storia è raramente riportato, benché, come spesso accade nella vita di Andy, costituisca il nucleo della sua ennesima sillogomania. Nel caso della settima arte, sia io che Callie abbiamo sempre concordato nel ritenere che tutto abbia avuto inizio con Cinema 16, una film society creata poco dopo la guerra da Amos Vogel, ebreo di Vienna rifugiato oltreoceano, apostata del sionismo, appassionato di pellicole in 16 mm. «Forse in una città grande come New York troverò qualcun altro con la mia stessa passione» si era detto. E così, tra la duecentoventicinquesima ovest e la quarantaquattresima, nel cuore pulsante di Midtown, era nato il primo cineclub per insaziabili cultori di pellicole destinate spesso a una sola proiezione. Amos e sua moglie Marcia fecero del Cinema 16 «il microcosmo di Madison Avenue mischiato agli amanti delle belle arti».

I posti a sedere erano millecinquecento, ma i soci arrivarono a superare i settemila. Merito di Amos e dei suoi programmi, che erano piccoli capolavori di grafica. Sullo schermo scorrevano immagini imprevedibili, che lui sceglieva secondo un solo principio: innestare un cambiamento negli spettatori. Non c'era pregiudizio nelle scelte di Vogel, né snobismo verso Hollywood o i grandi nomi del cinema commerciale. L'avanguardia per lui era un modo di pensare, di scegliere, di vivere.

Che Andy frequentasse Cinema 16 è indubbio: lui era parte del mondo di Madison Avenue, con il quale desiderava ardentemente confondersi. Quando il 16 maggio 1963 venne proiettata l'ultima pellicola, qualcosa cambiò per sempre.

Al posto della *family society* era nata una stabile e formale associazione culturale, intenzionata a muovere guerra all'industria del cinema, dettando nuovi canoni e nuove regole alternative a Hollywood. Si chiamava Film-Makers' Cooperative e l'aveva fondata Jonas Mekas, un emigrante lituano approdato a New York nel 1949 insieme al fratello Adolfas. Mekas era un regista straordinario, ma soprattutto voleva riscrivere le regole della cultura di massa. Per farlo, aveva fondato la rivista "Film Culture" nel '54 e poi aveva subito occupato il vuoto lasciato dal Cinema 16. Come una sorta di Caronte, Andy aveva traghettato i cinefili newyorkesi dall'ecumenismo di Vogel al capitalismo di Mekas. Non a caso *The Kiss* fu sia il titolo dell'ultimo film proiettato al Cinema 16 – una vecchia pellicola con Greta Garbo – sia quello del primo film di Warhol proiettato alla Film-Makers' Cooperative.

Se dobbiamo fissare un momento preciso in cui ha inizio la carriera di Andy come film-maker, è certamente il 16 giugno 1963, quando acquista la sua prima vera macchina da presa: una Bolex 16 mm. La compra da Peerless, e con lui ci sono, a consigliarlo, Gerard Malanga e Charles Henri Ford. Lo convincono quando gli dicono che la messa a fuoco automatica garantisce di mantenere i primi piani per più di tre minuti. Andiamo già da tempo insieme a vedere i film della cooperativa. Andy usa un solo aggettivo: tremendi. E si chiede perché nessuno faccia film bellissimi sulle cose bellissime che meriterebbero di essere riprese in un film.

È il momento in cui tutti vogliono girare film. E chi non vuole girarli, vuole diventare una star dello schermo. Andy impara guardando quelli degli altri. E non è importante che quello che facciamo sia o non sia cinema; non ci interessa una benedizione sull'arte o sulla poesia; stiamo rifacendo tutto: possiamo rifare anche il cinema.

Due volte a settimana siamo in sala. Cosa guardiamo? Film. Due, tre, quattro a sera. Ognuno di una lunghezza diversa; ognuno particolare, sconosciuto, nuovo; nessuno l'ha mai visto; nessuno forse lo vedrà mai più. Non sono né buoni né cattivi, non insegnano la vita, non raccontano il bene o il male; però sono reali, esistono; e – cosa più importante – vogliamo farli anche noi. Prendiamo appunti mentali: ciò che non viene mai mostrato, l'assoluta importanza del punto di vista, uno schermo troppo grande per una sola sequenza alla volta.

«Eravamo tutti sempre fatti. Amfetamine, più di tutto il resto. È che succedevano così tante cose che avevamo davvero bisogno di stare svegli per avere il tempo di vedere e di fare. Incontrare così tanta gente su di giri, costantemente, mi faceva pensare al sonno. Dormire era una cosa superata. Così decisi che il migliore film che potevo fare era su una persona addormentata.»

La prima di *Sleep* è al Gramercy Arts Theatre. È il 17 gennaio 1964. In platea sono sedute nove persone. Di queste, soltanto due lasciano la sala.

Il film ha alcuni momenti topici.

Al minuto 2:18 c'è un cambio di ripresa.

Al minuto 11:13 un primo piano del collo.

Al minuto 16:19 una parte del corpo non identificabile, che si capisce circa dieci minuti dopo, esattamente al minuto 28:58, essere un culo, che rimane in primo piano fino al minuto 40:20. Quasi nessuno è in grado di associare quel quarto posteriore a John Giorno, giovane poeta e compagno di Andy. In totale, *Sleep* dura trecentoventuno minuti. Poco più di un mediometraggio, se consideriamo che solo un anno più tardi *Empire* arriverà a quattrocentottantacinque minuti di durata totale.

«Voglio fare un non film.»

«In che senso. Spiega.»

«Potrei spiegartelo solo se ti dicessi che cosa non è: un anti-film. Credimi: è molto meglio se lo facciamo.»

«E cosa dobbiamo fare esattamente?»

«Niente.»

«Niente?»

«Non proprio niente. Dormire.»

«Ok.»

«Bene.»

«...nel senso che John deve fingere di dormire.»

«No no. Non è un film; è un anti-film: deve dormire davvero.»

«E perché la gente dovrebbe guardarlo dormire?»

«Io lo guardo dormire.»

«Davvero?»

«Certo. Guardarlo dormire è bellissimo. Mi piacerebbe che lo vedessi. Vorrei che tutti lo vedessero dormire.»

Prima di John, disse, aveva pensato di riprendere Brigitte Bardot.

«Sai, la star.»

Certo che lo so. E invece non ho ben chiaro come mai volesse fare un film con lei. Gli chiedo perché non la dipinge, come ha fatto con Marilyn. Lui resta qualche minuto in silenzio. Ho il timore, non troppo infondato, di averlo involontariamente ferito. Dipinge sempre più di rado. Non è semplice convivere con le sue nevrosi e i suoi cambi di interesse, ogni volta totalizzanti. Lui è troppo impegnato a viverli per curarsene. Che forse in lui si agiti davvero la gioia primordiale di cui parlava Nietzsche? Che sia quest'uomo – che non ha mai sopportato la sua stessa immagine allo specchio – la perfetta giunzione tra Apollo e Dioniso, l'articolazione che costruisce il mondo individuale e lo distribuisce nell'universo? Che sia quest'uomo il genio?

Non ho mai conosciuto nessuno come lui. È simile a un film muto. Se fosse possibile infilargli un dito tra i pensieri e scorrerli come le pagine di un libro, ci troverei l'assenza totale di immaginazione e una rigorosa ascesi. Andy scruta il mondo con l'occhio di un devoto alla perenne ricerca di idolatrie in cui riversare la propria ierofania: la realtà che lo circonda è il regno dei cieli, l'unico paradiso concesso agli uomini. Non è la poesia a modellarlo, ma la forma perfetta e replicabile all'infinito dell'abbondanza e della produzione. La realtà, nient'altro che la realtà. Le cose, più cose possibili, uguali a se stesse, in un'infinita sequenza di ripetizioni che innestano attraverso i sensi la stessa, piccola, materiale felicità. La zuppa bianca e rossa, la donna con i capelli tinti e il rossetto forte, il fiore che è un'idea di fiore, la bibita color merda disciolta in acqua minerale, il topo parlante dei cartoni animati più furbo, più intelligente e più onesto degli uomini, gli eroi venuti dallo spazio con un punto debole e un'esistenza segretamente ordinaria, gli dei olimpici del grande schermo, la carta filigranata con cui ognuno si paga la vita. Sono questi i mattoni del tunnel di cose in cui le persone si seppelliscono mentre sono ancora in vita; sono queste le cose immortali che regalano la felicità agli uomini di buona volontà; sono queste le cose che meritano di essere venerate e ritratte: i barattoli di minestra Campbell's, le scatole di Kellogg's, le bottiglie di Coca-Cola, Marilyn, Brigitte, Elvis e Hollywood, gli incidenti d'auto e i suicidi sulle prime pagine della cronaca, Topolino, Superman, Batman, il dollaro. Tutte uscite da una Factory, dove niente è unico, niente è bello, niente è arte; dove il mondo per quello che è, nulla di più e nulla di meno, è assimilato e vomitato dopo essere passato da un'indigestione di fotografia, da una colica di pittura, da un'intossicazione di video, per poi essere esposto come merda d'artista nei templi della nuova nobiltà, impegnata a coniare il baluardo del populismo borghese, che beve Coca-Cola mentre guarda Coca-Cola, e si sente migliore senza l'ansia di dover essere diversa.

«Cosa volete sapere di me? Guardate alla superficie: io sono lì. Non c'è niente dietro.»

La giornalista lo fissa un momento, incerta su come interpretare ciò che ha sentito. Poi scoppia a ridere, sinceramente e stupidamente divertita. Lo fanno tutti, sempre. Incessantemente, costantemente, senza soluzione di continuità. Non c'è niente di vero e niente di falso; e soprattutto non c'è niente di scontato. Cosa rende arte le immagini che Andy preleva dal mondo per poi restituirgliele dopo averle fatte passare nella sua Factory? La risposta è: la morte e l'immortalità. La loro non è forza, ma evocazione e incantesimo. Risvegliano in chi le osserva la cognizione della propria mortalità; con la stessa profonda, istintiva, accettabile percezione di essere stati un tempo un feto.

La prima volta in cui Andy parla di fare un film è il 30 maggio del '63. Lo ricordo perché era il Memorial Day, e lui stava raccontando di questa performance di danza della coreografa Yvonne Rainer a cui aveva assistito.

«Non ricordo granché; solo che c'è un atto chiamato *Terra* e, in quest'atto, un assolo di uno dei danzatori intitolato *Sleep*.»

"Incantevole" è l'aggettivo che usa per descriverlo.

Non farà mai più riferimento a quella coreografia; e forse è stata solo una coincidenza. Sta di fatto che quell'estate, nell'appartamento di John, giriamo più di trenta metri di pellicola.

Ovviamente, lui è sveglio per via dello speed, mentre John dorme perché quello è il senso del suo non film. Nessuno ha la minima idea di cosa fare e come farlo, soprattutto Andy. All'inizio, la pellicola salta continuamente, quasi ogni venti secondi. In un paio di occasioni, John si risveglia di fronte alla sua isteria. Capiamo come far funzionare la cinepresa, e facciamo le riprese, che lui conserva per oltre un anno, senza sapere bene cosa farne. Intanto, gira altro materiale.

Come *Kiss*, un film dalle molteplici versioni, a seconda dei baci che decide di montare nella sequenza. Donna e uomo, donna e donna, uomo e uomo, baci che durano fino a tre minuti e mezzo in una lunga serie che arriverà a durare al massimo un'ora. L'idea gli era venuta un giorno d'estate in cui ha visto baciarsi Gerard Malanga e Mark Lancaster. Da quel primo bacio ne riprende molti altri, per oltre un anno e mezzo almeno. A differenza di *Sleep*, però, *Kiss* ha anche una sorta di finalità, un principio di contestazione. A quel tempo, vige ancora il famigerato codice Hays: uno sproloquio di indecenze – alcune neanche scritte – che da circa trent'anni impone al cinema – e non solo – regole così morali da risultare oscure e viscide. *Kiss* infrange la detestabile "sezione sesso", che recita così: "La sacralità dell'istituzione matrimoniale e domestica deve essere esaltata, baci appassionati o troppo intensi, abbracci lascivi, pose o movimenti maliziosi o equivoci non vanno mostrati".

Tra le righe, la regola non scritta è che sullo schermo non sono permessi baci che durino più di tre secondi. Uno – due – tre – stop. Per noi tutti, quella norma è l'emblema dell'imposizione di una mente perversa e malata, completamente estranea al mondo, che vorrebbe escludere l'unica cosa per la quale gli amanti rinunciano persino a respirare, esponendosi volentieri alla morte per reciproco soffocamento. Vero è che chiunque non riesca a vedere con chiarezza il male che fa probabilmente mente anche sull'amore che prova.

La lotta all'oscurantismo del codice Hays non è solo nostra. Hitchcock si era divertito a trasgredire il divieto con la stessa irrefrenabile delinquenza del bambino che gioca a sfiorare il limite invalicabile, sfidando la razionalità e la rigidità dei sorveglianti, facendoli impazzire di fronte alla constatazione – fin troppo ovvia – che la regola è una, ma le eccezioni infinite.

Così per esempio, in *Notorius*, Cary Grant e Ingrid Bergman si baciano molte volte, interrotti solo dal telefono. Baci brevi, viso sul viso, frapposti alle parole, gli sguardi che si distraggono un momento, guardano altrove, poi tornano uno sull'altro, si frammentano in piccoli gesti, le labbra sfiorano l'orecchio, accompagnano i sussurri, approdano sugli zigomi e, infine, tornano a unirsi. Mai per più di tre secondi. Cosa avrebbe potuto dire il guardiano del tempio dell'amore sacro e casto? Nulla poté contro quel bacio che sembrava infinito, fulgido come un sole, e invece era composto da una costellazione di piccoli gesti, una miriade di baci brillanti e gioiosi, che esplodevano sui visi dei due amanti, rompendo il buio della sala con la loro esuberante impunità.

Avendo saputo che Warhol sta girando dei film, la stampa è in delirio. I suoi titoli sono sulla copertina di "Film Culture" e di "Harper's Bazaar" ancora prima di essere girati. Le prime proiezioni di *Kiss* durano poco più di quattro minuti. Iniziano già alla fine dell'estate al Gramercy, sulla ventisettesima ovest. Andy le chiama "il mio serial": una diversa ogni settimana, un lungo bacio, a volte poco più di uno, a volte montaggi differenti, qualche bacio che va perso tra una versione e l'altra.

Ma stavamo parlando del debutto di *Sleep* al Gramercy Arts, di fronte a ben nove persone. Durante la prima ora, due di loro si alzano e se ne vanno. Andy non dice niente, naturalmente. La cosa non lo interessa; così come non lo interessa il film. In effetti, non abbiamo mai davvero capito perché si sia lasciato coinvolgere da Lewis Allen e Jonas Mekas nell'American Cinema Group, né perché quelli ci tenessero tanto a coinvolgere qualcuno così profondamente indifferente.

Le proiezioni del sabato organizzate da Mekas al The Bleecker Street Cinema non erano mai state il successo che sperava; e quando le spostò al Gramercy fu anche peggio. Tanto che molti abbandonarono, demotivati; e finché non vennero banditi con la scusa di proiettare pornografia e oscenità, nessuno si spese mai davvero in loro difesa.

Eppure, in quei quattro anni qualcosa era successo: questo continuo spostarsi da un posto all'altro aveva innescato qualcosa. Non un interesse, non un'emulazione, ma comunque qualcosa. In mano a quegli artisti che non avevano rispetto per le convenzioni, che non sopportavano le etichette e i confini, che usavano il cinema per servire la vita e non viceversa, si era plasmata e per la prima volta davvero definita la libertà di distribuire ogni filmato, ogni immagine, ogni cosa che fosse ritenuta cinema.

Se la prima a New York era stata moderatamente tranquilla, la proiezione di Los Angeles è un vero delirio[3]. Si tiene al Cinema Theatre, uno dei centri d'arte gestiti da Louis Sher, che ha deciso di lasciare sui cartelloni il richiamo al "New American Cinema" tanto in voga a New York.

La sala è piena: si contano più di cinquecento poltrone occupate. In una di queste siede Thom Andersen, all'epoca ancora un semplice studente di vent'anni con la passione per la regia.

Per l'occasione, abbiamo scartato quasi tutto il girato, mentre Andy ha montato il resto in loop.

Il buio si fa alle sei e quarantacinque del pomeriggio. Lo schermo è così grande che si fatica a riconoscere le parti del corpo inquadrate mentre respirano. Alle sette, qualcuno comincia ad andarsene; quelli che restano si fanno irrequieti; c'è chi si lamenta a voce sempre più alta, chi urla in direzione dello schermo provando a svegliare il bell'addormentato. Quando appare chiaramente la testa, un uomo si alza e va a urlargli all'orecchio: «Sve-gliaaa!». L'inquietudine e l'agitazione crescono, in contrasto con il film che continua a scorrere inesorabile, lento e silenzioso. Qualcuno chiede indietro i soldi del biglietto; al botteghino dicono che a spettacolo iniziato non è previsto alcun rimborso.

Dopo la prima ora, un uomo all'ingresso alza decisamente i toni. Non vuole fare una scenata, dice, ma pretende di riavere indietro i suoi soldi. Lo affronta Mekas, che è lì in veste di distributore. Risponde all'uomo: «Senta. Quando è venuto qui, sapeva che avrebbe visto qualcosa di insolito, di inusuale, di eccentrico; e che sarebbe durato sei ore».

Quindi si volta per rientrare, ma alle sue spalle c'è un ragazzo davvero su di giri con la faccia paonazza che gli concede trenta secondi per il rimborso: «O tornerò di là e chiamerò tutti quelli che, come me, non vedono l'ora di darvene tante che faticherete a dormire per molto più di sei ore!».

Naturalmente, nessuno lo ferma mentre i trenta secondi scorrono veloci. Alla fine, l'uomo che diceva di non voler fare una scenata guarda il ragazzo e gli dice: «Andiamo! Vengo con te».

Mekas si spaventa, teme che possano distruggere il cinema: solo la settimana prima, da un episodio da nulla come quello, in uno stadio del sud si erano scatenate violenze inimmaginabili[4]. Così chiede ai due di aspettare ed escono insieme. Offre loro gli ingressi per un'altra proiezione. Prima di rientrare, però, il tizio con la faccia paonazza gli si piazza davanti con le braccia piantate sui fianchi e gli dice: «Be', che intendi fare?».

Mekas fa un annuncio in sala; usa più o meno le stesse parole che aveva scelto per affrontare l'uomo che non voleva creare problemi. Ma il pubblico non vuole sentire ragioni.

«Paraculi! Non giustificatevi. Stronzi.»

Quella sera deve distribuire oltre duecento pass; ma il film non viene interrotto, benché persino il proiezionista crolli addormentato. Verso le undici una ragazza esce dalla sala per vedere se Mekas sia ancora lì.

«Certo,» le dice lui «perché non dovrei esserci?»

Lei riferisce di aver sentito alcune persone intenzionate a sfondare lo schermo; perciò è uscita ad avvisarlo. Alla fine, sono rimasti in cinquanta. A qualcuno il film è piaciuto davvero tanto.

Fermatemi ora perché rischio di far diventare questo libro un compendio sull'impresa cinematografica di Warhol. Molto meglio di me l'ha fatto Callie: è stata la sua ragione di vita. Sulla copertina del libro in cui riordina il cinema di Andy, uscito pochi anni prima della sua morte, campeggia il fotogramma rubato allo *screen test* di una giovanissima Edie Sedgwick, la maglia a righe bianche e nere, il viso segnato dagli eccessi, i grandi occhi neri sgranati, nessun make-up a nascondere la sua vulnerabilità.

Poteva scegliere qualsiasi immagine per quella copertina. Voglio credere che abbia scelto quel ritratto così disarmato di Edie per un tentativo di redenzione, perché in quel libro manca proprio il suo ultimo film, quello che l'ha uccisa. Ma procediamo con ordine.

Eravamo rimasti al set di *Vinyl* e a Gerard Malanga che protesta istericamente e pretende un set *frauen frei*. A onor del vero, Edie aveva già fatto una timida comparsa sul set di *Horse*, ma solo per pochi attimi: la si vede accanto a Ondine un istante prima che il cavallo si imbizzarrisca per le molestie e colpisca Tosh Carillo – anonimo fiorista di giorno e noto master BDSM di notte – con un calcio dritto in testa. *Vinyl* è tutta un'altra faccenda: il regista la vuole sul set, nonostante le proteste di Gerard.

«Va tutto bene: sembra un maschio» lo zittisce Andy. E la macchina inizia a girare.

C'è un falso mito che vale la pena di sfatare su questa pellicola francamente inguardabile, dove per circa settanta minuti le uniche due cose interessanti sono Gerard abbigliato in pelle che si sforza di fare il teppista, e dice cose come «Sì, io sono J.D., dunque?», e naturalmente Edie, che balla con lui con la stessa levità di uno spirito, le braccia così esili che sembrano emanare dalla sigaretta che stringe tra le dita, la cicatrice dell'incidente coperta con una lacrima di make-up, gli occhi che si sforzano di evitare la telecamera, mentre in sottofondo a tutto volume suona *Nowhere To Run* del trio Martha & The Vandellas, a cui seguono *Tired of Waiting for You* dei The Kinks e *The Last Time* dei Rolling Stones. Non so chi abbia messo in giro la voce che Warhol abbia comprato i diritti per adattare *Arancia meccanica* in questo suo lungometraggio direttamente da Anthony Burgess. Troverete testimonianze diverse su questa assurdità, alcune che parlano addirittura di cifre come tremila dollari per i diritti di trasposizione. No no e poi no: so per certo che Andy non ha mai pagato un diritto di uso o trasposizione, o una licenza di musica, o qualsiasi altro riconoscimento della creatività altrui. Nemmeno i suoi attori erano pagati: Gerard, che sullo schermo incarnava Victor, Ondine o Edie non hanno mai ricevuto alcun compenso che si possa definire tale, né per quella né per altre pellicole. Potete non credere a me, ma dovete per forza credere a Burgess, che ignorava l'esistenza di quell'adattamento dilettantesco e pirata, che ha incontrato per caso Warhol a una festa l'anno successivo, che non gli ha parlato, né quella sera né in altre occasioni. D'altra parte, è assolutamente necessario che ci sia qualcuno a spiegare che *Vinyl* è un distillato in celluloide del sadismo di *Arancia meccanica* per riuscire ad associarli.

In quella specie di goffa orgia gay – con tanto di professionisti della tortura a pagamento e boccette di popper che saturavano l'aria di nitrito di amile e mandavano in cortocircuito le sinapsi – Edie risplende come un diamante grezzo. Andy era completamente pazzo di lei. Possedeva due qualità che la rendevano una diva per natura: una pelle opalescente, fatta di latte e polvere di alabastro, con una luminescenza propria, come quella – si diceva – di Marilyn Monroe, e l'inquietante aura della morte, che sembrava emanare da lei come una sorta di interferenza con il resto del mondo, una distorsione sonora appena percettibile.

Warhol la elegge immediatamente a sua personale divinità. Come Pigmalione con Galatea, plasma la sua nuova immagine attraverso lo scalpello dell'adorazione. Mentre Edie, morbida come la spuma, si adatta all'effigie che il suo creatore desidera per lei: quella di un doppio perfetto. Anzi: *più* perfetto.

La sola presenza di Edie lo trasforma nella creatura stilosa, intrigante e piena di fascino che ha sempre sognato di diventare senza aver la minima idea di come farlo. Nonostante la rinoplastica, il suo naso restava troppo voluminoso; le parrucche sbattevano il suo incarnato ectoplasmatico, dandogli un'aria sciatta; portava jeans sdruciti sul sedere senza alcuna eleganza e spesso sembrava trasandato, anche se posso giurarvi che passava ore ad analizzare il suo aspetto prima di posare il piede oltre la soglia di casa. Edie aveva, al contrario, un innato senso dello stile, al punto da inventare – anche senza volerlo – mode o tendenze. I suoi collant scuri portati sotto lunghe T-shirt, gli enormi orecchini che le pendevano come lampadari dai lobi, il taglio cortissimo e i capelli quasi bianchi di ossigeno furono tutti trend a cui lei diede il via per puro istinto. Questo mentre diventava la musa ispiratrice di stilisti del calibro di Betsey Johnson, Joan "Tiger" Morse, Paco Rabanne, Mary Quant, André Courrèges e Rudi Gernreich, o spingeva ragazze come Patty Smith a fuggire dalle loro camerette, abbandonando la quiete di cittadine come Deptford nel New Jersey per gettarsi nella giungla di Manhattan. Edie fece tutto questo semplicemente esistendo ed essendo istintivamente, genuinamente, spontaneamente favolosa. Appaiati, erano una formidabile *folie à deux* che regalò loro l'attenzione dei media tanto agognata da entrambi, ognuno a modo suo. Vestiti con cromie abbinate, lo stesso taglio di capelli, la stessa magrezza chimica, diventavano due metà di *Drella,* mix tra Dracula e Cinderella, come venne soprannominato Warhol. Apparivano tra le luci soffuse dei locali e i flash dei fotografi, diventando indistinguibili in quella successione di lampi. Di che sesso erano, da che pianeta arrivavano, in quale posto favoloso stavano andando? Qualunque fosse la domanda, la risposta era unica: bisognava assolutamente seguirli. Il timido e impacciato Andy Warhol divenne, insieme a Edie e ai suoi occhi da cerbiatta, un animale sociale delle notti newyorkesi, un lupo mannaro degli opening e dei party, una bestia da salotto e da relazioni pubbliche.

Avrebbe fatto di tutto per lei. E infatti, nel marzo del 1965 cede a Lester Persky la sua preziosissima Factory per un party indimenticabile, che chiama Fifty Most Beautiful People. Ci sono tutti quelli che contano, nel presente e nel futuro, è una serata impossibile da dimenticare. Mentre la porta del montacarichi cigola e si spalanca, Judy Garland fa il suo ingresso sulle spalle di cinque maschi tutti muscoli, come una Cleopatra decadente. Appena oltre il grande divano, Rudol'f Nureyev improvvisa un passo a due con un ragazzo russo sbarcato in licenza. Con lo sguardo allucinato, Tennessee Williams si aggira per la stanza sorseggiando chissà quale spaccabudella da una fiaschetta, mentre scorrono video in bianco e nero e la musica è a volume assordante. Appoggiati a un baule argentato, Edie e Brian Jones confrontano i rispettivi "Doctor Feelgood".

Che a New York in quegli anni fosse vietato dormire credo di averlo già detto più volte, anche se fa bene ricordarlo, e non sono certa che sia possibile capirlo fino in fondo oggi che le luci sono così puntate sul benessere psicofisico e sul minimo di riposo necessario per essere sani, felici, produttivi, insomma per dare il meglio di sé. La privazione del sonno è considerata una delle forme più crudeli di tortura. Ma nell'America di quegli anni era uno dei migliori effetti collaterali, insieme alla consunzione fisica, che regalava lo speed. Essere magri, ipercinetici e svegli al limite del collasso cardiocircolatorio era così trendy e, in fondo, così ordinario, che dopo la guerra erano nati a New York una serie di studi privati dove sedicenti medici senza alcun titolo – o con diplomi appesi alle pareti in lingue indecifrabili per l'utenza – iniettavano negli arti superiori o inferiori dei pazienti siringhe imbottite di vitamine e altre sostanze non meglio identificate. Obiettivo: farli stare bene, benissimo, *feel good*, per l'appunto. Si può dire che il pioniere di questa medicina dello sballo fosse un tale Max Jacobson, arrivato dalla Germania dopo la guerra insieme all'amico architetto Henry Sugarman, incaricato di progettare il New Yorker Hotel. Il dottor Jacobson avviò la propria attività con un gesto di gratitudine, iniziando la figlia dodicenne dell'amico all'uso di amfetamine. In poco più di dieci anni, la piccola Joan, resa invincibile dallo speed, divenne Tiger Morse, la stilista più eccentrica di New York, ideatrice di abiti in vinile luminosi e amante di tutto ciò che era argentato. Aperto nel '55 nell'Upper East Side, il suo negozio A La Carte aveva vestito gli esemplari più trendy della buona società, come Jackie Kennedy, Jean Harvey Vanderbilt e Florence Knoll Bassett, e nel '62 era stato al centro di un memorabile servizio di "Life" firmato dall'amico Mark Shaw, che con la stilista aveva in comune la passione per i viaggi e per le "vitamine" del dottor Jacobson. Tiger, che portava ciglia finte lunghissime e grandi occhiali scuri sotto capelli tinti di verde, diceva di essere la prova vivente che lo speed non può uccidere. Impossibile darle torto: lavorava tutto il giorno e ballava tutta la notte, dando party memorabili e organizzando le sue spedizioni intorno al mondo a caccia di tessuti unici e accessori eccentrici.

Quando seppi che era morta per un'overdose di amfetamine a nemmeno quarant'anni, appena tre anni dopo che al suo amico Shaw era toccata la stessa fine, non potei fare a meno di ripensare a Edie e a come parlava del dottor Roberts, conosciuto in tutta New York come "Doctor Feelgood", di cui era una cliente affezionatissima. Perfino madame Sedgwick, conquistata dai commenti entusiasti, era andata a visitare lo studio, per verificare che quel dottore si prendesse cura a dovere della sua bambina. Ma quelli erano tempi così: quando il cuore cedeva, andavi a fartelo rimettere in moto con una puntura. Se volevi davvero bene a qualcuno, se volevi fargli un regalo, o anche solo se volevi fartelo, lo portavi nello studio del dottor "Feelgood". Dopo era il paradiso: energia a non finire, eccitazione alle stelle, tutt'intorno un oceano di amici. La pelle di Edie emanava quasi un sentore di "vitamine" per quante ne assumeva.

«Ah, è davvero favoloso. A volte, quando sono giù, vado nel suo studio anche tre o quattro volte in una sola giornata. E lui mi vuole davvero bene; non devo nemmeno aspettare: saluto la segretaria e in pochi minuti il dottor Roberts mi apre la porta. E poi... wow!»

Brian Jones sta invece descrivendo il proprio "Doctor Feelgood" come una specie di Nosferatu, un essere dalle dita ossute e dall'incarnato spettrale, che si aggira in una sorta di studio-catacomba dove Jones si reca in pellegrinaggio cercando in quelle iniezioni di vitamina B addizionata con niacina e metedrina l'ispirazione per il prossimo spettacolo di successo.

Vicino a loro due, Allen Ginsberg e William Burroughs, inarrivabili guru beatnik, discutevano del Marocco e di *royalties* sotto lo sguardo severo di Montgomery Clift, una sorta di principe Amleto invecchiato e imbolsito dallo scotch.

Quella fu la notte in cui le vecchie stelle hollywoodiane di New York vennero definitivamente spazzate via dallo splendore di Edie Sedgwick che ballò, ballò, ballò tutta la notte, turbinando e dimenando ogni estensione del suo corpo, come se fosse una stella capace di irradiare lo spazio creando intorno a sé un nuovo universo. Se mai c'era stata una magia nel tempo che aveva preceduto il suo arrivo, finì all'alba di quella festa, mentre Judy Garland e Rudol'f Nureyev entravano insieme nel montacarichi per trascinarsi stancamente verso l'alba del mondo esterno, ed Edie, a passo di danza puntava il candido indice alla testa del ballerino urlando: «Tu, lurida spia comunista!».

Mancava solo un dettaglio alla sua consacrazione da star: una filmografia da protagonista.

Basta mettere Edie di fronte alla videocamera accesa, illuminarle il viso, fornirle abbastanza sigarette, e in tempi brevissimi escono *Kitchen, Poor Little Rich Girl* e *Lupe,* inframezzati da *screen test* di vario esito, una serie di girati disordinati (Callie, quanta pazienza hai avuto!) e vario materiale pressoché impossibile da catalogare, come *Beauty n.2,* che dura sessanta minuti e, una volta finito, non si riesce a descrivere. Nessuno ci riesce, e questo lo rende speciale.

Il fatto che fossero film senza capo né coda era un effetto voluto e ricercato. Raggiungere l'assenza di significato era un lavoro meticoloso e calcolato. E, come molte altre espressioni dell'arte di Warhol, non era originale. Il precedente più evidente era quello di Gertrude Stein, che aveva dedicato la maggior parte della sua opera a svuotare le parole di senso. Poi c'era stato Samuel Beckett, che aveva dichiarato guerra a ogni tipo di trama, mantenendo in vita solo i personaggi.

Con *Kitchen* facciamo un passo in più ed eliminiamo anche quelli: tutti hanno lo stesso nome, sono intercambiabili, non sanno chi sono; ma questo non importa. Mentre la telecamera punta fissa a quel micro set di due metri per tre, un tipico cucinotto stretto di Manhattan in cui le giornate scorrono nella noia che incombe, intervallata da zaffate di odori rancidi e dall'apparizione di insetti operosi, ogni tanto Andy si gira e mi dice: «Sembra proprio un film di Hollywood».

È seccato: cerca un aspetto trasandato, l'improvvisazione genuina, punta al trash. Edie è perfetta: perde il filo, dimentica le poche battute della sceneggiatura, quando si incasina troppo starnutisce, e allora, da dietro il frigorifero, una voce le suggerisce come deve continuare secondo il copione. I fogli della sceneggiatura sono sparsi sul tavolo in mezzo al ciarpame, appesi agli sportelli, dentro il frigorifero. Se uno degli attori dimentica il suo pezzo o si perde troppo, può prendersi una coca o cercare una tazza e dare una sbirciatina.

La noia, l'accidia e la repulsione sono ovunque. E in questa assoluta, immobile autenticità c'è una verità totale su quegli anni e quella generazione. Non oggi, ma tra cinquant'anni, quando qualcuno vorrà capire perché l'America è andata in Vietnam, ha inquinato il pianeta fino a renderlo inabitabile, ha reso il petrolio più prezioso della vita umana, ha inscatolato e categorizzato ogni aspetto dell'esistente, perché la fine della Grande Guerra non è stata l'inizio della prosperità e della pace, perché l'Era dell'Acquario era solo una trovata pubblicitaria per i figli sbandati della middle class, perché il sangue con cui era stata scritta la costituzione reclamava la sua vendetta, perché ovunque si respirava l'insorgere dell'orrore e l'avverarsi di un'antica maledizione, quando qualcuno vorrà capire cos'erano gli anni Sessanta e perché sono stati sprecati nella direzione sbagliata, guarderà *Kitchen* e lo capirà.

Mentre fuori esplode la primavera, noi ci chiudiamo in casa per girare *Poor Little Rich Girl*. Ci trasferiamo tutti nell'appartamento di Edie sulla sessantatreesima strada est, fra la quinta e Madison. Ve lo ricorderete anche voi perché divenne famoso sui magazine di moda per via del grande rinoceronte impagliato, da lei ribattezzato Wallow, sul quale posava per i fotografi.

Wallow fu la cosa più vicina a un marito che chiunque di noi avrebbe potuto immaginare per Edie. Parlava con lui continuamente quando era su di giri; si confidava quando pensava che nessuno potesse davvero capirla; sul suo dorso versava fiumi di lacrime in preda alle malinconie da hangover. Mangiava con lui, si addormentava su di lui, se lo portava davanti al televisore, accoccolandosi vicino e sfiorando il suo corno con dolcezza, mentre con un filo di voce intonava una cantilena infantile. La scena del film che preferisco in assoluto è quella in cui Edie balla sulla schiena di Wallow aprendo le braccia come le ali di una bufaga antropomorfa al ritmo di un disco dei The Kinks.

A questo punto della storia lei è sfacciatamente benestante, adorata e riverita, bella e vulnerabile oltre ogni limite. Nel suo sangue scorrono ritmo e pillole. È totalmente fuori: fuori luogo, fuori di testa, fuori di casa a cercare di farsi notare da chiunque, in un ristorante, in un locale, per la strada. Si riempie di droghe e di alcol, ma quello di cui sente più bisogno, un bisogno disperato, è l'approvazione.

In quel microcosmo apocalittico che era la Factory di Midtown, quella dove tutto era specchio e tutto era arte – la riproduzione di riproduzioni, i ritagli di stampa, l'operosità industriale, l'arte totale che investiva ogni aspetto dell'esistenza, il lavoro, le feste, le relazioni, il sesso –, c'è stato un prima e un dopo Edie Sedgwick.

Nessuno si stupisca che l'epicentro della controcultura sulla East Coast abbia avuto come messia la pupilla reietta di una tipica famiglia di *WASP* californiani, quella genie di bianchi anglosassoni protestanti che con il loro potere, la loro rete di relazioni e i loro modelli monolitici di virtù pubbliche e vizi privati rappresentavano il nemico contro cui si scagliavano orde gioiose e sballate di *youthquakers*. Noi non eravamo hippie, eravamo il contrario degli hippie: urbani, decadenti, cinici. Li snobbavamo e li deridevamo, ma li trovavamo comunque favolosi perché erano giovani come noi, belli come noi, promiscui come noi e totalmente iperattivi; e noi andavamo pazzi per l'iperattività.

Edie è la più iperattiva di tutti, nessuno riesce a tenerle testa.

Il nostro denominatore comune alla Factory è l'impellente, irresistibile desiderio di essere notati. Per le superstar, mezze-star, brutte-star, non-star, uomini, donne, tagliati fuori, ipersessuati, desessuati, transessuati, decadenti, satanici abitanti della nuova utopia di Warhol, l'obiettivo è la fama, la ribellione, lo stile, il narcisismo, l'aura.

Alla Factory la ribellione di ognuno non è solo accettata, ma incoraggiata: se non fossimo ribelli, non saremmo tollerati. C'è di più: la nostra ribellione riceve l'attenzione della stampa, e questo ci manda ancora più fuori di testa. Adoriamo vedere il nostro nome e le nostre fotografie sui giornali e sulle riviste. Ognuno di noi ha la sensazione di ricevere finalmente l'affetto e l'attenzione che ha sempre voluto. Questa fame d'amore è come una voragine che più crediamo di appagare con il riconoscimento degli estranei, più si allarga dentro di noi: se serve, saremo più scandalose di chiunque altro, più pazze, più sfacciate, più audaci.

Ma quando Edie irrompe nella nostra frenetica corsa verso la fama, sposta l'asticella troppo in alto: gli occhi sono solo per lei; e così gli obiettivi dei fotografi e le macchine da presa.

Lei, lei, lei, soltanto lei. Che non sembra nemmeno accorgersi di tutta quella venerazione e di quell'amore e si lascia cadere mollemente dentro abissi ai quali nessuno di noi ha mai osato affacciarsi: potevi avere il corpo di Edie, i suoi soldi, la sua compagnia, ma non era possibile avvicinarti alla sua anima. Quella con Andy è stata la sintonia perfetta, il tintinnio di due calici di cristallo che si toccano celebrando la gioia della loro risonanza, ignorando l'uno il contenuto dell'altro.

Quando non hanno altri argomenti, lei e Warhol parlano del film che stanno sempre sul punto di girare: la storia della vita di Edie, interpretata da lei stessa. È il loro modo di promettersi che non si lasceranno mai, che sono due metà dello stesso cuore palpitante, dello stesso corpo androgino.

Quello fu il momento in cui iniziammo le riprese di *The Chelsea Girl* e, gradualmente, si aprì una crepa. Vorrei essere più ordinata, ma non è possibile. C'erano stati tutti quei mesi al ritmo di Edie, e credo fossimo in qualche modo esausti. Certo, c'erano le gelosie; ma era soprattutto stanchezza. Non arrivava mai da nessuna parte senza almeno un paio d'ore di ritardo; spesso molte di più. Andy l'aspettava sempre, per strada, senza dire nulla. Se qualcuno protestava si limitava a dire: «Sa quello che fa». Riponeva una totale fiducia nell'istinto mondano di quella ragazza. Edie, dal canto suo, voleva sempre andarsene. Anche se una festa era riuscita, anche se la serata stava andando alla grande, anche se il bello doveva ancora venire, lei a un certo punto annunciava che bisognava andare: Andy la seguiva come un cagnolino, e a noi toccava fare lo stesso. Così tutti gli eventi diventavano l'evento di Edie. A noi non restava che fare da coreografia.

Cominciò tutto con una sorta di esclusione. Non era voluta, ma era palpabile. Che fosse soltanto una sua impressione o che fosse frutto dell'inconscio collettivo non fa alcuna differenza: Edie sentiva di non avere l'attenzione di cui aveva bisogno, ballava in un angolo della Factory, distante e chiusa in se stessa.

Tutto aveva creato in lei l'illusione di non essere sola: la droga, i flash, l'adorazione di Andy, la telecamera, New York, gli anni Sessanta. Non voleva – e forse non poteva – metabolizzare la solitudine di ogni essere umano, compresa se stessa. Ma se non ti abitui all'idea che siamo soli e insignificanti, di passaggio e destinati a finire, se non fai i conti con il lato misero della tua umanità, a un certo punto ti perdi nella follia. Questo le accadde: diventò matta. Il germe dell'autodistruzione che cresceva dentro di lei si nutriva dei suoi ostinati, incessanti e inutili tentativi di fuggire da se stessa. Non importa quanto fosse favolosa sui manifesti, nelle fotografie o nelle lodi degli sconosciuti: dentro continuava a sentirsi un mucchietto di spazzatura. Perfino la sua casa divenne un luogo sinistro, buio; anche metaforicamente. Sembrava sempre che strillasse in modo isterico: anche quando non stava gridando, la sua voce si tramutava in una sorta di fischio a ultrasuoni. Era nevrotica, stizzosa, friabile, parlava solo di postumi o di quanto era stata *high* il giorno prima e di quanto lo sarebbe stata l'indomani. Sembrava la parodia accelerata di se stessa in *Poor Little Rich Girl*: una ragazza inoccupata che passa le sue giornate a sfogliare poche riviste, fumare troppe sigarette, chiamare troppe persone al telefono, bere troppi caffè e provare troppi vestiti.

In what costume shall the poor girl wear, to all tomorrow's parties: era ancora così, era Edie, ma soverchiata dai mostri interiori che cercava goffamente di ignorare.

A luglio, Andy e Chuck Wein iniziarono a girare *My Hustler* e, per la prima volta da mesi, non c'era nessun ruolo scritto per Edie. Compariva invece Genevieve Charbin, in una breve sequenza insieme a Paul America. Vi lascio immaginare la tragedia che montò Edie.

Percepiva – io credo – l'avvicinarsi della fine di quell'anno, la conclusione del 1965. Dentro quel mondo lì, mentre tutto le vorticava intorno, le era sembrato di essere finalmente al centro, il posto che aveva sempre meritato di occupare. E ingenuamente – o ostinatamente – sperava di poterlo occupare per sempre, al di là dello scorrere del tempo, al di là di ogni possibile limite, oltre la fine di tutte le cose mortali. Sono piuttosto certa che ciò che faceva al suo corpo con quell'enorme quantità di droga, l'accelerazione che imprimeva a ogni situazione schiacciando l'acceleratore della giovinezza a tavoletta, il potere che aveva di far iniziare le cose nel momento in cui appariva – l'arrivo di Edie alle feste, nei locali, in ogni spazio sociale era diventato "l'evento" in sé –, il dinamismo che imprimeva a ogni ambiente accennando uno dei suoi fatali passi di danza fossero il tentativo umano di fermare il ciclo dell'esistenza e rubare spazio alla fine. Non aveva paura di morire, a patto che la morte fosse uno schianto spettacolare, l'ultimo grande spettacolo di Edie. Ma non avrebbe sopportato di "passare" come era passata ogni altra ragazza che l'aveva preceduta; e come sarebbe passata ogni nuova ragazza dell'anno successivo. Voleva che fosse sempre il 1965, quello di "Edie, la ragazza pop dell'anno".

Il 1964 era stato l'anno di Baby Jane Holzer e il suo errore era stato sopravvivere al 31 dicembre: ora, il suo nome, provocava un'involontaria e generale increspatura delle labbra, un sardonico ghigno di scherno e noncuranza. Lo stesso che si riserva a un ricordo pruriginoso ormai gettato nel cassonetto della memoria, con tutto ciò che non interessa più e non è proprio il caso di rivangare. La primavera era passata, l'estate era finita, gli alberi avevano perso le foglie, alcuni locali erano stati chiusi, le notti si erano tramutate in albe, la città continuava a vivere, tutti iniziavano a guardarsi intorno in attesa del nuovo.

Edie stava lì, salda sulle sue gambe esili e scattanti, pretendeva ancora attenzione, era ancora il 1965, era ancora il suo anno. Ogni volta batteva i suoi tacchi tre volte esclamando «Nessun posto è bello come il mio anno», sperando che il mago di Oz facesse per lei una magia inversa, strappandola dal mondo per trattenerla per sempre su quella strada di mattoni gialli di cui era regina indiscussa. Edie sentiva che un giorno sarebbe stata un'increspatura di labbra, un ciglio alzato, uno sguardo perso a cercare di riconoscerla e ricollocarla in un passato ormai scontato e logoro.

Non le importava di entrare in quel futuro, non ci voleva proprio mettere piede.

In *The Chelsea Girls* Edie aveva una parte piccola, ma comunque c'era. Il suo frammento si chiamava *The afternoon*, "il pomeriggio". Già quando ci trasferimmo in massa al Chelsea Hotel e montammo i dodici set nelle dodici stanze che avrebbero ospitato il girato di ciascuna bobina, quello che era stato scritto non le bastava. Nessuno capiva esattamente cosa volesse davvero. Era ovvio che non poteva esserci una parte più ampia, più preponderante, che non c'era una protagonista. Il film era esattamente quello e, se vi capiterà di rivederlo oggi come è successo a me – anni dopo, al Whitney Museum, in una retrospettiva cinematografica su Warhol – metterete a dura prova la vostra pazienza. Non si tratta solo della lunghezza – non lamentatevi per quelle tre ore e mezza: l'originale superava le quattro ore, più il tempo che serviva per capire come proiettarlo! – ma anche, per quanto mi riguarda, della sua insopportabile e deliberata mancanza di significato e autoindulgenza.

All'epoca però fu una bomba. Prima di tutto, fu il primo vero film di Andy: girato con meno di duemila dollari, ne ha incassati non so più quante centinaia di migliaia. La sua produzione fu come tutte le altre, un totale casino. La macchina da presa, fissa sul cavalletto, si concedeva giusto qualche zoomata. I set erano allestiti come diorami di interni newyorkesi più o meno malfamati, che vagamente si rifacevano a *The Connection*, una celebre pellicola, girata nel '61 dalla regista Shirley Clarke, che era stata perfino a Cannes. In quel film, la macchina era puntata su un gruppo di eroinomani dentro un appartamento topaia: li stanava appena svegli, in totale hangover, e li spiava mentre interagivano nervosamente in attesa dell'arrivo di nuova droga, procacciata da tale "Cowboy", che è appunto "il contatto" che dà il titolo al film. Cowboy arriva davvero, ha con sé sia la droga sia una nonnina che lui chiama "Sorella salvezza". I due accompagnano uno per uno gli inquilini in bagno e li bucano. L'opera della Clarke, che si era unita all'American Cinema Group e aveva firmato il loro manifesto, non era solo un ottimo film, ma era carica di significati per tutti quelli che entravano negli anni Sessanta con la stessa consapevolezza di chi viene assegnato a una trincea di prima linea. Riprendeva e fissava uno spettacolo epocale che il Living Theatre portava in giro dal '59 e per il quale Judith Malina aveva preteso un intero cast di eroinomani genuini. L'effetto finale era ben oltre il meta-teatro e persino al di là di un nuovo teatro della crudeltà con cui Julian Beck immaginava di attualizzare le teorie di Artaud. La tournée era stata più che tormentata dagli imprevisti e dai problemi: l'apice fu una vera overdose, avvenuta nel bagno durante lo spettacolo. Il pubblico urlava, sveniva, si scandalizzava. Mentre tutta la compagnia li osservava pietosamente: possibile che questa gente non avesse la minima idea di cosa c'era lì fuori, di cos'è la realtà?

Andy era rimasto incantato dal Living Theatre. Quando arrivò, noi c'eravamo. Era un po' di inverni che cercavamo qualcosa di nuovo, di indubbiamente nuovo, di tassativamente nuovo: battevamo ogni antro di New York in branco, come cani alla ricerca di qualcosa che ci emozionasse. Il teatro di Julian e Judith era persino oltre: niente era più scontato, nulla sembrava ciò che era, pubblico e attori erano insieme ed erano indistinguibili. Cos'era la vita, cos'era il teatro? Ogni confine perdeva consistenza, nitidezza, incorruttibilità; ogni limite diventava sfocato; e poteva essere infranto. Uomini e donne portavano sulla scena loro stessi che recitavano in quanto attori. Andy ne rimase folgorato. In quel teatro, in quel modo di rendere vivo e reale il dramma, il qui e ora esisteva, aveva fascino e forza, era irresistibile. Prese quel modo di fare teatro e lo portò in pellicola. Dietro la cinepresa, cancellò i personaggi, gli attori, la recitazione; nonostante la sceneggiatura, i protagonisti dei suoi film erano sostanzialmente loro stessi.

Naomi Levine era un'attrice del Living. Ce la presentarono Gerry Malanga e Wynn Chamberlain. L'avevano conosciuta a una festa; e avevano passato due giorni insieme, letteralmente.

Dopo di lei, ci fu Ondine. Conobbe Warhol a un'orgia. O meglio: Andy se ne stava come al solito in un angolo della stanza a osservare quello che accadeva, e a Ondine questa cosa proprio non andava giù. Così disse al padrone di casa, quello che aveva organizzato l'orgia, che era un suo amico: «Ehi, ti dispiacerebbe buttar fuori "quella cosa" da qui?».

"Quella cosa" naturalmente era Warhol. Che venne allontanato. Quando l'orgia finì, fu lui ad andare da Ondine dicendogli che nessuno l'aveva mai buttato fuori da una festa. Poi gli chiese se si erano presentati, insinuando – a suo modo, come un serpente – che forse non sapeva con chi stava parlando, né chi fosse. Ondine lo guardò dritto negli occhi per un tempo che parve lunghissimo, poi prese fiato e gli urlò in faccia: «Non me ne frega un benemerito cazzo di chi sei tu; se c'è un'orgia e tu stai a guardare, semplicemente non sei dentro, non ci sei, sei altrove; e allora tanto vale sbatterti fuori».

Ci misero ancora un po' per diventare amici. Ma poi Ondine e Naomi divennero insostituibili nella sua vita, tanto che registrò quasi incessantemente le loro voci con l'aiuto di "sua moglie", il registratore che, da un certo punto in poi, portava sempre con sé. E quando dico sempre, non sto usando un eufemismo.

Ondine, che sotto speed è riuscito a parlare per ventiquattr'ore senza mai fermarsi, piace così tanto a Andy che in *The Chelsea Girls* gli permette di officiare messa. Non so che anime potesse salvare quella povera creatura, il cui unico fattore di fascino risiedeva negli effetti sonori collaterali che le amfetamine scatenavano nel suo corpo. Quando si ripulì, dopo l'attentato a Warhol, perse tutto il suo fascino e divenne rapidamente un vecchio, patetico finocchio che cercava di tirare avanti ricordando i favolosi anni della Factory. Anche lui era un ambasciatore dello speed, dei suoi molti pregi privi di conseguenze. Un'opinione che il suo fegato non ha mai condiviso: credo che solo l'aver drasticamente ridotto il consumo gli abbia permesso di sopravvivere ancora due decenni.

La messa di papa Ondine era inizialmente pensata per essere la performance più blasfema di *The Chelsea Girls*. Ma venne ampiamente superata da due verità mai mostrate prima sullo schermo. La prima erano i buchi: quello fatto con cura da Brigid a un anonimo quarto posteriore e soprattutto quello che Ondine si fa con rude esperienza nelle vene della mano sinistra. Ho detto – forse senza abbastanza enfasi – che in *The Connection*, sia a teatro che al cinema, le iniezioni avvenivano fuori scena. Nel film di Warhol, invece, la pellicola registrava tutto: i gesti, i lacci, le espressioni sui volti, il prima, il durante, il dopo. Andy aveva già usato la droga come soggetto delle sue opere, vincendo addirittura una medaglia: la Art Directors Club Medal, nel 1952, per le illustrazioni che fece per *The Nation's Nightmare*, un radiodramma della CBS pubblicato anche in vinile e incentrato proprio sull'abuso di droghe. Ma la novità di *The Chelsea Girls* era il divertimento: le droghe erano esilaranti; maggiore la dipendenza, più irresistibile lo spasso. Il secondo scandalo, anche più imperdonabile del primo, fu quello dei nudi maschili: due, per la precisione, uno in bianco e nero e uno a colori – il girato delle prime bobine, quando avevamo ancora i soldi per le riprese a colori –, per un totale cumulativo di forse dieci secondi, che bastarono però a causare una serie di turbolenze e, va detto, un mucchio di pubblicità gratuita.

Il "Time" decretò che «esistevano posti adatti a questo genere di cose, posti davvero underground: le fogne». I nudi furono al centro della recensione di Eleanor Lester sul "New York Times", che definiva *The Chelsea Girls* «un film a metà strada tra Bosch e l'idiozia», per il quale la critica scomodava addirittura Victor Hugo e James Joyce, decretando il successo della pellicola e la sua emersione dalla sala sotterranea della quarantunesima al ben più prestigioso Cinema Rendezvous della cinquantasettesima.

«Se l'intento di mister Warhol era quello di dimostrare che l'aspetto più spaventoso del peccato è la noia, da cui ha origine e in cui fatalmente finisce, allora ci è perfettamente riuscito.»

Il potente distributore Joe Levine si rifiutò pubblicamente di "consegnare" le sue quattromila sale a un pervertito come Warhol.

In un coro di stroncature e rifiuti eccellenti, *The Chelsea Girls* fu il primo film underground a raggiungere la quasi totalità delle sale di prima visione, da Atlanta a Chicago a Los Angeles, da Berlino a Copenaghen a Parigi. A Boston, il film fu bannato, interrotto dalla buoncostume e il proprietario della sala multato per oscenità. Andy lo considerò una medaglia di cui andare orgoglioso.

«Il sogno di ogni produttore!» Così definì l'episodio.

Per evitare di avere problemi, il cinema Treasures di Chicago, prima di proiettare il nostro film, cambia il proprio status in sala riservata solo agli adulti. Evitiamo così i raid della polizia, che però arrivano poco tempo dopo con la proiezione di una pellicola – a detta di molti – non altrettanto scandalosa: *Gola profonda*.

Esaltati, portiamo in valigia una copia della pellicola oltreoceano, niente meno che al Festival di Cannes, che nel 1967 inizia il 27 aprile. Andy è stato invitato nella sezione "Nuovi registi" e il film viene proiettato in una delle sale minori, in un evento che non potrebbe essere più *off* di così. Sfiliamo sulla Croisette in divise sadomaso, con fruste e stivaloni, dichiariamo guerra alla sobrietà e all'understatement: facciamo l'impossibile per attirare l'attenzione della stampa e l'interesse dei sostenitori. Andy sfodera il suo miglior corredo di espressioni annoiate e rilascia dichiarazioni come: «Tutto il film è trash; semplicemente perché la vita è trash». E poi, sui poteri forti di Cannes: «Sono così vecchi, dovrebbero gestire una drogheria. Prima, il pubblico si addormentava durante i miei film. Questo, quando non se ne andavano. Ma *The Chelsea Girls* li tiene incollati. Perché? È sconcio».

Non ottenemmo l'attenzione desiderata, nessun distributore si fece avanti, ma per Andy quella rappresentò la prima vera immersione nella vita dell'alta società europea. A Cannes cenò con Brigitte Bardot e suo marito, l'erede di un impero fondato sui cuscinetti a sfera. Quella sera, la Bardot ci diede una lezione su cosa significa essere una vera diva: quando Andy le disse che era stata la sua prima scelta per *Sleep*, lei non tradì alcuna emozione negativa, ma finse una lusingata e sincera curiosità. Per tutta la vita, ogni volta che qualcuno la nominò in sua presenza, Warhol non poté fare a meno di dire, con gli occhi lucidi e la voce spezzata: «È davvero così... così dolce, davvero dolce».

Ce ne andammo in giro per la Costa Azzurra, con Nico che guidava facendo tappa tra i vari spacciatori e che, come sempre, rischiò di ammazzarci tutti più di una volta. Poi Andy andò a Parigi per la prima al Cinémathèque Française – la mecca dei cinefili di tutto il mondo –, cenò ancora due volte con la Bardot e assistette per un intero pomeriggio a un discorso di De Gaulle senza capire una parola, ma totalmente rapito dal suo stile. Quando Taylor Mead, che all'epoca abitava a Parigi, gli disse di aver assistito all'abbandono in massa della sala da parte di pittori e galleristi, Andy comprò i biglietti per tornare a New York: la Francia era ancora troppo conservatrice per accogliere il suo verbo.

Prima, però, facemmo tappa in Inghilterra, volando con le pizze di *The Chelsea Girls* stipate nelle valigie.

Il pubblico inglese non poté vedere il film fino alla fine del '68: per quasi due anni circolò una ridicola versione ridotta a due ore, epurata da ogni nudità. Ma fummo ospitati a casa del gallerista Robert Fraser, che organizzò una proiezione su invito. Fu molto gentile: quando Paul Morrissey gli spiegò che servivano due proiettori per riprodurre simultaneamente le due metà del film, Fraser chiamò un caro amico che ci prestò il suo proiettore e che, la sera, tornò con tutta la sua band. Era Paul McCartney insieme ai Beatles.

Tutto questo per dire che *The Chelsea Girls* era l'occasione che tutti aspettavamo. Fu una cometa che lasciò una scia fulgida e lunga, abbastanza da illuminare per anni ogni nuova pellicola targata Factory. Andy diceva ai giornalisti che stava per girare un film sull'assassinio di Kennedy – un tema sacro per gli americani, intoccabile quanto la pedofilia della Chiesa cattolica in Francia e in Italia –, il suo fidanzato Rod La Rod dava anticipazioni su quello che sarebbe stato *I, a Man*, e la stampa, nessuna eccezione, chiedeva se sarebbe stato come *The Chelsea Girls*. La risposta era sempre quella: ci saranno molte più sconcezze.

Edie tutto questo se l'era lasciato scappare. Ma il '65 era finito e quello che successe nel '66 è il motivo per cui mi trovo qui oggi e cerco di rimettere insieme i pezzi di quella triste storia.

Perdonerete ancora un po' la vecchia signora eccentrica che sono diventata e mi scuserete se con fatica riordino questi ricordi sempre più confusi, che si allontanano nella memoria quanto più mi avvicino alla fine di questa vita mortale. È questo che succede con la vecchiaia: smettiamo di essere fecondi nel corpo e produciamo solo passato. Mi chiedo se, quando sarò morta, il mio passato rimarrà; e cosa succederà allora. Lascio un libro di memorie, finisco con una mostra di dipinti e sculture della cui modestia – quanto meno realizzativa, perché per quel che riguarda il contenuto rimango fiera della mia fantasia – sono consapevole. Forse ci siamo anche incontrati; possibile che vi abbia stretto la mano in una delle stanze della Galleria Dillon. Non potevate sapere che ho il cancro da tempo e che in poche settimane – tre al massimo – potrete dire di essere stati tra gli ultimi ad avermi incontrata da viva. Quello che lasciamo dietro di noi lo puntiamo sulla lotteria del tempo: potrebbe diventare un pezzo della storia, un'altra versione dei fatti, entrare nei libri e modificare il modo in cui si racconta un'epoca intera. Oppure tutto questo passato, che oggi è diventato l'unica dimensione in cui trascorro il mio tempo, si accartoccerà insieme al corpo dentro il forno crematorio, disperdendosi come le mie ceneri. I ricordi interrotti e le domande senza risposta che mi fanno sanguinare e che turbano la mia pace, verranno raccolti e riciclati da qualcuno che mi ha amato o ha amato la mia vita; oppure si disferanno, come le mie ossa.

Il pezzo di passato che vi affido con queste pagine non è l'eredità di nessuno, soprattutto di Edie. Lei voleva disperatamente dimenticare: se ho capito qualcosa nel tempo che abbiamo passato insieme su questa terra, è proprio questo. Ma per me è diverso; per me tutto quello che è successo, soprattutto dopo, dentro la voragine, erompe da argini che non riesco più a contenere. Prima di andarmene, voglio usare questo ultimo tempo che mi resta per dare al passato un ordine e una forma. Starà a voi farne ciò che volete.

The Chelsea Girls è stato il film che ha fatto sì che tutti si sedessero e notassero quello che stavamo facendo (e molte volte questo significava sedersi, alzarsi e uscire). Fino ad allora l'atteggiamento generale verso quello che facevamo si limitava a definirlo "artistico" o "volgare", oppure veniva liquidato come "apparenza" o più semplicemente "noioso". Ma dopo *The Chelsea Girls,* parole come "degenerato" e "disturbante" e "omosessuale" e "drogato" e "nudo" e "reale" hanno cominciato a essere regolarmente associate a noi.

Ho detto che c'era un pezzo con protagonista Edie, che lo girammo e lo montammo benché lei e Andy avessero già da tempo scavallato la cima dell'idillio per iniziare la discesa verso il baratro dell'incomprensione. *The afternoon* fu una delle prime sequenze del film. Lo girammo interamente nell'appartamento di Edie, come del resto avevamo fatto con quasi tutte le pellicole incentrate su di lei, che altro non erano che interminabili riprese di Edie intenta a essere se stessa, ossia la ragazza dell'anno di New York: il rituale del make-up come un'estenuante e ripetitiva cerimonia del tè, i cambi d'abito nell'attesa beckettiana di un evento destinato a non aver mai luogo, la sigaretta sempre accesa come la flebile luce di un naufrago alla deriva che si illude di splendere più delle stelle.

Non ne potevamo più dei film di Edie. Non ne potevamo più di Edie e della sua esasperante richiesta di attenzione e adulazione e rassicurazione. C'era qualcosa di così irreparabile dentro di lei che, per diverso tempo, ci aveva aiutato a calibrare le nostre *conneries,* decisamente più tollerabili in confronto a tutto quel suo *innommable.* Ma gli esseri umani non sono fatti per vivere troppo a lungo sospesi sul baratro, in stati alterati e vertiginosi: finiscono per subire una mutazione troppo profonda, che quasi sempre coincide con la metamorfosi e, inevitabilmente, con la regressione.

Qualcosa del genere successe a Edie, dopo il set di *The afternoon.* Il girato totale raggiungeva i cento minuti ed era un'orgia di tempo perso e di chiacchiere vacue tra lei, Ondine, Dorothy Dean, Arthur Loeb e Donald Lyons, tutti ammassati sul divano, riforniti di abbastanza alcol e amfetamine da parlare incessantemente di nulla. E per la prima volta, si può dire che Andy "compare" nel film: si sente la sua voce fuori campo mentre cerca di dirigere quell'ammasso di perdigiorno con ordini molli come «Dorothy, ricordati di guardare in camera e di sorridere», o anche «Cammina sopra il divano», oppure «Dai, Ondine, comportati come si deve».

Come ogni altra pellicola o lavoro di Warhol, *The Chelsea Girls* esiste in più versioni, nessuna ufficiale.

«Non sono sicuro che il film attualmente in visione al Cinema Rendezvous sia lo stesso proiettato alla Cinémathèque. La versione originale era di quattro ore, mentre quella attuale è di tre ore e un quarto. Sembra che da qualche parte il finale sia stato cambiato» ammette Andy stesso ai giornalisti. A tutt'oggi, la scheda del film di Jonas Mekas, la descrizione dell'Anthology Film Archives e la lista degli episodi nella copia restaurata dal Department of Film del MoMA non coincidono, benché spesso si tratti soltanto di un diverso titolo di un episodio.

Il lungometraggio è la somma di sei paia di segmenti che durano trentacinque minuti ciascuno. Quando fu il momento di montare tutto, poco meno di un anno dopo la fine delle riprese di *The afternoon,* Warhol e Chuck Wein decisero di usare la terza bobina come sequenza di chiusura del film. Edie però aveva firmato – diceva – un contratto con Albert Grossman, il manager di Bob Dylan, e questo – sosteneva fieramente – era il primo passo verso la "vera" celebrità. Così il suo pezzo venne sostituito dallo struggente primo piano di Nico a colori mentre piange silenziosamente.

Quando distrusse la strada di mattoni gialli che l'aveva portata alla Factory, dopo che ci lasciò con la stessa drammatica arroganza con cui si abbandona una famiglia, Edie obbligò Paul Morrissey a eliminare le sue sequenze dal film.

Lei era così: tutto e il contrario di tutto; senza repliche e prima di subito. Aveva passato un intero anno a voler essere il centro del nostro mondo e ora pretendeva di essere completamente rimossa. L'ossessione trasforma gli esseri umani in mostri, e in questo senso Edie era diventata un mostro; forse un mostro più discreto, ma sempre un mostro.

Di ciò che ha decretato prima il calvario e poi la crocefissione di Edie parlerò tra poco, promesso.

Ora è importante che dica con chi Andy sperò di rimpiazzarla dopo aver emesso la sentenza che la condannava all'esilio e, come oggi sappiamo, inevitabilmente, alla morte per oblio.

Appena dopo averla ripudiata, tentò di accompagnarsi a Susan, ma la loro si rivelò una relazione minata: lei lo introduceva nei salotti, gli presentava potenziali finanziatori, pagava i tavoli nei locali anche per lui; Andy, invece, la metteva costantemente contro gli altri, finendo per isolarla.

Per sua fortuna, nel momento stesso in cui Edie esce di scena, Nico è già tra noi. Si è materializzata come una sorta di oracolo o di ologramma della Madonna, una di quelle apparizioni per le quali la gente in Europa va fuori di testa e da grotte erige cattedrali, da baracche crea santuari, da luoghi di preghiera genera fabbriche di devozione. Arriva dalla Germania, da un paesino che gravita nell'orbita di Berlino, è scappata dalla guerra, parla sette lingue e, per quanto riesco a capire, ha mandato in fumo ogni strepitosa occasione che la vita le ha offerto perché non riesce a dare alle sue giornate nemmeno l'ombra di un'organizzazione.

Quando la conosco, ha con sé un bambino dolcissimo, Ari, che ha quattro anni e sembra divertirsi nel caos disordinato in cui sguazziamo. Il suo viso angelico apre e chiude *The Chelsea Girls* in due sequenze che – riviste oggi che la vecchiaia mi regala un'altezza di pensiero più vicina al fatalismo dei morti piuttosto che alla tormentata pietà dei viventi – sono così emblematiche da risultare inquietanti.

Di cosa è fatto il passato che riesce a trascinarci fin sul fondo del pozzo, nell'oscurità, aprendoci sotto i piedi uno sciame di botole in cui ci lascia precipitare senza conforto? Oggi non mi è più possibile cogliere ciò che era mentre lo vivevo, e sono costretta dalla maledizione dell'età a essere attratta dai ricordi solo per osservarli mentre si schiantano contro tutto ciò che è successo dopo, contro l'annullamento del futuro e di ogni possibile redenzione. In questa mia quotidiana discesa tra le compagne ormai scomparse, non ho né il potere di Orfeo né l'innocenza di Euridice; e la mia memoria – che sia maledetta! – instilla in me ogni volta lo stesso istinto di salvarle, sapendo che non potrò che consegnarle al loro destino. Così con Edie, così con Nico e soprattutto suo figlio, Ari. In *Nico in Kitchen,* lei passa il tempo a sistemarsi la frangetta e a chiacchierare con Eric Emerson, mentre Ari, che non ha ancora compiuto quattro anni, gira intorno al tavolo e si rotola sul linoleum sudicio.

Un giorno – in cui ho dimenticato di legare la mia coscienza a un palo fuori dalla Factory – mi permetto di chiederle se questa è la vita adatta a un bambino, e ricevo uno sguardo pieno di rimprovero. Nico non parla quasi mai; quando lo fa, impiega un tempo infinito per completare le frasi, come se il suo pensiero soffrisse di una sorta di aritmia cerebrale. Non nomina praticamente mai il padre di Ari: si limita a un'espressione dura, da animale pronto all'attacco.

Di punto in bianco il bambino sparisce, e io non oso chiederle che fine abbia fatto per paura che sia stata lei a causarne la scomparsa: potrebbe averlo fatto inavvertitamente, mentre era incosciente, o averlo messo in pericolo per una faccenda di sesso o di droga; la cosa non mi sorprenderebbe. Non ho mai visto una donna come lei, una madre come lei, nemmeno una persona come lei. Solo l'eroina riesce a darle una sorta di routine.

Parlare di normalità in questo covo suona quasi grottesco. Eppure ognuno di noi, a suo modo, riesce ad avere delle abitudini che non siano necessariamente e solamente legate alle sue dipendenze: alzarsi dal letto; interessarsi della propria igiene; alleviare i bisogni fisiologici elementari, come idratarsi, nutrirsi, evacuare; relazionarsi alla società secondo regole che permettano di ottenere servizi, beni, denaro; consumare ciò che si è ottenuto; riposare; ripetere il tutto dall'inizio.

Nico, invece, manifesta un'insofferenza crescente e sempre più aggressiva verso qualsivoglia eventualità di adeguamento a una vaga, anarchica normalità: per tutta la vita è stata una vera gipsy, una zingara, senza radici, *déraciné*. Il suo unico rimpianto è quello di non essere nata uomo, perché, in quanto donna, le tocca fare una vita che solo formalmente è quella di un essere umano, ma in verità è pari se non peggio a quella di un oggetto, qualcosa di superfluo e ornamentale.

Detesta la sua bellezza e disprezza i mondi dove il suo aspetto e il suo talento eclettico possono darle facilmente il successo: era la più talentuosa della classe di recitazione, dove in cattedra sedeva Lee Strasberg e nel banco accanto al suo Marilyn Monroe; aveva incantato le platee d'Europa soltanto porgendo il braccio a Marcello Mastroianni ne *La dolce vita*; era una modella super richiesta, per la quale stilisti e magazine erano pronti a sfidarsi. Ed era sola al mondo, a eccezione di sua madre, che era l'unica cosa che diceva di sentire sua.

Non sopporta che qualcuno la tocchi, non solo metaforicamente: Nico non ama nessuno e nessuno può amarla, se non alla maniera di Andy, che un giorno fa per lei qualcosa che si avvicina moltissimo a una dichiarazione pubblica d'amore; intendo, conoscendoli entrambi.

Andy viene ingaggiato dai grandi magazzini Abraham & Straus di Brooklyn per creare un evento che li aiuti a vendere dei vestiti fatti in carta, da colorare con un apposito kit fai-da-te. Lui porta Nico e Ari con sé e si mettono tutti e tre in vetrina, come una sorta di clownesca *famille sacrée*. Intorno, ci sono poco più di un centinaio di persone. Nico indossa il vestito di carta, mentre in sottofondo, tra le chitarre e gli stridii delle casse audio di bassa qualità, la sua voce roca e monotona canta «*In what costume shall the poor girl wear, to all tomorrow's parties, a hand-me-down dress from who knows where, to all tomorrow's parties, and where will she go, and what shall she do, when midnight comes around*». Ari prende una bomboletta e dipinge in un verde spinacio le calze di sua madre. Andy, nel frattempo, stende un colore rosso-violaceo sul vestito, appiccica delle grosse banane di carta che ha estratto dalla tasca della giacca di pelle e stampa con un grosso rullo la parola *FRAGILE* sul davanti del vestito dalle anche in giù.

L'altoparlante ricorda a tutti i clienti che è possibile acquistare un vestito di carta per soli due dollari, che quello appena realizzato da Andy Warhol sarà donato al Museo d'Arte di Brooklyn e che Nico è la prima cantante psichedelica. Le espressioni perplesse dei presenti non hanno bisogno di commenti. Una signora si gratta l'orecchio, infastidita dal frastuono delle chitarre e incapace di comprendere davvero il senso di ciò a cui ha appena assistito. La sento chiedere all'amica: «Secondo te, ha dipinto qualcosa a mano?».

Quanto ad Ari, il rapporto che Nico aveva con lui era talvolta inquietante. A mano a mano che cresceva, iniziarono a manifestarsi i primi sintomi di un'inquietudine profonda: un demone che poteva essere addomesticato con un grande investimento emotivo e farmacologico, ma non sconfitto. Il gesto d'amore materno più sincero che Nico riuscì a concepire fu quello di condividere con lui la propria dipendenza:

fu lei a fargli la prima iniezione di eroina, per poi cullarlo nel torpore e nell'estasi immediati, esattamente come sedici anni prima lo aveva tenuto neonato tra le braccia, offrendogli tutto il calore umano e la protezione di cui era capace. Fin dal primo momento, raccontò in seguito Ari, quando si trovavano insieme dividevano sempre la stessa dose, usando un'unica siringa.

«Era un modo per sentirci uniti.»

Poi Ari ebbe un incidente molto serio. Ora non ricordo chi me lo riferì, ma so che le sue speranze di sopravvivere erano davvero poche. Fatto sta che era clinicamente morto, in coma, tenuto in vita da un respiratore meccanico. Uno si aspetterebbe che, con un figlio in fin di vita, qualunque genitore – non dico una madre, anche se lui aveva solo quella – si precipiti al suo capezzale per passare insieme gli ultimi momenti, allietando l'angoscia con sussurri amorevoli e patetiche dichiarazioni di tenerezza. Nico, invece, si presentò con un registratore: voleva registrare il suono del respiratore per metterlo in un disco. Il suo motto era: *do or die, marche ou crève, create to exist*. Per quanto mi sforzassi, non riuscivo proprio a capirla né a provare per lei una qualsiasi forma di affetto, finché Viva non mi diede un'interpretazione illuminante su quella ragazza per me inafferrabile: «Se anche ci sono delle cose della sua vita che vale la pena raccontare, lei le tiene chiuse in se stessa. Credo che, semplicemente, non le interessi la vita; forse non l'è mai interessata. Sai com'è».

Magari lo sapessi!

Per fortuna sul finire dell'estate del '67 arriva Viva, che in realtà si chiama Susan, che è una decisa, che sa un sacco di cose, soprattutto cosa vuole e come ottenerlo. E lo mette in chiaro fin da subito.

Una sera siamo tutti da Betsey Johnson, che è favolosa ed esplosiva, e a venticinque anni ha già un contratto come stilista *in house* di Paraphernalia, è adorata dalle riviste di moda, veste gli *youthquakers*, sta pensando di aprire un atelier tutto suo, ha uno splendido loft a Laguardia Place nel cuore del Greenwich Village ed è follemente innamorata di John Cale, dei *freak* della Factory, di tutte le *warholettes*, ma in special modo di Edie. Insomma, è una delle tante sere in cui siamo da Betsey, che ormai è anche casa di John, e c'è anche questa ragazza con degli zigomi atomici e la testa piena di capelli riccissimi, così truccata da sembrare in maschera, che spinge Andy in un angolo della sala e gli chiede, in un tono che non prevede il rifiuto, di includerla nel suo prossimo film. Gli dice di avere già avuto esperienze di set: ha girato da poco una scena per il film *Ciao! Manhattan* di Chuck Wein, per il quale Betsey fa la stylist e disegna in esclusiva tutti i vestiti di Edie. Per questo lei è qui alla festa: perché si sono conosciute sul set e sono amiche. «Ah, la scena era di nudo» aggiunge. Poi gli racconta di aver perso la testa per lo scultore John Chamberlain, ma che lui ha occhi solo per me.

«E quindi?» domanda a un Warhol sempre più insofferente e desideroso di divincolarsi. «Quando lo fai un film dove metti anche me?»

Andy non ha scelta: le dice che hanno in programma – che coincidenza! – un set proprio l'indomani e le scrive l'indirizzo sul polso; mentre lei contempla visibilmente soddisfatta lo scarabocchio, lui si dilegua in meno di tre secondi. Dal giorno successivo, diventa l'attrice più spregiudicata della scuderia: non solo posa nuda senza alcuna inibizione, ma trasforma ogni scena in cui compare nel preludio di un porno.

Quando entriamo in confidenza, scopro che è una pittrice e una scultrice, che saltuariamente scrive e lavora come modella. Sceglie come soprannome da star Viva, perché dice sempre che la vita è così divertente e comica; e il motivo per cui lo pensa è che si può morire d'improvviso e tutto finisce.

Diventa la donna alla sinistra di Andy, quando nelle occasioni pubbliche noi tre insieme facciamo da esca per i paparazzi. Ci muoviamo in formazione serrata: al primo accenno di flash, eccoci pronte ai due fianchi di Warhol. Siamo con lui anche al matrimonio di Betsey e John, nel 1968, quando poco prima della cerimonia finisce in ospedale per una crisi isterica. Esce dall'ospedale sulle sue gambe e arriviamo davanti al pubblico ufficiale tutti insieme, un corteo di stilosi *bohémien*. Troppo stilosi: Betsey viene rispedita a casa dall'officiante perché indossa un completo pantalone e non è possibile per una donna indossare dei calzoni durante una cerimonia pubblica. Mi correggo: è proprio vietato.

Lei non se la prende più di tanto: il suo due pezzi con giacca e pantalone svasato in velluto rosso ciliegia è strepitoso, l'ammirano tutti per strada. L'ha disegnato lei, e gli articoli che usciranno per raccontare questa cacciata dall'altare, lo sa benissimo, la consacreranno ancora di più a stilista di quelli come noi. Restiamo ad aspettarla nella sala civica, John è sempre più provato e fatica a stare in piedi. Finché la sua futura moglie torna, con la minigonna più corta che sia riuscita a scovare nel guardaroba: se le regole ci sono, che vengano oltraggiate con la massima formalità!

Ho già spiegato che, per essere ammesse al cerchio magico di Andy, bisogna possedere alcune qualità ben precise, in cui lui possa rispecchiarsi. Quella di Viva è il lamento: Viva si lamenta in continuazione, tanto che Andy si lagna dei suoi lamenti. Prima che lei arrivasse, era lui il campione indiscusso del lamento. Quello che ripete più spesso, con un piacere masochistico, è più o meno questo: «C'è un sacco di gente priva di talento che riesce ad avere successo. Qui c'è gente meravigliosa, ma non riusciamo a farcela. Perché? Come mai? Oh, è così tanto tanto difficile. Come possiamo riuscirci? Che cosa dobbiamo fare?».

Così ogni giorno, in qualunque momento: mentre si posizionano i telai, quando si stende il colore, o si piazzano le telecamere, o lo spazio è invaso da una festa, o sono tutti in hangover. Il bello della lagna è che si accompagna con qualsiasi cosa.

Poi, a un certo punto, la sua fama cresce esponenzialmente, lui non è più un artista di second'ordine, i ricchi fanno a gara per farsi fare un ritratto e pagano come minimo venticinquemila dollari facendo svolazzare le loro stilografiche in acciaio smaltato e placcate d'oro su assegni che profumano di liquidità al portatore. Tutto accelera quando Andy ha già esposto alla Ferus Gallery di Los Angeles, alla Stable Gallery di New York, alla Sonnabend di Parigi e ha tenuto la prima mostra in un museo di Filadelfia. È un nome che si legge sulla stampa, un viso buono per tutte le riviste – se di viso possiamo parlare, visto che ormai si nasconde perennemente dietro occhiali scuri e parrucchino –, insomma, una celebrità. Questo succede a New York, dove però l'ambiente lo snobba e i direttori dei principali musei non lo tengono granché in considerazione. La fortuna di Warhol è quella di essere amato da personalità che, come lui, stanno trasformando la città da un covo di ricchi *slob* a una metropoli di speculatori *snob*. Emblematica in questo senso è la sua lunga amicizia con Emile de Antonio, il catalizzatore di tendenze nell'arte contemporanea degli anni Sessanta. De, come lo chiamava Andy, non era propriamente un manager, un agente o un collezionista; piuttosto, era uno che sentiva la puzza di talento e vedeva l'aura in aspiranti artisti obiettivamente pezzenti. Mise a disposizione la sua casa a Robert Rauschenberg e Jasper Johns quando erano così poveri da non avere nemmeno un posto dove farsi una doccia. Organizzò il primo concerto di musica d'avanguardia per John Cage nell'auditorium della Rockland Foundation di cui era presidente. Chiunque ebbe la fortuna di incontrarlo, si ricorda il suo entusiasmo per ciò che era audace e straripante di potenziale. Per qualcuno, come Cage, rimane l'incontro che gli ha cambiato la vita.

«Andy, sei troppo alla moda. Sei un illustratore pubblicitario e un collezionista.»

Il problema era il collezionismo: agli inizi degli anni Sessanta, se lo praticava un artista, destava subito una certa diffidenza e pettegolezzi a non finire. De era uno che riusciva a far cambiare idea alla gente. Gli servirono gli anni Sessanta tutti interi, ma ci riuscì.

«De fu la prima persona tra quelle che conoscevo a vedere la grafica pubblicitaria come forma d'arte, e l'arte come forma di grafica pubblicitaria; e riuscì a fare in modo che la vedesse così anche l'intero mondo dell'arte di New York.»

Fino ad allora l'opera d'arte rappresentava il punto di arrivo di un viaggio che l'artista faceva dentro la sua sofferenza. Occorrevano educazione, tempo e capacità di decifrare un linguaggio per comprendere artisti come Pollock o Rothko. Warhol invece offre agli osservatori qualcosa per cui non hanno bisogno di un'educazione: sono già abituati a riconoscerlo. In inglese ci sono due termini che chiariscono questa distanza: sei *educated* quando lo studio ti ha fornito informazioni utili a capire razionalmente qualcosa a cui assisti; sei *trained* quando questo riconoscimento avviene per una sorta di istinto, un'abitudine così radicata dentro di te che non hai bisogno di fermarti, pensare, impiegare ulteriori energie. La vedi, la capisci, ti appartiene, ti rappresenta, ti piace.

Ecco cosa fa la pop art di Andy: usa il linguaggio della comunicazione pubblicitaria, della moda e del design dentro l'arte e offre alle persone opere di immediata comprensione, semplici e chiare. Essere famoso per lui significa stare in quel tempo come celebrità del mondo dell'arte, non estraniarsene in qualità di artista.

Parlare di poetica con Andy era come discutere di vino con un tralcio di vite. Impossibile conoscere Warhol dai suoi discorsi: era di pochissime parole. Aveva sviluppato una sorta di tecnica specchio nelle conversazioni, alle quali si sottraeva solo e soltanto se sentiva che era costretto; o che a breve si sarebbe inevitabilmente, mortalmente annoiato. Faceva così: esprimeva solo giudizi entusiasti su qualsiasi cosa. In questo modo nessuno poteva biasimarlo, e coloro che lo stimavano leggevano le sue affermazioni con cinica ironia: chi era entusiasta era d'accordo con lui; mentre chi trovava la cosa orribile pensava che Andy avesse trovato il sistema più tagliente per giudicarla; quindi, di fatto, era d'accordo con lui. In fondo, diceva sempre la stessa cosa. *I'll be your mirror, reflect what you are, in case you don't know*: non credo che i Velvet Underground potessero scrivere qualcosa di più calzante per descrivere la loro vicinanza con Andy. Era autore di libri che non scriveva, di film che non girava, di opere che materialmente non realizzava, e che creava ritagliando, ritoccando e moltiplicando immagini prese per lo più dai giornali.

«Sono stufa degli uomini. Non valgono niente. Non sono interessanti. Portano solo un sacco di problemi.»

La litania di Viva sugli uomini è il suo rosario quotidiano. Mi chiedo spesso se prega perché gli dei, estenuati, le concedano infine di trovare l'amore o la pace dei sensi nella castità a vita.

«Aspetta di essere famosa: allora gli uomini te li potrai comprare. Aspetta solo di essere arrivata: potrai avere a tua disposizione chiunque vorrai.»

C'è un momento di pace, per così dire: il volume della musica rock è altissimo, ma almeno non si somma ai lamenti perforanti di Viva. Che però cambia subito argomento: «Non ho un soldo. Non so come pagare l'affitto questo mese. Non so nemmeno come pagherò questo vestito che ho preso. Non posso nemmeno pagarmi un panino e sto letteralmente morendo di fame».

«Smetti di lamentarti, Viva.»

«Andy, ho bisogno di dieci dollari. Mi servono. Per pagare l'affitto. Mi dai dieci dollari?»

«Viva, smetti di lamentarti. Ti faremo diventare una star.»

Di nuovo tregua: Viva, piena di speranza, torna a concentrarsi sulle sue unghie, che rosicchia e lima senza soluzione di continuità. Quando la guardo, mi domando come sia atterrata su quel divano sfondato e macchiato di sperma secco una che ha studiato arte alla Sorbona, dormendo in un prestigioso convitto sulla *rive droite* così vicino al Louvre da autorizzarla a scambiare il rumore del vento tra le fronde dei gelsi delle Tuileries per il battito d'ali della *Nike di Samotracia*.

Ma non voglio soffermarmi troppo su questi pensieri, perché dentro la sua storia c'è tanto della mia. Sono consapevole che la descrivo come la mia diretta concorrente per ottenere i favori del nostro sovrano, ma in quella corte di superbi derelitti sono sempre stata orgogliosa e tutto sommato soddisfatta di condividere con lei il secondo posto del podio, entrambe ampiamente distaccate dall'irresistibile Edie che, grazie alla vostra pazienza, ho trascurato solo per un momento. Per mia fortuna, il privilegio dei veterani è quello di poter rivivere il passato, smontandolo e rimontandolo secondo le proprie necessità. Un processo necessario, che riporta quelli come me al tempo in cui si sono sentiti davvero vivi e non, come sono io ora, troppo poco morti. Se mi vedete affaticata non è per la stanchezza di ricordare o di raccontare, bensì per quella di sopportare: quando morirò, non sarà per consunzione del corpo, ma per esaurimento dell'animo, che cederà alla certezza di non potermi mai più sentire così intensamente viva se non nella dimensione del ricordo.

Datemi la mano mentre per tre volte batto i tacchi delle mie scarpette ultra viola e ci riporto tutti indietro all'autunno del '65. C'è un altro uomo nella vita di Edie: Bob Dylan. Su quando e come si siano conosciuti è impossibile avere una versione ufficiale. Sono in molti ad affermare che conoscesse sia lui che Bob Neuwirth fin dal dicembre del 1964; che l'avesse incontrato al Chelsea Hotel; che Edie conoscesse la sua futura moglie Sara Lownds e perfino la sua ignara amante, Joan Baez; che i due Bob fossero rimasti suoi amici per i mesi trascorsi alla Factory, assistendo senza dirle nulla a tutti i diciotto film che fece con – ma anche per – Andy.

Altre versioni collocano il loro incontro nello stesso luogo – il Chelsea Hotel –, ma in un frammento temporale diverso, dopo la fine dei soldi, dopo la rottura con il clan di Warhol, quando la passione di Edie era solo per lo speedball, una doppia iniezione nelle braccia, da un lato eroina, dall'altro amfetamina.

Poi ci sono quelli che non hanno notizie certe, ma si basano su vari avvistamenti nel corso del 1965: una festa in primavera alla Factory; una cena in inverno al Kettle of Fish su MacDougal Street; un momento imprecisato antecedente al giorno in cui, alla fine di luglio, Bob Dylan accetta di farsi riprendere per uno dei famosi *screen test* di Warhol, prima di partire per il Newport Folk Festival, ottenere la consacrazione definitiva e decidere di far sparire tutti i dettagli della sua vita privata, inclusi quelli relativi alla sua amicizia con Edie Sedgwick. Dylan, accompagnato dal suo manager, tornò per essere pagato. «Warhol cedette a Dylan un enorme doppio ritratto di Elvis. Dylan concesse a Warhol poco tempo» ha scritto Callie nel suo saggio più celebre. In una serie di litigi più o meno drammatici, più o meno plateali, più o meno nel periodo in cui lei e Andy programmavano le riprese di *Lupe*, Edie ci fece capire che era pronta per un grande salto. Ci chiedevamo tutti quale fosse, visto quello che era successo nei mesi precedenti.

Ed è a questo punto che devo mio malgrado menzionare l'inizio di una nuova avventura artistica del clan Warhol, certamente azzardata e folle, ma che ha avuto – contro ogni mio pronostico – un successo esponenziale nel tempo.

Sto parlando ovviamente dei Velvet Underground, che misero radici alla Factory nello stesso momento in cui Edie si illudeva di poter mettere le ali. Il passaggio di testimone fu così emblematico – rileggendolo oggi – da risultare inquietante.

Tutto ebbe inizio nel pieno dell'inverno del '65 in un sordido club chiamato Café Bizarre, tra la terza ovest e MacDougal Street. Sul palco buio, tra dipinti murali dal sapore esoterico e simboli della decadenza anticonformista del Greenwich Village, quella sera salì una band di quattro elementi che parevano essersi combinati per sortilegio. Il leader era Lou Reed, un ragazzo dolcissimo e timido, eroinomane dai tempi del college, che era stato prima un bambino ebreo middle class, quindi un difficile adolescente dei sobborghi la cui crescita era stata scandita da moralismo estremo, elettroshock sadici e incursioni segrete nelle notti dei gay club. Lou aveva abbracciato l'anima più tormentata del rock 'n' roll, distillando in pezzi come *Heroin, The Black Angel's Death Song* e *Venus in Furs* il suo sguardo sul mondo, minato da ciò che aveva patito e popolato dalle strategie di sopravvivenza delle giovani generazioni d'America. Insieme a lui, compagno inseparabile e co-creatore di sonorità avanguardistiche, c'era John Cale, allievo devoto del compositore La Monte Young – con cui fondò la band The Dream Syndicate –, di cui aveva assorbito gli insegnamenti più estremi. Cale era uno sperimentatore di tutti i suoni, specialmente quelli che – per lo strumento che li originava, per le sensazioni che causavano negli ascoltatori, per l'impossibilità di percepirli o di tollerarli a lungo – non potevano essere ritenuti propriamente tali. Cale riconosceva il valore fondativo della ripetizione, nella composizione come nell'esecuzione; diceva: «Se una cosa non ti convince al primo ascolto, prova ad ascoltarla ancora una volta, e poi un'altra, e poi una quarta». Nell'autunno del '63 aveva preso parte insieme ad altri musicisti alla maratona delle *Vexations* di Eric Satie che, su precisa indicazione del compositore, prevedevano ottocentoquaranta esecuzioni al pianoforte della stessa composizione, per una durata totale di diciotto ore. Dato che l'evento si tenne alla Film-Makers' Cooperative di Mekas, è certo che Warhol fosse in sala[5].

John Cale e Lou Reed erano una delle coppie più affiatate che abbia mai conosciuto, innamorati follemente l'uno del talento dell'altro, completamente interdipendenti. Si erano incontrati ai tempi in cui Lou si aggrappava con le unghie al sogno di diventare un cantautore incidendo per un'etichetta pop di basso livello, nella quale svolgeva più ruoli. Un giorno, l'etichetta invitò John Cale per fare promozione in diretta a un brano piuttosto strambo, intitolato *The Ostrich*, sul quale Lou Reed stava lavorando. Poco tempo dopo, abitavano insieme a New York, nell'unico buco che potevano permettersi, spartendosi i loro sogni, l'affitto da trenta dollari al mese e il porridge a ogni cena. Nel gennaio del '65, mentre alla Factory Andy girava *Drink* e si preparava per l'entrata in scena di Edie, Lou e John incontrarono sul D-train un compagno di college di Lou, Sterling Morrison: insieme a lui (e al percussionista Angus MacLise) formarono i Warlocks, che occasionalmente si chiamavano anche Falling Spikes.

Alla fine dell'anno, quando salgono sul palco del Café Bizarre, alle percussioni con loro c'è Maureen "Moe" Tucker, una creatura esotica agli occhi di chiunque: non tanto perché è una ragazza che porta capelli cortissimi e abiti sformati, ma perché suona la batteria stando in piedi, preferisce le mazze alle bacchette[6] e la grancassa ai piatti. Il club è quasi deserto e loro suonano qualcosa che «può essere paragonato solo a un meccanismo di interscambio ferroviario, con ruote di metallo che si fermano sui binari. La loro musica è capace di mandarti fuori di testa. È solo l'estrusione del malessere di questo paese, della nostra insensibilità sociale».

Questa dichiarazione – testuale – è riportata esattamente due settimane più tardi da uno dei commensali sopravvissuti alla notte in cui il rock 'n' roll *made in Warhol's* mandò in pappa il cervello dei più illustri psichiatri di New York.

Gli anni Sessanta sono stati gli anni del rock 'n' roll; e il rock 'n' roll è stato in quegli anni «l'inno universale di una generazione originale e inquieta, il battito cardiaco di nuovi modi di vestire, ballare, parlare, di fare arte e di una nuova morale».

Le casse della Factory rimbombavano a ogni ora di rock, alternato ad arie d'opera suonate a volume così doloroso da risultare proto-punk. Andy dichiarò al "Time" che il rock 'n' roll lo rendeva *mindless*; e che questa condizione lo aiutava a dipingere. Trascurò di precisare che non toccava un colore da mesi, forse da intere stagioni; e che la sua passione per le immagini aveva lasciato il posto da tempo a un senso degli affari ossessivo e visionario, che gli aveva fatto dichiarare alla stampa solo una primavera prima che gli artisti si sarebbero presto trasformati in una sorta di "impresari", che avrebbero organizzato "cose" invece di "farle". La sua frenesia per la sperimentazione e per un ruolo artisticamente sempre più apatico – tranne che per l'incasso – lo spinse verso la musica. Com'era tipico di Andy, ebbe l'idea e la mise in pratica; e questo nella sua testa avrebbe dovuto essere sufficiente.

Ancora oggi non saprei definire né il suo atteggiamento né tanto meno i miei sentimenti in proposito. Se lo liquidassi come fatalista non renderei giustizia alla sua continua analisi critica e alla sua ostinazione. Non posso nemmeno parlare di provocazione, perché prendeva le sue ossessioni tremendamente sul serio. Quanto a me, lo osservavo chiudere con disinteresse i portoni che si era faticosamente aperto, scansare i tappeti d'oro che l'arte gli stendeva davanti e prendere le strade dei bassifondi affidandosi a una sorta di fiducia nella *tyche*.

Non sono mai riuscita a gioire con sincerità del successo delle sue sperimentazioni perché questo avrebbe significato ammettere con me stessa, figlia dell'emancipazione e concubina della strategia, che il pensiero magico può davvero cambiare la realtà.

L'anno doveva essere il 1963. Il pretesto – dichiarò più tardi ai pochi che glielo chiesero – il Popular Image Show di Washington. Fatto sta che Andy formò una sorta di gruppo sperimentale – qualcosa che oggi i critici definirebbero "noise" – che battezzò con il nome nonsense Druds. Impossibile decodificare il criptico rimando e risalire all'esatta etimologia di questa parola senza significato: ogni ipotesi riceveva in risposta lo stesso mugugno. I più puntavano su *drugs;* quelli senza fantasia su *druids;* c'era chi ipotizzava arrivasse da uno dei molti significati di *dud;* e addirittura chi ne faceva una troncatura *bohémien* da *drudgery*. In perfetto stile Warhol, l'avventura dei Druds aveva all'origine una tribù di artisti tra i quali il *maker,* il loro creatore, si poteva abilmente mimetizzare. Alla batteria sedeva lo scultore minimalista Walter De Maria, alla chitarra c'era il pittore Larry Poons, al basso lo scultore Claes Oldenburg, mentre le voci erano quelle dell'artista e poetessa Patty Mucha e, più raramente, di Andy. C'era anche un sax, suonato dal compositore minimalista La Monte Young, che però trovò tutto così assurdo da abbandonare durante la seconda prova. A Jasper Johns fu assegnato il ruolo di paroliere, col risultato di avere testi affascinanti, assolutamente incomprensibili e totalmente neodada. I Druds, a cui si uniscono saltuariamente l'artista Lucas Samaras e la performer Gloria Graves, provano una decina di volte nello studio di De Maria in Walker Street, incidono pochi brani, come *Movie Stars, Hollywood* e *The Coca-Cola Song*, tutti scritti da Warhol, ed evitano accuratamente di esibirsi dal vivo.

Il loro fu solo apparentemente un fallimento. Andy ebbe la conferma che l'idea era ottima, ma la modalità sbagliata: come per gli altri processi creativi, era meglio che li realizzasse qualcun altro. E fu con questo spirito che mise piede al Café Bizarre negli ultimi giorni del dicembre 1965.

Le cose andarono in questo modo. La prima ad accorgersi che in quella musica c'era un'energia diversa, potente, con un'intelligenza capace di emergere dal caos e dalla disarmonia cacofonica, fu Barbara Rubin, di professione regista radicale e disturbatrice sociale, nonché unica donna affiliata alla Film-Makers' Cooperative di Mekas. Permettetemi di ricordare un momento questa ragazza straordinaria, di cui la storiografia ufficiale e la mitologia dimenticano sempre più spesso di sottolineare la necessità[7].

Ogni rivoluzione, ogni evento che segna la storia, non è qualcosa di astratto, bensì la somma di piccole cose concrete, attirate dal medesimo centro di gravità, alternativo a quello su cui fanno perno le persone normali. A New York, dagli anni Sessanta quel centro era proprio Barbara Rubin, che ognuno di noi dovrebbe ringraziare per aver sperimentato la multimedialità totale; per aver scoperto e sostenuto la nascita dei Velvet Underground; per aver aiutato Bob Dylan a non perdere completamente la ragione dopo che aveva quasi rischiato di perdere la vita in un incidente con la moto; per essere riuscita a legare quella masnada di derelitti che erano gli artisti underground creando una comunità dirompente, brillante e creativa; per aver portato la libertà erotica sullo schermo girando *Christmas on Earth* a soli diciotto anni; per aver dato scandalo in ogni occasione e con ogni mezzo, impedendo al mondo di ignorarci.

Tra tutte le ragazze straordinarie con cui ho diviso quegli anni, Barbara è stata la più agguerrita: si batteva per quel momento come se fosse l'unico possibile, con un'energia che solo adesso che il tempo mi offre il sollievo della distanza riesco ad ammirare senza temerla. Lei era una creatura del presente, nemica delle anime miti. Possedeva un cuore inquieto, famelico, impetuoso, proiettato verso un futuro tutto da costruire. Nessuno di noi considerava davvero vivi gli "altri", quella società che tentava di espellerci come se fossimo uno scarto digerito o un tumore benigno. Eppure, anche noi che componevamo la comunità artistica imperniata su Barbara ci limitavamo ad agire in quel mondo con una sorta di estraniata indolenza, come se ci fossero centinaia di altri presenti possibili. Lo stesso per il futuro: ci illudevamo di poter costruire una moltitudine di alternative, non una sola, unica, per la quale valesse davvero giocarsi la vita.

Barbara era diversa, non aveva un animo mite e si lanciava contro al futuro a velocità folle, cercando in ogni occasione lo scontro e l'esplosione. Odiava visceralmente l'indifferenza, il fatalismo, l'accidia e tutte le forme più o meno deviate, più o meno pubbliche, più o meno civili di idealizzazione del passato, tutti i modi incolori ed esangui in cui veniva mitizzato ciò che era ormai accaduto. Non ho mai più incontrato una persona come lei, con quell'odio genuino per la dimensione rassicurante e sentimentale del ricordo: un feticismo sempre più diffuso, che negli anni ho visto crescere e diffondersi, fino a diventare oggi qualcosa di molto simile a un'ossessione strutturale, che ci impedisce di guardare al futuro se non con terrore talvolta paralizzante.

Siamo malati psichiatrici e la nostra sindrome è la paura di essere responsabili del nostro stesso futuro. L'unica cura per la futurofobia di questo nostro tempo non è uno shock apocalittico, un asteroide, una guerra globale, un virus di definitiva letalità o altre illusioni fantascientifiche; né tantomeno la costruzione di una quotidianità alternativa ed eterea, fatta di immagini felici e di piccoli traguardi personali. Abbiamo ancora un disperato bisogno di corpi famelici e di spiriti incendiari come quelli di Barbara, che ha guidato la nostra rivoluzione fin dai suoi anni di ragazzina, senza mai soccombere all'indifferenza degli adulti, alla lascivia degli uomini, ai compromessi del successo, al biasimo del mondo. Lei, che credeva fermamente che le immagini – cinema, fotografia, pittura – potessero cambiare il mondo, che esordì alla regia con un capolavoro di pornografia artistica, che iniziò Bob Dylan alla Kabbalah, che organizzò un *naked party* per il trentanovesimo compleanno di Allen Ginsberg in grado di sconvolgere perfino John Lennon e Paul McCartney e le rispettive metà; lei, per l'appunto, fu all'origine e, anzi, diede origine alla leggenda dei Velvet Underground.

Si innamorò della loro musica, interessante proprio perché caotica, fin dal primo ascolto, nell'angusto seminterrato del Café Bizarre. Decise di riprenderli e di farli conoscere alla sua famiglia artistica: trascinò con sé l'amico Gerard Malanga, più volte complice in riprese esplicite, che a sua volta portò con sé Jonas Mekas e Edie Sedgwick. Il sound era così trascinante che nessuno di loro poté impedire al proprio corpo di dimenarsi e disarticolarsi in preda a una sorta di anarchia muscolare. Edie in particolare capì subito cosa Barbara vedeva in quel gruppo: benché potesse giurare che nessuno di loro conoscesse il proprio strumento, intuiva che dietro quel suono c'era la volontà di stravolgere l'estetica della musica, di riscrivere le regole del suono, di sovvertire l'esperienza dell'ascolto.

Con questi alleati, Barbara Rubin progettò di riprendere la band dal vivo. Malanga chiese a Paul Morrissey di dargli una mano con le luci e fu a questo punto, finalmente, che Andy si degnò di venire ad ascoltare il gruppo per cui tutti avevano perso la testa. Il resto è storia, non c'è bisogno che ve lo racconti io, basta che apriate un browser o sfogliate qualsiasi testo che parli di rock 'n' roll.

Quanto al film di Barbara, come ogni altro progetto cinematografico che tentò dopo lo scandaloso exploit di *Christmas on Earth*, venne accantonato da colleghi e produttori, forti del loro sessismo, di un potere economico negato alle donne, e intimoriti dalla radicalità di Rubin. Non l'ho mai sentita lamentarsi, non l'ho mai vista arrendersi, non è mai venuta a patti con la libertà totale, non si è mai giustificata in alcun modo; nemmeno quando è diventata ebrea ortodossa, ha partorito il quinto figlio e subito dopo è morta, a trentacinque anni, lasciandoci esterrefatti e increduli di fronte all'evidenza che quella femmina così esplosiva fosse una creatura mortale e, in definitiva, fragile.

Barbara Rubin è stata sotto molti aspetti la madre dell'arte underground degli anni Sessanta e, con la sua forza, l'ha imposta al centro della cultura occidentale, che ha cominciato a gravitare come un satellite intorno all'arte totale di Warhol, ai paradisi di droghe e poesia come quello creato da Allen Ginsberg nella sua East Hill Farm, al sound dei Velvet Underground.

Nessuno fece caso a Warhol: il mondo dell'arte e quello della musica erano ancora separati.

Ma a Andy è bastato sentire *Heroin* e *Venus in Furs* per capire che quella era la tela con cui realizzare il suo prossimo capolavoro. La musica era così alta che a malapena si poteva parlare. Si avvicinò a Edie e, durante una breve pausa tra due pezzi, le chiese cosa ne pensava dell'idea di farli suonare durante la proiezione dei suoi film da protagonista. Com'era prevedibile, Edie non era affatto entusiasta di spostare l'attenzione del pubblico su qualsiasi altra cosa che non fosse lei. Ma poi Gerard si mise a ballare, sinuoso, ipnotico, agitando la frusta e muovendo le gambe inguainate nella pelle nera e Andy, incantato da quell'immagine, capì che c'era materiale per un'inedita contaminazione.

«Ha sentito quanto era nuovo il loro suono» mi disse Edie poco prima di andarsene. «E Andy sente sempre molto più di quanto sia possibile capire razionalmente.»

Parlava dei Velvet o parlava di se stessa? Tutti gli oggetti della devozione repentina di Andy riferiscono inevitabilmente la stessa esperienza, quella sensazione travolgente di annegare in un'onda di ammirazione, sostegno, supporto e qualcosa di magico che somiglia alla fascinazione e all'incanto. Lou Reed per primo ha ricordato quell'incontro come la cosa più misteriosa e fatale che gli sia successa in tutta la vita. Si sono visti e ...bum! Andy era quello giusto, capace di realizzare il loro sogno.

«Non avevo idea di chi fosse, ma ero certo che fosse un'anima gemella. Veniva descritto come "passivo"; eppure ha preso immediatamente le redini. Era lui il leader, ci comandava tutti, anche se non si sarebbe detto guardandolo. Era davvero intelligente, pieno di talento e assolutamente devoto al progetto, ogni giorno, ventiquattrore su ventiquattro. In più, aveva una visione, un orizzonte verso cui puntare. Tutto questo mi calzava come un guanto.»

Warhol vide suonare Lou Reed e gli altri un giovedì sera. Il venerdì mattina i Velvet erano già un prodotto della Factory: Andy gli fece firmare qualcosa che avrebbe dovuto essere un'esclusiva, più il diritto a inserire o togliere elementi dalla band, più il venticinque per cento di tutto. Loro, in cambio, ottennero degli amplificatori. D'altronde, la strada di mattoni gialli che li aveva portati fino allo studio di Warhol era fatta da un appartamento da trenta dollari al mese, pasti a base di farina d'avena, donazione di sacche di sangue per racimolare qualche spicciolo, fotografie pagate da cinque a quindici centesimi date in pasto senza alcun controllo a ogni genere di tabloid per dare un volto ai protagonisti di violenze inenarrabili su donne e bambini, fino a un ingaggio per sei set a notte, sette notti a settimana, a cinque dollari ciascuno, che durò dieci giorni: il tempo che il dissonante sound dei Velvet scatenasse l'odio di avventori e proprietari.

Lou si domandò se non ci fosse qualche maledizione nel nome: dopo tutto, Velvet Underground era stato plagiato indebitamente da un volumetto economico, scialbo e moralmente indecente che parlava del sordido sesso nei sobborghi. L'unica alternativa che erano riusciti a partorire nei due anni di vita della band era stata Malice in Wonderland, ma non li aveva mai davvero convinti. E ora c'era un'altra cosa che proprio non riusciva a convincerli: Nico.

Qui le versioni sono contrastanti e io non posso che limitarmi a riferire i pettegolezzi, per quello che possono valere ora che tutti i protagonisti se ne sono andati insieme al loro personale pezzettino di verità. Paul Morrissey sostiene che, alla famosa serata fatale al Café Bizarre, Gerard avesse invitato anche Nico, e che fosse stato proprio Malanga a insistere perché quella diventasse la sua band.

«Nico, tu sei una cantante. Hai bisogno di una band che ti accompagni. Potresti suonare con loro,» puntò il dito verso il palco e i Velvet «se accettano di lavorare con noi, di fare la serata che tu sai e di essere rappresentati.»

Esiste naturalmente un'altra versione della storia, ugualmente attendibile, in cui alla firma del mandato, Warhol pone una condizione: l'ingresso di Nico, che è fatta per i riflettori, è stata amante e interprete per Bob Dylan, risplende della sua bellezza, è stata prodotta dallo stesso produttore dei Rolling Stones, Andrew Oldham, ha una voce inconfondibile ed è in lizza per il trono di regina della Factory ora che la stella di Edie sta tramontando. Fatto sta che, due giorni dopo la firma, commentando la loro apparizione in pubblico a un *fashion show* alquanto bizzarro – con modelle in costume da bagno, all'aperto, in pieno inverno – i giornali descrivono i Velvet come «la nuova band rock 'n' roll di Andy Warhol». E al primo concerto ufficiale, il Café Bizarre sembra il Madison Square Garden.

L'incantesimo, come tutti i grandi amori di Andy, durerà pochi anni, il tempo di vedersi descritto sul giornale come «il famoso artista dei Velvet Underground». Nella psiche di Andy è sempre esistita una forte tensione tra il piacere di riscuotere la fama altrui, che ha contribuito a creare, e il terrore di cedere una pur minima parte del suo posto sotto i riflettori.

Di tutto quello che successe tra l'idillio del loro incontro e la fine meschina della loro collaborazione artistica mi interessa qui richiamare alla memoria per il vostro sadico piacere un unico momento, irripetibile, iconico, indubbiamente catastrofico: la serata di gala del 13 gennaio 1966, organizzata nel grande salone da ballo dell'esclusivo Delmonico Hotel in occasione della quarantatreesima cena annuale della Società di Psichiatria Clinica di New York. Il che, commentò Lou Reed, equivaleva a suonare in una situazione «giusto un gradino sopra un bar mitzvah».

Gli incauti psichiatri, forse in preda a pulsioni inconsce e autolesioniste, avevano invitato Warhol a parlare delle sue «attività nelle comunicazioni di massa». Immagino che sognassero di poter mettere la pop art sul lettino e condannarla senza appello in nome della scienza, esattamente come erano soliti fare con ogni altro interesse dei giovani, dai fumetti (un passatempo con molti più rischi che benefici) al rock 'n' roll (una valvola di sfogo per il desiderio sessuale sublimato).

Mi sono domandata spesso perché una larga maggioranza degli adulti consideri la giovinezza una sindrome invalidante e le sue manifestazioni sintomi disgustosi. L'unica spiegazione che sono riuscita a darmi è che l'adulto vede nel giovane l'impossibilità di dimenticare ciò che è stato: un tempo felice, pieno di desiderio e di speranza, una bellezza che non tornerà e, sopra ogni altra cosa, l'orrore di non poter ignorare tutto questo e sentire dentro, acuminata e implacabile, la mancanza di sé in quella stessa epoca, in un passato inafferrabile ormai perduto per sempre. Per non arrendersi alla repulsione di se stessi, agli adulti non resta che trasferire l'odio verso i giovani, con l'oscuro desiderio di sterminarli, così da placare l'insaziabile demone della malinconia incurabile.

«...ma io non parlo. Quindi gli ho risposto solo che sarei andato» mi dice Andy mentre scegliamo una giacca elegante in velluto. Lui e Gerard rispettano il dress code della serata; ed è l'unica concessione che fanno alla rigidissima etichetta dell'evento. Il resto è completa follia multimediale. Dalla cucina escono i piatti di roast-beef e fagiolini mentre Jonas Mekas tiene una sorta di talk intanto che scorrono le immagini leggermente sfocate di *Eat*. Quando i camerieri posano sulle tavole illuminate dalla luce soffusa delle candele le coppette di macedonia con una ciliegina al centro, Barbara Rubin inizia a passare tra i tavoli, molestando i discepoli di Freud.

«Che sapore ha la sua vulva?» intima, additando la moglie dell'eminente psichiatra. «Ti piace leccargliela, ah?» facendogli l'occhiolino. «Ma lascia lì la cena e trascinala subito in bagno!»

Il malcapitato si trova di fronte un plotone di esecuzione, che mira alla sua faccia paonazza ben due obiettivi Bolex (puntati da Rubin e Mekas), una gigantesca Auricon (maneggiata da Billy Name) e un faro a luce sparata, con il risultato di trasformare l'evento in una specie di parodia di uno degli scapestrati set della Factory.

Finita la cena, dopo che i piatti sono stati ritirati e i camerieri offrono confetti alle signore e generosi bicchieri di distillati agli eminenti luminari, le cose peggiorarono notevolmente.

Le luci di sala furono spente d'improvviso, in un blackout che annunciava l'imminente catastrofe. Nel buio, imprecando e incespicando, i Velvet Underground salirono sulla pedana che era il loro palco per quella sera, sotto la grande parete in stucco da cui due enormi candelieri spuntavano come macabri trofei. Mentre inserivano i jack negli strumenti e Moe scaldava i polsi e le caviglie per picchiare duro con la precisa volontà di spaccare tutte quelle teste piene di certezze, i faretti della ribalta illuminarono con lame di luce fredda quegli alieni venuti dal mondo reale. Lou diede un primo accordo di chitarra e la sala si impregnò della cacofonia di dissonanze prodotte da quel manipolo di capelloni in blue jeans.

Qualcuno si alzò, visibilmente indignato. Cercò il presidente, poi il vicepresidente, poi un membro del comitato – tutti spariti, forse in cerca di riparo sotto al proprio tavolo – e infine tentò di levare una protesta che si perse nell'assordante fragore scatenato dai Velvet Underground.

Ai trecentocinquanta ospiti era stata promessa una serata allietata dal «misticismo *chic* di Andy Warhol» e ora si ritrovavano in una «demenziale, oltraggiosa, atroce follia». Il sontuoso salone dell'hotel in marmo bianco e le possenti colonne dai riflessi dorati non avevano certamente mai assistito a uno spettacolo del genere. E nessuno, nemmeno i più *esprit ouvert*, che seguirono ogni momento con sincero e professionale interesse – forse anche valutando l'esistenza di estremi per trattamenti sanitari coatti –, usò mai il termine "spettacolo" con un significato positivo in riferimento alla cena dell'anno 1966.

«Ma com'è possibile a questo mondo produrre un suono così?»

«Immagino potremmo definirlo l'incontenibile e distruttiva esplosione dell'Io.»

«Cosa organizzeranno per l'anno prossimo? Un test nucleare al posto del dessert?»

In tutto questo, al culmine di quella che somigliava molto più a un'evasione di gruppo da un carcere di massima sicurezza che a un evento mondano, Edie riuscì nell'assurda impresa di trasformare quella serata di teatrale crudeltà in una vera e propria condanna a morte.

L'ho già detto, ma è bene ricordare in che stato mentale si trovasse, perché non riuscisse a ragionare, come non fosse possibile in alcun modo confrontarsi con lei su un qualsiasi dato di realtà: il "suo" anno era definitivamente finito, eravamo tutti oltre, ma lei si ostinava a non voler lasciare il trono.

Era da un po' che si accompagnava a Bob Neuwirth negli eventi pubblici. Immagino ne fosse sinceramente innamorata: Edie era una sentimentale, il suo cuore era fatto di cera, si scioglieva a basse temperature, si modellava facilmente su ogni suo nuovo amore di fanciulla. In più, lui era l'inseparabile metà del mito di Bob Dylan e questo le dava un potere inebriante. Stare con Neuwirth – oltre la follia, oltre le droghe, oltre gli inganni, oltre le botte, oltre i tentativi di suicidio, oltre le minacce – valeva più che stare con Dylan. E poi questo Bob, quanto meno, non era sposato; e, nel caso vi interessi la mia opinione, per quanto può valere, sono convinta che cercasse sinceramente di amare Edie.

Come si fa ad amare qualcuno impossibile da amare? Una donna già così a pezzi, per quanto giovane, è quanto di più difficile possa esistere al mondo. Puoi sforzarti quanto vuoi: vivere sempre con lei, prepararle il suo piatto preferito, versarle il vino, avvolgerla con canzoni piene di sentimento, cullarla al suono di parole preziose; ma le sue emozioni non sono davvero reali. Mai. Le giornate finiranno sprecate per le conseguenze di una banale telefonata. Resterai incantato mesi a fissare le sue labbra morbide mentre parla senza che si senta capita. Spenderai anni a osservare il suo corpo farsi gradualmente inaccessibile, senza poter più compiere nemmeno un piccolo gesto, o poter dire una parola, in modo che lei si avvicini. Piano piano, smetterai di provarci. Resterai sveglio le notti a chiederti come mai il letto non prenda fuoco e lei non riesca a sentire i tuoi pensieri, il tuo desiderio che rimane inalterato e, anzi, ti esplode nel petto tanto da farti bollire il sangue e darti la febbre. Inizierai a convincerti che nasconda qualcosa in quel suo cuore di cera, qualcosa che non ti è permesso vedere, o non vuoi. Ti dirai solo che un tempo c'è stato amore; che non se n'è andato; ma che, per te, ormai è esaurito.

Tutti gli uomini sopravvissuti a Edie – non dico quelli di una notte, ma gli sventurati che hanno cercato con lei una connessione – hanno condiviso un identico destino. La relazione con Bob Neuwirth accelerò la fine dell'unico amore in cui Edie potesse davvero rispecchiarsi, quello con una creatura innocua, apatica, fatalista e irrimediabilmente sola come lei: Andy Warhol. Edie e Andy furono una coppia iconica, che riluceva di un'identica impossibilità a combinarsi con altre creature. Come disse bene Andy, la loro fu "la cosa più simile all'amore": un simulacro, è questo il massimo che la vita gli ha concesso.

Edie e Bob fecero insieme il loro ingresso al Delmonico, dandosi il braccio e ammiccando ai quattro giornalisti che avevano avuto l'ardire di seguire l'evento. Vorrei tanto poterli ricordare come una bella coppia, così giovani, così spavaldi, così affiatati; ma l'impressione è che si reggessero l'una all'altro, completamente stonati da un elenco troppo lungo di sostanze per riuscire a ricordarlo. Edie afferrò un calice di Martini, gettandosi teatralmente la ciliegia alle spalle e masticando vistosamente un chewing gum con cui riusciva a fare palloni larghi quanto la sua faccia. È un bene che il "New York Times" abbia riportato su di lei solo questo dettaglio nell'articolo a due colonne pubblicato la mattina seguente.

Indossava l'immancabile pelliccia in leopardo sintetico,

da cui le sue gambe affusolate avvolte negli iconici collant neri spuntavano inquiete e pronte a scattare. A quel tempo portava i capelli cortissimi, ancora decolorati, vicini al bianco, ma aveva iniziato ad abbandonare il look palesemente *à la Warhol* con cui si era conquistata il suo posto alla destra della divinità pop. I vistosi orecchini, appariscenti sebbene non più così sproporzionati, oscillavano a ogni scatto nervoso della testa, sfiorandole il collo spaventosamente sottile, incastrato tra le clavicole in rilievo. Era così pallida che, invece che da pelle umana, le ossa del suo scheletro sembravano ricoperte da una membrana placentare.

Lei e Bob individuarono due sedie vuote nel grande tavolo d'onore a poca distanza da quello dei relatori. Edie distribuiva generosi sorrisi e sventagliava le lunghe ciglia incantatrici. Era ancora la ragazza dell'anno, era ancora la superstar della rivoluzione pop, era ancora l'epicentro dello *youthquake*. Il suo passato era disarmato, il suo presente era favoloso, il suo futuro pieno di promesse: che nessuno provasse a metterlo in dubbio.

«Sto alla grande, sto davvero al massimo» ripeteva a chiunque gliene desse occasione. Sapevamo che non era affatto così, ma in quel momento potevamo solo scommettere su quanto tempo avrebbe retto ancora il rinvio di una *épreuve de force* con la realtà.

John Cale imbracciò il violino e lo straziò con l'attacco di *The Black Angel's Death Song*. Fu a quel punto che Edie si alzò di scatto, rovesciò la pelliccia sullo schienale della sedia e si liberò come una farfalla dalla crisalide. Portava un top nero senza maniche, che fasciava il suo petto da eterna bambina e faceva risaltare le braccia nervose e pallide. La gonna era di un rosso acceso, a vita alta, l'orlo appena sopra il ginocchio. Aveva un aspetto eccezionalmente semplice per essere Edie: conoscendo il suo irrazionale e disperato bisogno di attirare l'attenzione, mi sono figurata quanto avesse lottato con se stessa di fronte allo specchio per raggiungere un risultato che doveva sembrarle sobrio e, per molti aspetti, anche elegante. Si librò nella stanza come se stesse volando sugli accordi sgraziati che uscivano dal violino di John. Raggiunse Gerard, inguainato in un look completamente nero, dolcevita, pantaloni e frusta alla mano, che si avviluppava intorno a Cale sfiorando con le mani il suo vistoso collare borchiato, mimando la decollazione del boia sul corpo del musicista. Edie ballò, improvvisando qualche passo con lo stile che tutti avevano imparato a riconoscere, che i giornali avevano descritto, che riempiva le cronache mondane dell'anno appena passato, dove lei aveva dato il ritmo a ogni evento, le mani che non smettevano mai di muoversi, nemmeno quando dormiva. Edie danzava accarezzando il disagio psichico per ammansirlo, lasciandolo appena intravedere oltre la sua grazia e l'aspetto scintillante.

Lentamente e con uno sguardo che non avrebbe accettato alcuna protesta, si avvicinò al microfono di Lou e se lo puntò dritto in faccia, come la canna di una pistola: «*Sacrificials remains make it hard to forget, where you come from*». Caricò l'aria dentro la trachea sparandola nell'impianto e lasciando che si confondesse con le disarmonie del pezzo. La sua voce, già profondamente segnata dal catrame delle sigarette – che fumava a raffica, senza soluzione di continuità, come se quello fosse il mezzo attraverso cui respirare, esattamente come il trucco pesante era la maschera per esistere e la sua continua rassicurazione sul suo benessere –, uscì come una sorta di gracchiante lamento, senza colore, senza nerbo, la voce di una bambina capricciosa che recita per Natale una brutta poesia imparata a memoria di fronte a un plotone di padri che la rimproverano con le loro fronti accigliate e i loro sguardi severi.

«*The stools of your eyes, serve to realize fame, choose again.*» L'assenza di melodia rendeva la voce l'elemento chiave del pezzo, che richiedeva una capacità vocale performativa degna di un poeta beat, capace di restituire quel fiume di immagini e di metafore con la stessa forza di un grido strozzato dentro la gola. La piccola e fragile Edie, in balia di una vita tempestosa, si appendeva al microfono, mani e voce, cercando di tirar fuori dal petto da uccellino un suono che potesse in qualsiasi modo destare un interesse armonico. Ma non ci riuscì. Lou le si affiancò, riprendendo la strofa che lei aveva così goffamente declamato e riposizionando il pezzo sui legittimi toni performativi. Edie rimase lì, un po' delusa, ma ancora determinata a riprovarci.

Ballò, disperdendo nell'aria, dalla punta delle dita, il suo incantesimo alienato ed etereo. Il suono si aprì quasi d'improvviso: gli accordi diventarono ariosi, luminosi, accattivanti. Il basso slide fece illudere alcuni presenti che i Velvet proponessero una cover di *Monday Monday* dei Mamas and Papas, che la radio aveva cominciato a passare da poche settimane ma per la quale era già in corso un delirio di massa che l'avrebbe portata in cima alle classifiche per quasi tutto il 1966[8]. Qualche piede batteva a tempo, molte schiene si rilassarono, comparvero dei sorrisi sollevati: furono molti gli ospiti che si illusero che quella tortura fosse finita e che arrivasse della musica quanto meno ascoltabile. Qui Edie tese il suo agguato fatale. «*Sunday morning and I'm falling, I've got a feeling I don't want to know*» urlò dentro il microfono mentre spingeva con la spalla Lou per prendere il suo posto. «*Early dawning, Sunday morning, It's all the streets you crossed, not so long ago.*» La sua voce troppo acuta, completamente priva di intonazione, si incastrò nella meccanica della canzone come un componente difettoso. Perfino Moe perse il tempo, cercando di capire perché quella insipida ballerina si fosse intromessa nella loro musica. «*Watch out, the world's behind you, there's always someone around you who will call.*» La coda della frase – fuori tono, fuori tempo, fuori luogo – degenerò in un accesso improvviso di tosse che fece saltare completamente il microfono, mentre Lou, spazientito, si avvicinava a John per condividere il suo microfono e riprendere il concerto. Edie intanto, una mano appesa all'asta, non smetteva di tossire in modo sempre più angoscioso, il respiro che si trasformava in un rantolo e il corpo contorto in equilibrio sempre più precario.

Solo Gerard le si fece vicino, poggiandole una mano sulla spalla per capire quale collasso, dal suo fornito catalogo, Edie avesse scelto di esibire questa sera. Lei, di contro, lo guardava con gli occhi spalancati, lucidi di lacrime, il viso rosso e la bocca cavernosa, deformata dalla fatica del respiro. L'espressione era indecifrabile, incagliata tra il dolore, la supplica e la vergogna. Se fosse stata un animale, sarebbe stata un serpente preso al cappio. Strabuzzò gli occhi, gettando le grandi pupille scure in fuori, si torse in uno spasmo e rovesciò sulla moquette davanti a sé un fiotto acido di alcol e catrame e parole che non si possono dire, e delusioni cocenti e saliva e gli spettri del cibo rifiutato e tutte le farfalle nello stomaco putrefatte e tutta la merda che aveva dovuto ingoiare per arrivare dov'era arrivata e il vuoto di non sapere cosa l'aspettava e il sangue che non aveva mai sputato in pubblico e costellazioni di pillole e galassie di polveri e cristalli e tutte le sostanze impalpabili che promettevano di portarla per un momento via da quella vita e da quella realtà che era troppo troppo troppo insostenibile.

Gerard indietreggiò come in un passo di danza, qualche cameriere si agitò e, come un domino, l'allarme arrivò al caposala. Gli bastò uno sguardo seccato perché i sottoposti si mettessero all'opera come un plotone ben addestrato. Una sguattera armata di secchio e lunghi guanti in lattice spuntò da chissà dove e in men che non si dica aveva srotolato una lunga scia di carta assorbente che raccolse qualche resto e lasciò una chiazza oleosa come l'impronta di un cadavere. Dietro di lei, due camerieri armati di bottigliette di vari colori, versavano e spruzzavano diluenti e detersivi per rivestimenti a pelo corto. Infine, riapparve il caposala, stavolta con un tessuto in tinta con i colori dominanti del salone – bronzo, terracotta, borgogna – che stese come una sindone sulla macchia.

Un professionista della quinta avenue rigurgitò l'arrosto, subito soccorso dai colleghi più esperti nel trattamento dell'emetofobia. Parecchi analisti si scambiarono appuntamenti per il giorno successivo. Sul palco quasi nessuno dava segni di turbamento per il momentaneo collasso di Edie. La musica non era stata interrotta, Gerard aveva preso possesso dell'intera scena e agitava i fianchi e la frusta mimando una selvaggia cavalcata su un immaginario animale selvatico e riottoso. Quando Edie tornò in sé, il microfono era solo per Nico; e così le luci, gli sguardi, l'interesse, la scena.

«*And where will she go, and what shall she do, to all tomorrow's parties.*» Edie provò ad accennare ancora qualche passo, ma il mondo le vorticava attorno. Non era la debolezza, nemmeno tutta quella chimica dentro il sangue. Per la prima volta, su quel palco che era in realtà una pedana, in quella performance che era in realtà un'incursione fuori luogo, da quando era scappata via dalla California, da quando era fuggita dal ranch, da quando aveva cercato di dimenticare le carezze di suo padre e le bare dei suoi fratelli, da che aveva chiuso con le cliniche e i trattamenti, da quando si era convinta che New York l'avrebbe protetta e che lì c'era la sua nuova famiglia, quella sera Edie si sentì in trappola.

Lei, la bambina che cavalcava a pelo e chiamava ogni bestia e ogni pianta della tenuta per nome, si era aperta alla metropoli e aveva lasciato che la metropoli parlasse attraverso di lei. Ma la città è *foisonnant,* comprende una porzione complessa del creato. Aprirsi a questo ecosistema restando se stessi richiede un grande sforzo, per il quale bisogna esercitare costantemente un fermo controllo. Se si allentano le redini o se si elimina ogni barriera alle percezioni, se si permette che ogni aspetto di quel mondo possa toccarci, l'unico esito possibile è l'implosione. Quando il controllo evapora, si finisce per lottare per la mera sopravvivenza: parlare, stare in posizione eretta, camminare, sedersi, stare composti. Lasciarsi attraversare dal mondo, diventare il suo spettacolo, non è un atto ingenuo, una resa mistica o l'esercizio a perdere del proprio libero arbitrio; al contrario, è una scelta razionale, che richiede in ogni momento un grado di controllo inumano, per evitare di crollare.

Edie si era spinta oltre le proprie capacità e doveva fare i conti con un mondo che le chiedeva di essere anche qualcosa d'altro, oltre a se stessa, di poter offrire uno spettacolo, per quanto minimo. Le prove della completa assenza di qualsiasi talento formavano ormai una pira così alta che nemmeno lei poteva più ignorarla. Guardava la sala con occhi vuoti, mentre la sua mente ispezionava per la prima volta gli argini del baratro. In questo esatto momento sono ancora viva, sono ancora io; ma dopo, domani, nel prossimo futuro, cosa mi succederà, cosa sarò: qualcuno o qualcosa, e dove?

L'inverno era finito, ma lei non sarebbe più fiorita in una nuova primavera: ecco in breve il suo romanzo esistenziale. Dal suo patibolo di superstar terminale, Edie cercò un cenno misericordioso di grazia, guardò supplicante il suo creatore, ottenendo solo il vuoto delle lenti scure e, poi, una nuca distratta. L'alcol era finito; e anche lei. Barcollò verso il tavolo, afferrò la pelliccia con una mano, con l'altra il bavero di Bob, quindi uscì di scena.

Per stare sul palco non era dunque sufficiente ballare. E benché ai Velvet non servisse una voce femminile particolarmente intonata, era innegabile che Edie non reggeva né il microfono né la scena quanto Nico. La sua bellezza era ancora con lei, ma presto l'avrebbe lasciata.

Quale talento poteva mai avere che le procurasse un lavoro vero, capace di darle abbastanza soldi da mantenere tutte le proprie dipendenze, in grado di ripulirle la reputazione e di traghettarla nel mondo delle dive destinate a durare, risparmiandola da quello delle star che fanno molto meglio ad andarsene giovani.

Ci comunicò che Albert Grossman, il manager di Dylan, l'aveva messa sotto contratto per fare un film, anzi, una serie di film, a cominciare proprio da quello sulla vita di Dylan. Lo disse così convinta che qualche lingua biforcuta cominciò a insinuare che Edie avesse perso la testa, illudendosi che lavorare insieme sul set li avrebbe resi una coppia a tutti gli effetti. Lo escludo: sapevamo tutti del matrimonio con Sara; e perfino un'ingenuotta sentimentale come Edie non avrebbe creduto di poter cambiare le cose. E poi Dylan nella Factory aveva diversi amici, tra cui Nico, per la quale aveva anche scritto *I'll Keep It With Mine*. L'unico fatto è che tra Bob Dylan e Andy Warhol, da un certo punto in poi, volarono scintille ad altissimo voltaggio: il primo prese di mira l'altro in diverse canzoni, dipingendolo come un approfittatore senza scrupoli; il secondo, per tutta risposta, relegò il rivale a macchietta di sfondo[9]. Perfino io, che ho vissuto in prima linea l'*escalade* di antipatia fra quei due portatori malsani di ego disumano, fatico ancora oggi a capirne l'origine e, ancor di più, ad accettarne le conseguenze su Edie. Nel momento stesso in cui annunciò di aver firmato con Grossman, la battaglia per il diritto totale su di lei divenne funesta. Edie Sedgwick fu il loro Vietnam privato: dopo averla sedotta con la promessa di proteggerla – soprattutto da se stessa – infierirono con una violenza insensata. Quei due, animati solo da egoismo e desiderio di sopraffazione, fecero di quella ragazza una terra devastata. Quando la guerra finì – un armistizio per manifesta insensatezza – sgombrarono il campo, le voltarono le spalle, in breve: la rinnegarono.

«Dovresti essere tu la nostra star. Abbiamo investito così tanto in questi film. Perché te la fai con quelli?»

Il complesso di Pigmalione di Andy, ferito a morte dal desiderio di indipendenza della sua Galatea, non si riprese mai del tutto. Certo, le sequenze di Nico in technicolor con cui vennero rimpiazzati i girati di Edie furono forse tra le migliori di tutta la sua filmografia e contribuirono notevolmente al successo di *The Chelsea Girls*. Ma non trovò mai più nessuna come lei. Che non fece mai il film su Dylan, non riuscì a entrare nella scuderia di "Vogue", non si tenne nessuno degli uomini che le promisero di prendersi cura di lei, non si salvò da se stessa, non riuscì mai a fuggire dalla gabbia in cui si sentiva costretta. I produttori di Hollywood la incontravano una volta e non la richiamavano mai. Lei pregava Ondine di accompagnarla al prossimo incontro solo per avere un viso amico che la raccogliesse all'uscita, col trucco intatto e il morale a terra.

«Vieni con me, ti prego. Non c'è nulla a questo mondo che desidero di più. Ho bisogno di averti vicino. Se verrai con me, so che questa volta ce la farò.»

«Tesoro, sappiamo entrambi che non funzionerà.»

Ondine cercava di essere il più onesto possibile senza ferirla.

«È come se mi restasse da fare un ultimo passo, un gradino ancora; ma non ho l'energia.»

«Devi! Sono certo che ce la farai, cara.»

Invece no. Aveva messo piede fuori dalla Factory con passo da diva. Per troppo tempo aveva fissato i ritratti di Marilyn Monroe che finì per identificarsi in lei. Ma Marilyn, per quanto fragile, svampita e irrisolta potesse apparire, era una creatura testarda e piena di talento. Edie non aveva alcuna capacità, né arma, per affrontare il mondo al di fuori della Factory. Quanto a noi, avevamo sviluppato ormai una sorta di identità tribale, una coesione primitiva da branco, tutelandoci attraverso l'espulsione degli inadatti e l'isolamento dei soggetti più instabili, a cui riservavamo forme più o meno crudeli, più o meno ipocrite, di disapprovazione silente.

La maggior parte dei rinnegati della Factory fecero una brutta fine: volteggiarono nell'aria lanciandosi dalle finestre; presero strade da cui non tornarono mai; si buttarono da cornicioni, balconi, terrazze, scogliere; invocarono invano aiuto per lenire il dolore degli ultimi giorni di malattia; soffocarono con la faccia contro il cuscino; morirono soli, in ginocchio; furono ritrovati in overdose a ore, giorni, settimane di distanza; vennero identificati da un accessorio o da qualche resto osseo.

Prima della caduta, Edie riuscì a fare ciò che nessuna prima di lei aveva osato: invocò tutta la collera di cui era capace. Questo atto le costò la vita ben prima che il suo cuore smettesse di battere. Da tempi antichi, la violenza è stata bandita e rimossa dal repertorio dei comportamenti femminili accettabili e innalzata al rango di tabù, capace di sovvertire l'ordine del mondo liberando forze oscure e incontrollabili.

All'uomo, e all'uomo soltanto, è data la facoltà di poter mettere in mostra la propria forza a guisa di semidio, in grado di elargire morte o vita a suo esclusivo arbitrio.

Al netto di ogni sentimentalismo democratico, l'essenza del potere è intrinsecamente collegata alla violenza. Questo ci spiega perché, di fronte a qualsiasi episodio della storia o della cronaca in cui una donna ha agito con violenza, la reazione della società è stata l'orrore e l'incredulità, con l'impossibilità di elaborare.

La cultura occidentale, con tutta la sua fiducia nella scienza e nel progresso, è così disarmata di fronte alla rabbia delle donne da essere solo capace di reprimerla e rinnegarla.

Millenni di storia e, ancora, non abbiamo fatto progressi su questo fronte.

Pigmalione non si limitò a plasmare le forme di Galatea, ma pretese di forgiarla secondo valori che gli garantissero obbedienza e onore: la donna creata per essere amata era bella, dolce, umile, di animo nobile, di indole sottomessa. La vita di Galatea iniziava solo con l'amore dell'uomo che aveva estirpato da lei il seme della libertà fatta di rivendicazione, desiderio di autonomia, consapevolezza della propria forza.

Anche il creatore di Edie – nonostante la sua sensibilità artistica e il suo orientamento omosessuale – agì secondo la legge degli uomini; e senza mostrare alcuna pietà. L'onore che tutti le dobbiamo riconoscere fu quello di non abbassare mai la testa. Chiamatelo tradimento, accusatela di ingratitudine, se vi è necessario marcare la linea del torto, il confine da non travalicare.

Mentre gli anni passano e la mia vita scorre verso la sua fine naturale, invece di affievolirsi io sento crescere il desiderio irrazionale eppure incontenibile di ritornare a singoli momenti precisi di quegli anni, animata dal terrore e dal bisogno di incontrare ognuna di noi quando eravamo ancora integre, quando sarebbe valsa la pena di schierarci e lottare per quella purezza. Questo libro sul passato mi appare a ogni riga come un *autodafé* intempestivo, ormai senza valore; un tentativo di far ritorno alla caverna striata di riflessi argentati nei giorni del nostro ingresso, quando tutto era possibile, la musica tuonava di vita, il cuore non era mai stanco, la luce di una candela bastava a farci brillare come stelle.

Mentre ripercorro i momenti in cui avrei potuto fare qualcosa e ho preferito stare in disparte, per non subire la disapprovazione e l'esilio, sento la mia memoria farsi vuota, i ricordi sfuggirmi. Cerco le ragazze che siamo state, vorrei abbracciarle, incitarle ad agguantare ciò che era loro di diritto, aizzarle alla rivolta. Ma le stanze in cui le cerco sono sempre più buie e vuote, loro se ne sono andate da tempo, tra poco crollerà tutto. Il nostro nido non esiste più, nello spazio della città e nella memoria di chi l'ha popolato. Mi rendo conto di essere ormai la sola ad abitare questa prigione di ricordi, detenuta e carceriera di me stessa, in cerca di una redenzione dal senso di colpa. Quello che un tempo fu il castello dei nostri sogni è oggi una rovina abbandonata, svuotata dal tempo, spettrale. Non è rimasto più nulla.

Riguardo *Poor Little Rich Girl* e non posso fare a meno di sorridere ogni volta che riconosco le prime note di *It Ain't Me Babe*: oggi che la tempesta si è placata, non lo trovo più nemmeno inquietante, ma soltanto grottesco.

Nel momento stesso in cui Edie uscì dall'orbita di Warhol, iniziò a perdersi. Molti la prendevano in giro, giocavano con lei. Accettava di incontrarli, ci parlava, ascoltava i loro consigli, poi tornava da me con quei suoi grandi occhioni da cane: «Sono dei tali stronzi! Non posso lavorare con loro. Devo stare con i miei amici. Voglio stare con la gente a cui voglio bene. A quella gente non potrei mai voler bene. Sono una massa di stupidi, dei veri imbecilli, niente da fare».

Cercavo di spiegarle che una ragazza non può avere successo se non è disposta a scommettere un po' del suo cuore. Può mettersi un sacco di vestiti, può cambiare casa, città, può ballare a molte feste, trovare qualcuno con cui passare la notte, ma da sola non riuscirà mai a raggiungere i suoi sogni e a far sì che non svaniscano all'alba. Senza qualcuno di cui fidarsi, sarà solo una stupida come tante, un'illusa con una vita di illusioni.

«Non importa se ti viziano eccessivamente, se ti trattano con diffidenza o se vogliono vedere meglio dentro di te. In qualche modo, devi riconoscere, in mezzo alla massa degli imbecilli, quello o quelli che possono aiutarti ad arrivare in alto. La professionalità, in questo mondo, è lastricata di sopportazione.»

So bene l'effetto della Factory sulle ragazze come Edie, e come noi, come me: entrare in quella grande sala tutta d'argento era come fondersi con uno specchio in cui la versione di te che vedevi era creativa, accettata, finalmente meritevole dell'amore per troppo tempo negato. Uscire da lì e rientrare nel mondo non era affatto semplice o indolore: si trattava di ridefinire te stessa come una tra le tante, alla quale il mondo riservava, nell'ordine, indifferenza, biasimo, capriccio, rifiuto.

In preda a sentimenti contraddittori, forse per rinviare il dolore – e la responsabilità – di un addio, Edie iniziò a dare testate contro lo specchio che le restituiva ancora la sua immagine come doppio di Andy. Incapace di trovare una sua strada, naturalmente portata a ogni forma di dipendenza – da illusioni, da persone, da farmaci, da droghe –, Edie si comportò come la ragazzina immatura che era: faceva capricci, creava problemi, protestava per tutto ciò che fino al giorno prima diceva di adorare.

Il primo con cui si scontrò fu Ronald Tavel, le cui sceneggiature avevano imbrigliato i deliri di Edie restituendogli un senso, permettendo di definirli, con ogni cautela, dei "film". Prima se la prese con il soggetto di *Shower*, scritto apposta per lei e Roger Trudeau. Strillò che quella non era una sceneggiatura ma il delirio di un pervertito, che non l'avrebbe fatta per nessun motivo al mondo. Poi fu la volta di *Space*: afferrò la sceneggiatura, ne lesse qualche battuta, lo liquidò dicendo che era stupido e incomprensibile, lo stracciò davanti a noi. La cosa peggiore – davvero imperdonabile – è che ci accorgemmo tutti del fatto che Edie andava in panico alla sola idea di dover memorizzare delle battute.

In quel momento, per la prima volta, la considerai perduta. Provai per lei un dolore sincero: nella vita avrebbe potuto scegliere tanti altri posti invece della Factory; e a quel punto avrebbe potuto trovarsi lì, felice. Piuttosto che essere tra di noi senza sapere verso quale fallimento lanciarsi, a quel punto della vita avrebbe potuto essere una ballerina di fila che viveva in un'assolata cittadina della California, oppure una modella con un appartamento affacciato lungo un piovoso viale di Washington; avrebbe potuto terminare gli studi d'arte in Europa ed esporre i suoi dipinti a Parigi o in una galleria di Madrid; o curare il lascito di suo padre, accompagnando le sue sculture nelle gallerie di Napoli e negli atelier di Berlino. Ognuna di queste esistenze era una felicità mancata. E adesso che il suo destino era segnato e nessuna salvezza era più possibile – né per lei, né tanto meno per noi –, provavo dolore fisico per la ragazza la cui vita sarebbe esistita altrove. Se il fine ultimo della vita è la felicità, allora dovremmo avere la possibilità di giocare la nostra partita almeno una seconda volta. Una sola primavera è ingiusta.

La trovammo al Ginger Man una sera. I Velvet erano fissi alla Factory a provare, e Andy era quasi sempre fuori a occuparsi di quella nuova discoteca o a cercare finanziamenti per i prossimi film. Insomma, era un periodo di quelli in cui percepivi che le cose stavano cambiando, che dovevamo assestarci tutti su un nuovo equilibrio. Attaccò lamentandosi dei film che le avevamo fatto girare. Usò la parola "costretta". Che coraggio! In pochi mesi, la Factory si era plasmata intorno a lei, ci eravamo messi tutti ai suoi comandi come uno sciame di lacchè. Praticamente tutti i film della Factory in quei mesi erano stati scritti per lei, girati per lei, adattati a lei. Parliamo di ben undici pellicole per una signorina nessuno che era ora la nostra più nota e più ingrata superstar.

Sparò a zero su *Lupe*, dalla sceneggiatura – che non aveva nemmeno letto – al girato – che non si era ancora degnata di visionare –, passando naturalmente – ma senza un attacco esplicito – per il regista. Prese un lungo respiro prima di dire a Paul Morrissey che non voleva più che Andy mostrasse alcuno dei suoi film. Gli ordinò – proprio così: fu perentoria – di tagliare la sua sequenza dal montato di *The*

Chelsea Girls, e solo a questo punto sembrò calmarsi e tornare la solita Edie: sbarazzina, svampita, dolce. Bevemmo un paio di drink, poi altri tre, iniziò a raccontarci del contratto che aveva firmato con Albert Grossman. Paul le faceva molte domande e non era il solo: tutti si mostravano sinceramente felici per lei, genuinamente curiosi, la incitavano a raccontare, a condividere con loro i dettagli del suo prossimo successo sul grande schermo.

Quella canizza mi dava il voltastomaco. Come se non li conoscessi, branco di mastini intorno alla volpe ormai in trappola. Di qua c'erano loro, i segugi di Andy, pronti a fare a gara per riferire al padrone del tradimento della sua *protégé*. Dall'altro lato c'era Bob Dylan, circondato di leccapiedi, ossessionato dal mettere alla prova la gente, incapace di sviluppare con le donne relazioni prive di antagonismo, sommerso dalla follia del rock e ormai orfano della purezza e della protezione offerta dal folk. Dylan non era Warhol: per lui fare un film significava rompere il voto di riservatezza che aveva fatto verso se stesso, sommo sacerdote della sua propria privacy, verso cui si relazionava con devozione religiosa.

Non sono d'accordo con chi sostiene che abbia volutamente usato Edie, come una merce di ricatto. Credo al contrario che provasse una stima sincera nei confronti di quella ragazza, così diversa da tutti quelli che gli ronzavano attorno, sfacciata e piena di energia, che ti diceva in faccia tutto ciò che le passava per la testa, infischiandosene delle conseguenze. Lei sapeva chi era, e lui non lo sapeva più: per questo, quando ricevette una, due, tre proposte per fare un film, disse ad Albert che la voleva con sé. Ma il film non si fece. Naturalmente, Warhol venne a sapere ogni cosa.

La perdemmo. Prima per nove mesi; poi, dopo *quella cosa*, per sempre.

Da quanto sono riuscita a ricostruire, Edie aspettò fin troppo che Bob Dylan mantenesse la sua promessa. Nel frattempo, implorò Neuwirth di fare qualcosa, qualunque cosa: l'immobilità era insostenibile per lei. Stare ferma, doversi confrontare con se stessa, scorgere l'ombra del dubbio, del fallimento, della propria responsabilità.

La mattina di Pasqua svegliò Bob Neuwirth in quel suo modo che non ammetteva obiezioni. Gli fece prendere la cinepresa, lo trascinò al Fulton Fish Market e insieme si arrampicarono fino alla soffitta dove aveva vissuto fino a pochi mesi prima Eric Dolphy. Bob non voleva metterci piede, perché non voleva profanare la casa di un morto; a maggior ragione sapendo che Dolphy era arrivato in ospedale vivo ed era morto perché i medici non erano capaci di guardare un jazzista nero senza vedere un *junkie*. Edie l'aveva prima minacciato, poi l'aveva implorato. Nelle intenzioni, doveva essere un film satirico vagamente in stile Charlie Chaplin, con Edie che interpretava se stessa mentre faceva colazione con i suoi cibi preferiti.

A un certo punto, uscirono in strada: lei con addosso una pelliccia di leopardo da novemila dollari e il rinoceronte, munito di pattini a rotelle, al guinzaglio; lui che cercava di starle dietro con la cinepresa nel caos dei preparativi per la parata di Pasqua sulla quinta strada. Arrivati a Park Avenue, Edie aveva legato il rinoceronte a un idrante: un'effrazione, a quanto pare, dato che si prese una multa da una coppia di vigili.

III

Siete stati pazienti con me, avete sopportato i miei ricordi di ragazza così confusi e sempre più lontani nello spazio e nel tempo. Forse vi sembrerà di avermi fatto un favore: avete riservato una gentilezza a una signora ormai *âgée* e decisamente eccentrica. Venite più vicini: questa storia non riguarda solo me. L'ho già detto, quel mondo è stato così fecondo che ciò che oggi vi fa ardere – l'amore per gli animali, la difesa dell'ambiente, la libertà del corpo, l'autodeterminazione, la pace – ha avuto origine nell'incendio di quegli anni. Se giraste per un momento lo specchio oltre le vostre spalle, vi accorgereste che gli anni Sessanta sono più vicini di quanto possa sembrare. I miei ricordi d'infanzia si confondono con quelli della guerra in Europa; così per Nico. Edie è nata nel pieno del conflitto mondiale, eppure per lei sembrava un'epoca diversa. Le nostre stesse madri, nate anche loro in tempo di guerra e diventate madri in un'epoca cupa, erano delle estranee per noi, donne a cui non guardavamo né con ammirazione né con rassegnazione. Non vi conosco, ma so che la donna che sono diventata insieme alle mie compagne ha segnato la vostra libertà in modo determinante. Per questa vicinanza umana e culturale, per il dono della libertà che ho confezionato per voi, mi dovete ancora un po' del vostro tempo e della vostra benevolenza. Perché da qui in poi i nostri peccati vengono lavati nel sangue.

Ogni paradiso che l'Occidente abbia conosciuto è stato modellato intorno al culto di un dio maschio, dalle sembianze solo apparentemente umane, capace di concedere o negare perdono e salvezza, insaziabile per ciò che riguarda le manifestazioni pubbliche della devozione, la cui collera è temuta in virtù di una leggenda che ne descrive minuziosamente lo scatenarsi in forma di cataclisma. Ogni dio, per essere tale, ha un vitale bisogno di una nemesi chiara, cristallina nella sua colpa e, di conseguenza, nella sua eterna dannazione. Se Andy Warhol voleva essere il dio di un nuovo culto atlantico, non bastava essere ubiquo sui media, adorato come icona, riverito dai suoi discepoli, venerato dalle masse; la sua canonizzazione prevedeva l'accoglienza prima e la cacciata poi di un essere che custodisse in sé ogni virtù e ogni peccato: innocenza e vizio, debolezza e rivolta, arroganza e viltà, oracolo e desiderio di vendetta.

Come un segno della grazia e una fortuna inaspettata, Valerie Solanas arrivò nella Factory.

Non chiedete in giro di lei, è tempo perso: la maggior parte delle persone che incontrerete negherà di averla conosciuta o vi dirà che preferisce non parlarne; al più, vi diranno che è pericolosa, usando il verbo al tempo presente nonostante sia ormai morta da diversi anni. Qualcuno, quando mi sono messa sulle sue tracce perché pensavo fosse giusto dirle che Andy era morto, mi ha chiesto di vedere il suo certificato di morte prima di darmi anche un minimo indizio.

Non sono mai arrivata a odiarla tanto, benché perfino io la trovassi fuori luogo, scontrosa e logorroica. Jo Freeman è stata una delle donne che mi ha aiutato a ritrovarla. Femminista radicale di lungo corso e avvocata dei diritti delle donne, Jo ha chiuso la nostra telefonata con una dichiarazione che non posso dimenticare. Mi ha detto: «Sarebbe molto meglio dimenticarsi di Valerie».

Non voglio dimenticarmi di lei, e credo che nessuno di noi dovrebbe farlo.

Del fatto che le *warholettes* rispondessero a canoni di ammissione ben precisi ho già detto in precedenza. Valerie non è soltanto riuscita a bypassare quella selezione, ma è entrata nella Factory con la sola forza della sua arroganza intellettuale, ne ha lacerato il velo di Maya e ha costretto il carrozzone di Warhol a rivelare la sua vera natura.

Un dato su tutti: dopo che Valerie tentò di ucciderlo – solo parzialmente senza successo, visto che Andy è stato clinicamente morto per diversi minuti –, la nuova Factory viene ufficialmente interdetta alle donne. Nei nuovi processi creativi, multimediali, estremi, insomma, nella produzione post '68, le ragazze non sono più necessarie, né come muse né come madonne, né tanto meno come esotici animali da compagnia. Rimangono nell'orbita dell'artista-dio le donne che confortano, per lo più al telefono; le donne che scrivono, segretarie critiche giornaliste; le donne che vendono, galleriste agenti pierre; le borghesi che pagano, egocentriche ricche snob; le star che pagano per farsi ritrarre da vive prima che l'artista riproduca indebitamente la loro immagine dopo la morte. Le donne non hanno smesso di bussare allo studio di Warhol; semplicemente, lui ha tolto loro ogni sedia.

Valerie ha distrutto il nostro piccolo mondo e ha influito su tutto ciò che è accaduto dopo. Non posso dire di approvare il suo gesto estremo: sparare a Andy nel suo ufficio, perforandogli sette organi interni, causandogli una sofferenza fisica costante e conseguenze che l'hanno condotto diciannove anni dopo alla morte; creare un clima di terrore nell'unico posto in cui talentuosi disadattati potevano trovare spazio per esprimere la propria creatività liberi da giudizi; offrire alibi alla repressione violenta del mondo queer e della lotta femminista; trasformare Warhol nel martire dell'arte americana e consegnarlo privo di colpe alla storia; e nonostante ciò, Valerie mi appariva, e mi appare tutt'oggi, della mia stessa specie, *ma semblable, ma soeur.*

Nessuno di noi può affermare di non aver mai desiderato la morte di Warhol: ci aveva attirato con la promessa di denaro e fama, di divismo e salvezza; ci ritrovavamo ripresi in filmetti caserecci, noiosi e spesso volgari. Eravamo ostaggi dell'onda pop, della sua cultura fuorilegge e del suo sacerdote supremo.

«La celebrità è quando metti in vendita la tua aura» lo sento dire al telefono un pomeriggio qualsiasi, appoggiato al muro della Factory. Vedo Gerard spuntare dalla porta del bagno: come fa spesso, è andato a tirare lo sciacquone per Andy, che al momento della telefonata era al gabinetto. Sto masticando un chewing gum, tiro fuori dalla tasca il pacchetto, ne offro uno a Gerard e poi faccio segno a Andy.

«Aspetta un momento» mi dice; poi sputa un pezzetto di metallo grigio scuro.

«Che roba è?»

«Un magnete.»

Rimetto via il pacchetto di gomme senza alcuna espressione né sorpresa: quell'uomo sarebbe capace di tutto pur di rendere il suo magnetismo incontrastabile.

L'unica che rimane immune all'incantesimo dello stregone di Midtown è proprio Valerie. Chi l'ha conosciuta, anche solo per un tempo limitato, è rimasto folgorato dalla sua oratoria appassionata e dal suo senso dell'umorismo davvero unico. Chi l'ha frequentata, anche con le migliori intenzioni, racconterà episodi in cui lei ha ricambiato solidarietà e interesse con il tradimento, l'umiliazione, l'imbarazzo o qualche tipo di offesa. Valerie era capace di spaventare anche gli amici più intimi, minacciando di sfregiarli con l'acido, etichettava gli uomini con espressioni come "dildo ambulanti", ha sparato a un artista che le aveva dato ascolto e supporto, lanciava accuse di plagio senza prove e senza appello.

Quando penso a Valerie – di cui Andy ha riprodotto le parole senza permesso, decontestualizzandole e banalizzandole esattamente come faceva con le immagini dei giornali –, per quanto la violenza possa averle sfondato la mente e compromesso ogni equilibrio psichico, rivedo una persona appassionata che cercava inutilmente di persuadere l'ennesimo, indifferente voyeur. Prendere le distanze da un contesto culturale che mortificava, insultava e ignorava le donne, soprattutto quelle ambiziose, intelligenti e in cerca di successo, era un esercizio necessario alle più lucide e consapevoli tra di noi per evitare di andare definitivamente in pezzi o annegare nel rancore.

Dopo il suo gesto, Valerie è sprofondata in un'odissea in cui è passata da detenzioni preventive e punitive a carcerazioni psichiatriche, abusi di vario tipo, arresti, abbandoni.

Mentre andavo in cerca delle consorelle del pop sopravvissute, ho conosciuto forse l'unico vero amico di Valerie: lo scrittore Jeremiah Newton. Jeremiah mi ha detto di lei una cosa così giusta che non faccio che ripeterla a chiunque: «Sappiamo che è pazza! Lo sappiamo, ma non vuol dire che quello che dice non sia valido. Il fatto che sia matta non incide sulla validità di ciò che ha scritto e detto per tutta la sua vita. Valerie credeva in se stessa. Per me era ammirevole. In un'epoca in cui la gente non credeva in sé e voleva credere negli altri, oppure riempirli di stronzate, lei credeva in se stessa ed era sicura che un giorno il mondo l'avrebbe scoperta e avrebbe avuto la fama che si meritava. Lei era così».

Una delle prime cose che imparai da Valerie era la netta distinzione che esiste tra "artefici" e "interpreti", vale a dire tra le persone che hanno idee creative e quelle che parlano delle idee create dagli altri. La prima volta che si era seduta al mio fianco, sul grande divano sfondato della Factory, stringeva tra le mani un manoscritto che, solo più tardi, capii essere un copione, o meglio, uno degli scritti a cui aveva dedicato, e su cui scommetteva, la sua intera vita. Per quel copione, solo un anno più tardi, avrebbe sparato a Andy Warhol, ferito Mario Amaya, distrutto la Factory, diviso le femministe e disperso definitivamente tutto il pollaio delle *warholettes*. Si trattava di una delle poche copie che possedeva della sua commedia dal titolo esplicitamente provocatorio e violento *Up Your Ass*, "in culo a voi".

Chi fossero quei "voi" a cui si rivolgeva non è difficile immaginarlo. Valerie diceva che non c'era scelta per le donne: o dondolano la culla (vale a dire: diventano tutte casa e bambini), o governano il timone della barca, ovvero si ribellano, prendono il potere, distruggono lo *status quo*, cambiano il mondo. In un articolo che aveva pubblicato chiosava lucidamente: «La salvezza non verrà certo dalle signore perbene».

La sua vicinanza rendeva percettibile il pericolo: gli uomini avevano un accesso ingiustamente privilegiato al denaro, alle risorse e al potere; e questa evidenza era l'ossessione di Valerie. Percepiva l'ingiustizia di genere come una barriera dietro la quale gli uomini – in quanto alleanza plutocratica – intendeva murarla viva, lei e ogni altra (eventuale) profetessa della rivoluzione, con l'intenzione di ridurla al silenzio e all'impotenza.

«Lo sai cos'è che mi fa impazzire? Le donne cattive, strane, stronze, gagliarde, arroganti, che quando entrano in una stanza sono come un lampo che ti acceca, che annuncia la loro presenza al mondo, alla faccia di tutti quanti. Se mai ne incontri una così, una che ti flasha come un neon, mandamela.» Questo diceva Bongi, la protagonista della commedia, che era palesemente l'alter ego di Valerie: una donna affilata nel pensiero e nelle parole, forgiata dalla strada in cui viveva, non avendo trovato altro contesto in cui una donna potesse nutrire il suo risentimento, la sua forza e il suo desiderio di rivoluzione.

Quando mette piede alla Factory, Valerie entra ed esce dal Chelsea Hotel, anche se meglio sarebbe dire che viene sbattuta fuori per poi rientrare saltuariamente: nell'estate del 1967, nell'autunno dello stesso anno e all'inizio del 1968 non è raro che resti a dormire in qualche angolo dello studio di Andy o che, passeggiando per Midtown, la si veda sgattaiolare lungo le scale antincendio diretta verso il tetto, con in mano la sua inseparabile macchina da scrivere, oppure qualche coperta.

Non è la Factory in cui lei cerca di entrare, non vuole far parte dei cortigiani: fin dall'inizio, Valerie punta direttamente a Andy, vuole la sua attenzione, la sua ammirazione; e il suo aiuto.

Per questo, io credo, su quella relazione hanno finito per collassare molte forze che si agitavano da tempo nella sua vita: la rabbia crescente che faticava a gestire verso "i maschi" e il sistema oppressivo di cui erano complici e responsabili; l'odio per gli uomini di potere, ricchi e di prestigio, intoccabili e ai suoi occhi ingiustamente immuni da ogni riscatto; la sua determinazione nel promuoversi e nel far conoscere la sua opera di scrittrice; la sua distanza dalla politica, anche femminista, che lei riteneva una perdita di tempo per debosciate conniventi; il crollo psichico progressivo e inesorabile, causato dalla lunga scia di violenze e abusi mai realmente elaborati; l'incapacità di preservare un pur minimo pensiero razionale; l'insanabile conflitto interiore che la spingeva e la allontanava da qualsiasi gruppo, sociale, politico o culturale che fosse. Quando Andy mostrò una scintilla di interesse per il suo lavoro, lei lo mise al centro di tutto, ne fece un punto di appoggio per il suo mondo in dissoluzione.

Fece l'errore che avevamo fatto tutti, ma per lei fu più catastrofico: se avesse accettato di non avere alcuna importanza per Warhol, come noi e come chiunque altro, semplicemente sarebbe impazzita.

Fu proprio così che successe: Andy si annoiò di lei e delle sue pretese – pagarla per le parole che lui le rubava, aiutarla a concretizzare i progetti di cui avevano discusso a lungo, sostenere materialmente la sua causa –, e adottò nei suoi confronti quell'accondiscendenza che riservava a tutti gli individui relegati per demerito al limbo della sua indifferenza.

Molto prima di spararqli, Valerie gli chiese insistentemente indietro la copia dattiloscritta della sua commedia. Era di fatto una homeless, una che se la passava male. Quella copia era una delle pochissime che possedeva: l'aveva detto e ripetuto alla nausea. Non era arrivata a implorare, ma quella era la cosa più vicina a una supplica che Valerie avrebbe mai potuto fare. Il fatto che Andy la liquidasse con sufficienza la convinse che lui, come già aveva fatto, le avrebbe rubato anche quelle parole, che per lei erano la vita. Lo accusò di furto, poi piano piano perse la ragione e gli attribuì una volontà di controllo e di appropriazione indebita della sua arte. Con queste accuse, lo condannò a morte.

Anni dopo, ormai al tramonto del millennio, un archivista dell'Andy Warhol Museum aprì un baule argentato per catalogarne il contenuto. Eccola lì: la copia di *Up Your Ass*, datata 1967, piena di appunti e correzioni scritte a mano da Valerie, buttata tra gli apparecchi per l'illuminazione di Billy Name e altri attrezzi. Warhol aveva trattato il lavoro di Valerie come cartaccia: i timori dell'amica non erano infondati e la vendetta dell'autrice fu spietata.

«È una borsa dell'acqua calda con le tette. Sta scrivendo un copione per noi. Ha un mucchio di idee» mi dice in quei giorni Andy riferendosi a Valerie.

Proprio non riusciva a giudicare provocatorio qualcosa; o eccessivo. Intriso di vanagloria, non solo non ha mai voluto controllare il caos, ma se ne abbeverava.

Io invece sono di un altro parere. «Faresti meglio a informarti su quello che sta scrivendo: è fuori di testa, squilibrata, brillante e dotata di un'autentica personalità. Per lei potresti diventare un bersaglio. Odia gli uomini e il mondo. Quando odi gli uomini, odi il mondo» gli dico; ma lui alza le spalle.

Ancora ricordo cosa mi disse sul set di *I, a Man,* in cui Andy l'aveva inserita all'ultimo perché smettesse di chiedergli soldi. Dandole una particina, l'avrebbe pagata poco – venticinque dollari –, e se la sarebbe levata di torno per un po'; così almeno pensava. Era la fine di luglio del 1967, e il film consisteva nel seguire il protagonista, Tom Baker, in una giornata a New York durante la quale incontrava sei diverse donne con cui faceva tutto ciò che, si suppone – Andy lo supponeva –, un uomo fa in compagnia femminile: chiacchiere, litigi, sesso. Valerie, manco a dirlo, interpretava la parte della prostituta.

Poco prima della sua scena, ci siamo scambiate qualche parola. Non proprio: lei mi ha aggredito con una serie di elucubrazioni sull'amicizia e l'amore sinceri e disinteressati, che a suo dire possono esistere solo tra donne sicure e forti, due spiriti intraprendenti e liberi.

«L'amore è roba da femmine» mi ha detto. Poi, riferendosi a Andy con una specie di guizzo degli occhi: «Perché ti lasci sfruttare? Perché non gli pianti un coltello nel cuore o un rompighiaccio su per il culo?».

Ho guardato Warhol: stava ridendo. Ne aveva tutte le ragioni: Valerie non era la prima che irrompeva nella Factory armata e intenzionata a fare sul serio.

Qualche anno prima, verso mezzanotte, salì un tipo fuori di testa che cercava soldi. Puntò la pistola alla testa di Paul

Morrissey e premette il grilletto, ma la canna era vuota. Mirò allora al soffitto e sparò. Quelli erano gli anni della Guerra Fredda e in giro c'era gente a cui era esploso il cervello, per la troppa tensione o per la *roulette russe*, che in quel periodo andava di moda tra gli sbandati.

Poi, una sera del 1964, arriva una banda di bevitori d'assenzio, gente con cui Billy Name ha avuto dei trascorsi. Tra loro c'è una certa Dorothy Podber, veterana dell'avanguardia anni Cinquanta, vestita interamente di pelle e con un grosso alano al guinzaglio. Lentamente si sfila i lunghi guanti di pelle, estrae la pistola e la punta dritta verso Andy. Sta per sparare quando muove il braccio e mira a una serie di tele contro la parete, appena oltre la spalla di Warhol. Colpisce sei ritratti di Marilyn che, da quel momento, diventano "le Marilyn perforate" e acquistano un valore molto superiore alle altre perché sono indiscutibilmente autentiche. Dopo aver messo via l'arma ed essersi nuovamente infilata i guanti, Dorothy torna tra i suoi amici che, in poco tempo, salutano e se ne vanno.

Siamo tutti piuttosto sbalorditi e divertiti da quella che ci è parsa una performance artistica audace e tutto sommato ironica; tranne Andy, che tiene il broncio.

«Ti sei spaventato?» gli chiedo ingenuamente.

«Avrebbe dovuto dirmelo, così l'avremmo ripresa.»

Tutto qui: era convinto avesse fatto qualcosa di grande e si tormentava per non averne fatto un film. Credo che Valerie gli abbia sparato anche per questo motivo: perché identificava in lui tutti quelli che gestivano quello che lei definiva "il merdaio", ovvero "quella pattumiera che gli uomini hanno fatto del mondo", regolato da istituzioni create e celebrate dai maschi: "guerra, denaro, matrimonio e prostituzione, lavoro, prevenzione dell'automazione, perbenismo, buone maniere, linguaggio conveniente, 'dignità', censura, 'intrattenimento' triviale, segretezza, soppressione della conoscenza e delle idee, ignoranza, paternità e malattia mentale (paura, vigliaccheria, timidezza, umiltà, insicurezza, passività), autorità, governo, noia, monotonia, 'Grande Arte', 'Cultura', filosofia, religione, moralità basata sul sesso, competizione, prestigio, status, educazione formale, pregiudizio (razziale, etnico, religioso, eccetera), classi economiche e sociali, domesticità e maternità, materialismo, sessualità, bruttezza, distruzione delle città, avvelenamento dell'aria, odio, disprezzo, mancanza di fiducia, prevenzione della conversazione, dell'amicizia e dell'amore, isolamento, periferie, violenza, malattie e morte".

Pienamente attivo e cosciente, Andy era assurto al rango di sacerdote. Il ruolo di Valerie, seppure contrario al suo volere, era di incarnare il boia capace di martirizzarlo.

Quelli erano gli anni in cui una nuova cosmogonia di dèi mortali si lasciava osannare da folle in estasi, letteralmente su di giri, prima di barattare le proprie spoglie mortali per l'immortalità. Era successo a Malcolm X e, prima di lui, in un modo ancora più spettacolare, al presidente John Kennedy. E fu quello che accadde al fratello Robert tre giorni dopo la prima morte di Andy Warhol.

La foto dell'affascinante Bob, rampollo di casa Kennedy, in piena corsa elettorale e favorito alle primarie, tutto valori e giovinezza, accasciato a terra vicino al podio su cui perfino l'aquila dello stemma sembra guardarlo con commozione, la mano tenuta dall'assistente diciassettenne, la camicia aperta sul largo petto che si copre, foto dopo foto, del suo sangue rosso che colora la stoffa come la bandiera; poi la spasmodica preghiera della nazione nelle successive ventisei ore, fino all'annuncio del decesso, l'esposizione del cadavere per l'adorazione popolare sull'altare della cattedrale di St. Patrick, la messa solenne in una fresca giornata di giugno, la più fresca di quel mese, come se anche il meteo fosse stato turbato da quella morte, avvallando la credibilità dei numerosi episodi biblici in cui, alla scomparsa di profeti e figli degli dèi, il dolore fa ritirare le maree, squarcia i cieli, getta una gelida tenebra sull'intero creato; infine il convoglio funebre che corre sui binari tra New York e Washington, fra ali di folle in gramaglie che, sconfortate, fissano i vagoni luccicanti mentre corrono a depositare il corpo del secondo martire Kennedy accanto al primo.

Per Andy lo spettacolo della morte di Robert Kennedy fu una ferita ancora più lacerante di quella causatagli dai proiettili di Valerie Solanas. Debole ma cosciente, osserva le folle osannanti in televisione con gli occhi lucidi, provando un'immensa pietà per se stesso: nato povero, estraneo alle élite che tanto venera e a cui aveva dedicato l'esistenza e l'arte, dimenticato prima ancora di essere adeguatamente celebrato. Che destino infausto, il suo: illudersi di essere accolto dall'aristocrazia e risvegliarsi nelle stalle insieme alla servitù. Peggio: relegato al di là del muro di cinta.

Valerie è stata pazza per larga parte della sua esistenza, ma per il resto possedeva una lucidità che non ho mai incontrato in nessuna persona vivente, e che ho immaginato potesse somigliare a quella qualità visionaria, impossibile da credere, che i miti e le leggende attribuiscono alle profetesse. Dico questo perché lei ha sempre detto pubblicamente che annoverava il mancato omicidio di Andy tra i suoi principali fallimenti.

«Il fatto di non essere riuscita ad ammazzare Warhol la faceva sentire incapace, era una macchia sulla sua reputazione» mi ha confessato Louis Zwiren, un uomo dolcissimo che era stato per qualche anno il suo compagno prima della rovina.

Anche se è inutile farlo ora, mi sento di poter confutare il rammarico di Valerie: dagli infermieri che lo soccorrono alla Factory dopo la sparatoria, Warhol sente chiaramente pronunciare queste parole prima di perdere conoscenza: «Dimenticatelo, non ci sono speranze».

Quella frase gli risuona ancora nella testa quando, ore dopo, ignaro di essere morto per qualche minuto, il suo cervello si risveglia e riprende coscienza.

Da una radio lontana, ricorda, provengono frasi concitate in cui riconosce le parole: assassinio, sparatoria, orrore, disastro, terrore. Ma chi, o meglio, cosa si è davvero risvegliato il 3 giugno 1968 in quella stanza del Columbus Hospital sulla diciannovesima strada, tra la seconda e la terza avenue, senza milza e con un cuore riavviato a mano proprio come il motore di una macchina? Il terrore che quel corpo immobile coperto da bende e lenzuola non sia più lo scandaloso e rivoluzionario artista Andy Warhol bensì una larva incapace anche solo di condurre un'esistenza ordinaria ci manda fuori di testa; qualcuno oltre ogni limite di decenza. Jackie Curtis si fa tatuare il nome di Andy sul cuore, o comunque dichiara di volerlo fare. Nico si è chiusa nell'appartamento di International Velvet con lei e il fidanzato, hanno sbarrato porte e finestre, acceso così tante candele da rischiare di incendiare il palazzo, e tutti si sono messi a pregare con una coreografia di inchini e gorgoglii e mantra improvvisati cercando di percepire dagli spiriti il buon esito dell'intervento. Ma la peggiore è certamente Ivy Nicholson, che chiama in reparto ogni dieci minuti e, alla notizia della morte di Andy, minaccia di buttarsi dalla finestra. Perfino i suoi quattro figli compatiscono con sguardo incredulo quelle ore di isteria.

Ci vogliono meno di quindici giorni perché sia dichiarato fuori pericolo e altri quaranta prima che venga dimesso. Mi chiama appena è in grado di passare qualche tempo seduto.

«È accaduto così in fretta. È stata una sorpresa, ma la cosa più sorprendente è stata che lei era abbigliata per l'occasione, si era messa il rossetto, truccata gli occhi, pettinata.»

«Come te lo spieghi?» gli chiedo, in un rigurgito di sconforto. «Perché ha sparato proprio a te?»

«Ehm... Uh...» Lungo silenzio. «Diciamo che ero nel posto sbagliato al momento giusto.»

Andy è ancora Andy, o almeno gli somiglia. Mi presento in ospedale portandogli in regalo un piccolo quaderno con la copertina in vinile argento su cui ognuno di noi ha scritto un pensiero per la sua guarigione. Lou Reed ha vergato: *Andy, sono qui da troppo tempo*; Billy Name, che Andy chiamava con affetto "il mio vero sole", ha usato una sorta di messaggio in codice: *Raggio uno a raggio due, sole a sole, vicino*. Era una piccola cosa riempita del nostro supporto. Lo sfoglia brevemente e lo appoggia sul comodino, ringraziandomi freddamente: ha saputo dell'omicidio di Robert Kennedy in California e, mentalmente, elenca le copertine che il destino gli ha negato, partendo da "Life" e da "Time".

«Se Kennedy fosse stato ammazzato in un altro momento, avrei avuto io tutta la pubblicità. La morte non è altro che un titolo di giornale.»

Medito non poco se dirgli del pezzo comparso sul "Daily News" il giorno dopo la sparatoria: un necrologio spietato e corrosivo firmato da Peter Coutros. Scopro che qualcuno l'ha già informato, ma nessuno ha avuto il coraggio di leggerglielo. Lo faccio io.

«Già prima che Valerie Solanas gli sputasse addosso tutto il suo veleno dalla canna di una pistola, Andy Warhol, il bisbetico Maharishi dei *Mods*[10] dai capelli d'argento, era in guai, guai brutti. Il suo mondo non se ne curava più, non ne voleva sapere, non si rendeva neanche più conto che Andy Warhol era vivo e in discrete condizioni di salute. L'artista pop che aveva assaporato il successo grazie a una lattina di zuppa Campbell's era ormai un artista distrutto. Il cineasta underground che aveva puntato la sua macchina da presa per otto ore sull'ombelico di un uomo addormentato si era dissolto, era svanito. Andy Warhol era nei guai. Il moralismo della classe media lo aveva soffocato. C'era cresciuto dentro e ne era fuggito via: correndo come un matto, ma senza arrivare da nessuna parte, perché nella Nuova Etica del Turpiloquio non c'è molto di interessante. Creatività non vuol dire stravolgere i classici, trasformare *Le avventure di Huckleberry Finn* in *Le avventure di Huckleberry Checca*. Si è detto che quelli di Warhol erano film per soli adulti, ma non è necessario essere dei grandi artisti per far spogliare gli interpreti. Mentre lotta per sopravvivere in un mondo di cui ha così poco bisogno, forse Andy Warhol sorride per aver ottenuto una grande soddisfazione: le sue "realizzazioni" gli hanno fatto guadagnare spazio sulle pagine artistiche e cinematografiche dei giornali. Con il difficile momento che sta vivendo ha ottenuto i titoli della prima pagina.»

Resta in silenzio per un po'. Mi chiede di rileggerlo: due volte, tre volte. Non commenta mai, non dice niente, rimane muto, poi si addormenta.

Non appena è abbastanza in forze per uscire di casa e fare una passeggiata, mi chiama, o per meglio dire, mi convoca: vuole che lo porti sulla quarantaduesima strada. Tra i cartelloni esposti fuori dalle sale cerca un film pornografico da vedere finché non si annoia, poi usciamo dalla sala e si ferma ad acquistare nelle edicole che troviamo lungo la strada le riviste più sporche che riesce a trovare. Fortunatamente, ho portato con me una borsa capiente, che ora trabocca di pornografia.

Andy l'adora, è una delle dipendenze che più ama: dopo la lunga astinenza a cui è stato costretto, in ospedale prima e a casa poi, sotto l'amorevole sguardo vigile della sua dolcissima *maminko*, adesso vuole proprio fare il pieno. Mentre sfoglia distrattamente le pagine delle riviste, che afferra dall'espositore e depone una sull'altra davanti allo sguardo intontito dell'edicolante, lo sento mugolare di piacere.

Non so cosa ci trovi di così entusiasmante: quegli uomini sono bellissimi, indubbiamente, hanno corpi scolpiti e dotazioni davvero encomiabili, ma è come nuotare nella panna montata: per quanto possa piacerti, finirai per averne abbastanza.

È uno degli effetti collaterali che tutte noi subiamo stando troppo a mollo nella zuppa di Warhol: più o meno gradualmente, scivoliamo dalla passione per la promiscuità a una specie di insofferenza, che talvolta si manifesta in abulia erotica, altre in eccessivo sentimentalismo, altre in semplice insofferenza per quella continua disponibilità di corpi intercambiabili.

Siccome però il corpo di Andy ha ora qualcosa che vale la pena mostrare, ecco che la conclusione del suo primo giorno di nuovo in città è nello studio di Richard Avedon, sulla cinquantottesima est. Davanti al grande fondale neutro, senza nemmeno togliersi la giacca di pelle, Andy arrotola il dolcevita dal fondo, lasciando scoperte le cicatrici solo parzialmente guarite che gli spari, i lunghi interventi e i drenaggi hanno lasciato sul suo corpo. Avedon capisce subito la richiesta e lo mette in posa di fronte all'obiettivo con le braccia allargate, i polsi esposti alla camera come in preghiera: un san Sebastiano col parrucchino stazzonato, un cristo pallido e invecchiato, il profeta martire di un mondo brutale.

Con i fratelli Kennedy ormai nella storia e la *summer of love* ancora da venire, le foto di Avedon fanno il giro del mondo: ci ha messo un po', ma come sempre Warhol è riuscito a catturare l'attenzione come desidera e sente di meritare.

«Hai avuto pubblicità, fama, titoli sui giornali. Che cosa vuoi adesso?» gli domando mentre sediamo insieme davanti a un caffè sulla sedicesima est, a due passi dallo studio dove scalpita per tornare a produrre appena finirò di tormentarlo con le mie inutili domande sulla sua salute fisica e mentale.

«Altra celebrità.»

«La fama è un bersaglio mobile.»

«Non sono morto nemmeno questa volta. Continuo a non morire.»

Mario Amaya descrisse a più di un giornalista questa scena: Valerie ha appena sparato a Warhol e poi si è dileguata. Lui riemerge dalla porta sul retro in cui si era rifugiato e si avvicina a Andy, che ha già perso un sacco di sangue ma sta facendo una cosa apparentemente assurda: ride, istericamente. Dice «Non fatemi ridere, fa troppo male», ma nessuno sta facendo delle battute, sono tutti pietrificati. Poi Andy perde conoscenza, Mario si accorge di essere stato ferito perché ha la giacca strappata e macchiata di sangue, salgono tutti sull'ambulanza e l'infermiere si limita a dirgli: «Succede: qualche volta, quando le persone vengono gravemente ferite, hanno delle reazioni inverse al panico o a qualsiasi manifestazione della paura e del dolore. Non è strano che stesse ridendo. Se volete che lo salviamo, sarebbe meglio suonare la sirena. Se volete che suoniamo la sirena, sono cinque dollari in più».

Qualche anno dopo, leggo tra le pagine della sua *Filosofia* questa frase: «Prima che mi sparassero ho sempre avuto il sospetto che, invece di vivere un'esistenza reale, stessi guardando la televisione. Le persone qualche volta dicono che il modo in cui le cose accadono nei film è irreale, ma in verità è il modo in cui le cose accadono nella vita che è irreale. Nei film le emozioni sembrano così intense. Quando ti capita qualcosa davvero è come guardare la tv: non senti niente. Nel preciso istante in cui mi sparavano seppi che stavo guardando la televisione».

Un giorno Andy arriva alla Factory su una scintillante

Rolls-Royce Silver Shadow che si è fatto personalizzare nei colori bianco, nero e testa di moro. La fa guidare al suo fidanzato del momento, Jed Johnson, che addestra a raccontare in giro di averla barattata con alcune delle sue opere. Dev'essere una mattina in cui i dolori si fanno sentire più del solito, perché è molto pallido, affaticato, fragile.

«Ho paura» mi dice mentre siamo soli in una delle eleganti sale della nuova Factory. Non sono capace di consolarlo; non so se non ci riesco o semplicemente non voglio farlo.

«Prima non avevo paura. Sto cercando di decidere se fingere di essere vero o finto. Ho sempre pensato che tutti scherzassero. Ma adesso so che non è così. Non so se far finta che le cose siano reali o finte. Vedi, per fingere che qualcosa sia reale, dovrei fare un falso, e allora la gente penserebbe che è una cosa reale.»

«Credi che quello che è successo sia per colpa tua?»

«Penso di non sapere veramente cosa fa la gente. Mi sembra sempre che non faccia sul serio.»

Mi confessa di non riuscire più a fare le cose che faceva prima, che il suo corpo gli sembra «un vestito di Dior» e che ha paura a fare la doccia.

«Per le cicatrici?» chiedo ingenuamente.

«È piuttosto orribile guardarsi allo specchio e vedere tutte quelle cicatrici. Fa paura. Io chiudo gli occhi. Ma non hanno un aspetto così brutto. Le cicatrici in realtà sono bellissime; è divertente quanto sono carine. È solo che mi ricordano che sto ancora male e non so se starò mai più bene.»

«Non hai ancora ripreso tutta la tua energia. Presto sarà diverso.»

Qualsiasi cosa gli dica ora, domani o in futuro, Andy avrà sempre paura. Le ferite degli spari sono state curate, le cicatrici si sono rimarginate, ma la paura si aggrava ogni giorno e non smette di suppurare. L'uomo che ho conosciuto è stato ucciso, l'artista irriverente e amorale, quello che stendeva colori fluorescenti su matrici di fiori stilizzati o riproduzioni di incidenti mortali con fare indifferente, è rimasto a terra, esanime, con le gambe allungate sotto la scrivania. In questa visione cristallina del futuro di Andy vedo che da ora in poi la sua arte sarà ripetitiva, automatica, vuota, una replica di quello che ha fatto prima. La sua vita prenderà una direzione diversa, più sicura, più conforme.

L'artista, il mago, il prestigiatore, lo stregone degli anni Sessanta non c'è più. Nessuna medicina può salvarlo: il corpo funziona, è vivo, ma la forza vitale della sua creatività ha cessato di esistere. Andy Warhol è diventato qualcuno da invitare a cena: l'affascinante ombra di un genio, un fantasma ambulante. L'argento è stato strappato dalle pareti: è questa la fine.

Andy ha usato la morte con tanta impudenza da impedire a chiunque, oggi, di credere fino in fondo alle sue paure. Come se fosse la cosa più ovvia del mondo, è passato dai barattoli di zuppe e dai detersivi ai cadaveri che spuntavano dalle lamiere, dall'olimpo del consumismo ai dispositivi per l'esecuzione della pena capitale, dal sogno all'incubo americano, con la stessa aridità con cui passa dall'amore alla pornografia, dall'intimità con sua madre Julia alla freddezza verso il mondo, dalla vendetta contro Edie alla rabbia cieca di Valerie.

La sua indifferenza per la vitalità delle emozioni umane continua a scandalizzarmi e mi disorienta: sono preoccupata per il suo stato, ma non mi sento in alcun modo in dovere di consolare un uomo che si limita a prendere atto della morte del suo io sciamanico, il suo *dáimōn* artistico; e che sceglie, invece, forse anche con sollievo, di tenere in vita solo l'uomo d'affari, colui che accumulerà proprietà e denaro tentando di esorcizzare il terrore. Piano piano Warhol si trasformerà in quello che i businessmen come lui chiamano *blackbird*: una persona che frequenta solo eventi sociali, dai quali se ne va senza mai salutare nessuno e facendo in modo che nessuno si accorga che se n'è andato. Ha sempre i nervi a fior di pelle: «Ogni volta che sento l'ascensore arrivare al piano mi innervosisco. Aspetto che si aprano le porte per controllare chi è».

Tempo dopo, quando qualcuno gli riferisce di aver visto Valerie gironzolare per il Village, il timore di un nuovo agguato torna a ossessionarlo. Nello stesso tempo, però, continua a vivere in uno stato di quasi assenza: «Ho paura che mi sparino di nuovo. Forse non dovrei più parlare con gente che ha gli occhi spiritati. Però quelli che conosco e con cui mi va di parlare sono quasi tutti così».

Dopo la sua seconda e definitiva morte, avvenuta nella notte tra il 21 e il 22 febbraio 1987 in un letto di ospedale, senza che nessuno si curasse del suo corpo che lentamente collassava, è chiaro a tutti – medici, inquirenti, avvocati, procuratori, media – che sono stati i proiettili sparati da Valerie a provocare il decesso di Andy Warhol, seppure con quasi vent'anni di ritardo. In ogni caso, quel gesto violento aveva compromesso la sua salute, fisica oltre che mentale: fu costretto a portare un busto chirurgico per il resto della vita, era sempre più deperito, la sua avversione per i medici si era trasformata in irrazionale terrore. E non aveva tutti i torti: quando arrivò in ospedale quella notte, era già molto debilitato, con la cistifellea ingrossata e alle spalle settimane di dolori lancinanti che aveva curato come faceva sempre, imbottendosi di Demerol e Tylenol prescritti dalla sua dermatologa. Era da poco tornato dall'Italia, dove il 22 gennaio a Milano era stata inaugurata la mostra dei suoi lavori ispirati all'*Ultima Cena* di Leonardo da Vinci, esposti alle Stelline di corso Magenta in un grande opening che si era tenuto il 2 gennaio 1987, nella sede del Credito Valtellinese. Nonostante il dolore al fianco destro fosse già insopportabile senza una costante assunzione di antidolorifici, Andy si era tuffato nella mondanità milanese a capofitto.

La sera prima dell'inaugurazione la passa allo spazio di via Manin dove la stilista Krizia ha creato il suo teatrino da oltre seicento posti in cui ospita eventi culturali di ogni genere; dopo la mostra, è ospite dell'antiquario Dino Franzin, maestro nell'*art de la table,* che apparecchia per lui un memorabile dispiegamento di posate vermeil; la sera successiva, Elio Fiorucci lo invita al Plastic, dove incontra un giovanissimo e agguerrito gallerista di origini alsaziane, Philippe Daverio, con cui ha un breve e frizzante battibecco, per quanto Warhol possa mai battibeccare, tanto meno in modo frizzante; e ancora nei giorni successivi distribuisce irriverenti dichiarazioni e schiva le domande dei critici più scettici di fronte alle sue riproduzioni monocromatiche del capolavoro di Leonardo.

Il ritorno è un incubo: implora la dottoressa Burke di avere antidolorifici più forti, ma lei lo obbliga a farsi fare un'ecografia. La cistifellea appare estremamente gonfia e infiammata, il dolore dev'essere oltre ogni limite di tolleranza umana. Anche di fronte alla necessità di un'operazione, con il rischio della vita, Andy tenta di sottrarsi, chiede altre medicine; alla fine cede: accetta di farsi ricoverare sotto falso nome al New York Hospital's Baker Pavillion, dove occupa la stanza numero 1204 con il nome di Bob Roberts. Assume un'infermiera privata per assisterlo nel postoperatorio.

L'intervento ai calcoli della cistifellea è veloce e perfettamente eseguito: Andy si sveglia la sera, affaticato ma in buone condizioni, beve qualcosa, mangia poco, guarda la televisione. Dopo mezzanotte, i suoi parametri vitali precipitano, ma l'infermiera non se ne accorge. Le indagini diranno che, nonostante affermi di essere rimasta a vegliare il paziente su una poltrona a fianco del letto leggendo la *Bibbia,* in realtà non ha annotato nessun parametro per ore: né la pressione sanguigna del paziente, né la frequenza del polso o altri segni vitali, così come i suoi dosaggi di morfina e degli altri farmaci. Poco prima delle sei, quando è stato dato l'allarme e si è tentata la rianimazione d'emergenza, Andy era ormai cianotico: non era più nemmeno possibile inserire il tubo nella trachea del paziente per via del *rigor mortis*. Dopo quasi un'ora di tentativi falliti, Andy è stato dichiarato morto alle 6:31 del 22 febbraio 1987.

Questa è stata la fine, lo scavalcamento della linea che separa nettamente la vita dalla morte, come nella sua celebre stampa su gelatina del suicida che precipita, in cui la sagoma dell'uomo ha dietro le sue spalle la linea netta che lo separa dalla fine a cui sta andando incontro alla velocità di un proiettile. O come la serigrafia in cui riproduce la foto di una ragazza senza nome, precipitata sul tetto di una limousine ai piedi dell'Empire State Building. Intitola l'opera *Fallen body*, conservando così l'ambiguità di un corpo che sembra aver ceduto al sonno più che alla gravità.

Quando è crollato, il fisico di Andy non aveva più resistenza; ma la sua caduta, l'origine del suo deperimento, era ormai lontana nel tempo. Da quando Valerie gli sparò, aveva la morte stampata in faccia. «Io sono già morto» aveva dichiarato due anni prima, in un'intervista alla rivista inglese "Face", rispondendo a una domanda sulla sua eredità artistica con un cinismo che, col senno di poi, suona macabro e per nulla ironico.

«Non so niente, è un po' come se non sapessi neppure se sono veramente vivo oppure morto. È triste. È come se non potessi dire "ciao" o "arrivederci" a nessuno. La vita è come un sogno.»

«Gli adulti non vengono perdonati facilmente, e vivono nella paura di essere odiati. Hai ancora paura di Valerie?»

«Non ho niente contro Valerie Solanas. Quando ferisci un'altra persona, non sai quanto male le fai.»

Non posso dire a *questo* Andy della visita che ho fatto ai primi di settembre all'ospedale psichiatrico di Ward Island, mentre lui era ancora convalescente. Non posso dirgli che sono andata a cercare Valerie Solanas per capire. E non posso dirgli chi ho trovato insieme a lei, chiusa là dentro, né cosa mi ha raccontato. Ma se vorrete concedermi ancora un poco della vostra immensa pazienza, cercherò di raccontarlo a voi senza perdere – anch'io – la voce.

Dopo l'attentato, nessuno denunciò Valerie, così dovette pensarci lo Stato di New York: la giuria della Contea si riunì e si pronunciò circa tutte le accuse sul tavolo. C'erano ovviamente i due tentati omicidi ai danni di Andy Warhol e Mario Amaya, insieme a due accuse di aggressione, di primo e di secondo grado, contro Fred Hughes, oltre al possesso illegale di un'arma da fuoco.

Conservo una copia dell'atto di accusa e, ogni tanto, quando sono un po' giù, mi rileggo il primo capo. So bene quanto orrore abbia causato il gesto di Valerie, ma rileggere quelle poche righe mi fa sempre ridere. Genuinamente. Mi verrebbe da dire che il cinismo di Andy mi ha contagiato, ma lui non rideva mai davvero, non di gusto. Comunque, ecco quello che c'è scritto: «L'accusata, nella Contea di New York, il 3 giugno 1968, con l'intento di causare la morte di Andy Warhol cercò di causare la morte di Andy Warhol sparandogli con una pistola».

Rileggetelo pure tutte le volte che vi serve: potreste dire che una frase così goffa e buffa possa aver spalancato le porte dell'abisso?

La faccio breve. Valerie andò in udienza, il 4 giugno, davanti al giudice David Getzoff, che l'affidò al Dipartimento degli Ospedali di New York per un'osservazione psichiatrica.

Venne invece riportata al penitenziario femminile, dove fu sottoposta a una lunga e non meglio dettagliata "perquisizione interna", per poi ricomparire in udienza il giorno seguente. Non le fu permesso di chiedere l'assistenza di un avvocato. Comunque, Valerie l'avrebbe rifiutata: solo lei poteva rappresentare se stessa e le sue idee. Venne mandata allora dalla corte all'ospedale di Elmhurst nel Queens: qui, in novanta giorni, gli psichiatri avrebbero dovuto decidere se la paziente necessitasse di cure o potesse andare in giudizio.

La psicologa responsabile di Valerie, Ruth Cooper, le fece diversi test e, nonostante una diagnosi implacabile («reazione schizofrenica, tipo paranoide con marcata depressione e potenziale *acting out*»), riconobbe in lei un'intelligenza eccellente e nessun disordine del pensiero. Valerie era, insomma, una ribelle lucida e determinata, capace di comprendere che non c'è modo di cambiare le ingiustizie sociali se non tramite azioni radicali e violente.

«Le femministe radicali che rifiutano Valerie non sono femministe radicali» mi ha detto Ben Morea, membro del gruppo UAW/MF Up Against the Wall, Motherfuckers!, con sede al Greenwich Village. Ben, che ha passato l'adolescenza dentro e fuori dal carcere accumulando dipendenze, si definisce «un ragazzo del ghetto, autodidatta e pittore». Una delle due pistole che Valerie aveva con sé era sua, forse. O forse era vero quello che dichiarò in un secondo momento alla polizia: se le era procurate da qualche parte a Reno, nel Vermont, in uno dei suoi viaggi attraverso il paese verso la California.

«È solo un gioco. Non sono radicali, sono *liberal*, hanno paura di andare fino in fondo. Lei metteva in atto le sue convinzioni invece di limitarsi a sventolarle.»

Accettare Valerie – lucida, spaventosamente intelligente, rabbiosa, paranoica – non era affatto semplice. Ma nessuno poteva ignorarla dopo quello che aveva fatto; soprattutto le lottatrici.

Gli anni Sessanta furono una specie di pentola a pressione in cui tensioni sociali, rivendicazioni civili, movimenti per il diritto e la pace si agitavano e sobbollivano in attesa del momento giusto per esplodere come una bomba. La rabbia delle donne non faceva eccezione.

Dopo aver dimenticato il loro contributo all'economia, alla società e all'esercito durante l'ultimo conflitto mondiale, il potere le aveva rinchiuse nella sfera domestica: i loro diritti erano subordinati al loro stato civile, il che significa che l'essere riconosciute dipendeva dal fatto di appartenere a un uomo, marito o padre che fosse. L'organizzazione economica, sociale e urbanistica era modellata sul paternalismo e la necessità di protezione delle donne rispettabili; cosa che, naturalmente, implicava la colpevolizzazione di tutte coloro che, invece di stare a casa, se l'andavano a cercare.

La femminilità era tutt'uno con la gestazione, la cura, il sacrificio e l'accudimento; e ogni pretesa di emancipazione era soffocata invocando fantomatiche tradizioni secondo le quali possedere un utero rende geneticamente entusiasmante essere sottomesse.

«Goccia a goccia, senza sosta. Ovunque, in ogni cosa» mi disse un giorno Ti-Grace Atkinson, cercando di trasmettermi quanto era malsana, desolante e violenta la vita civile delle donne in quegli anni.

«Le donne non potevano sedere in prima classe su un aereo senza un uomo al fianco. Non potevano aprire un conto in banca senza la firma di un uomo. Banale, ma costante. Deve rendersi conto dell'odio che c'era verso le donne. È difficile ricordarsene oggi; anche se tante ingiustizie non sono ancora corrette. Le faccio qualche esempio piccolo, perché rappresenta il primo gradino di una lunga piramide di ingiustizie: siamo noi a fare i figli, ma non possiamo dar loro il nostro cognome. Quando ci sposiamo, diventiamo la signora tal dei tali, con risultati paradossali: a ogni matrimonio, un nuovo cognome, fino a collezionare vite diverse, nessuna di nostra proprietà. Esistiamo come estensione di una società di uomini che comandano, controllano, giudicano. Hanno a disposizione il nostro corpo, il nostro tempo e il nostro lavoro non retribuito. Vogliono anche la nostra remissione, il silenzio e l'accettazione di tutto questo. Lo chiamano diritto naturale; invece è il potere di schiacciare e godere. Per averne la certezza, basta sollevare una sola, unica, questione pescata dal mucchio, di un livello di importanza minimo, per vedere le facce insofferenti, le espressioni irritate, finché qualcuno non prende la parola per tutti e sentenzia che no, questo non è un problema. Tutto ciò che vittimizza gli uomini, non garantendo loro di mantenere o aumentare i loro privilegi, è un attacco. L'indifferenza pubblica è il vessillo della disparità. Non possiamo aspettarci alcuna solidarietà né giustizia nella maschiocrazia.»

Al centro di tutto, inutile dirlo, c'era l'oppressione suprema, l'ossessione conservatrice di confondere le donne con la gestazione, riconoscendo all'embrione un diritto nettamente superiore alla madre, qualunque fosse stata la relazione che l'aveva generato. Prima veniva lo sperma, poi veniva il feto e mai, assolutamente mai, veniva l'utero. E il fatto che quest'ultimo fosse solo un organo nel corpo di un'intera donna non faceva che peggiorare la questione: addestrate alla diseguaglianza, alla disparità, alla repressione della rabbia, all'immolazione fino all'autolesionismo e alla morte per sacrificio e consunzione, le donne erano relegate al ruolo di fattrici, un'immensa legione di schiave, docili e fertili, che garantivano agli uomini una grande parte dei privilegi, delle ricchezze e dei diritti che accumulavano e dei quali godevano.

L'utero di una donna era ancora meno considerato

dell'arto di un operaio, dei polmoni di un minatore, della vita di un nero. Le donne che volevano abortire non solo non erano tutelate dallo stato, ma respinte e stigmatizzate. Dovevano rivolgersi a medici improvvisati, spesso sadici, che le ricattavano, le derubavano, le violentavano, le mutilavano, le rovinavano per sempre, nel corpo e nell'animo.

Che sacrificassero la loro vita nella cura degli altri o in un tentativo disperato di essere libere, per lo stato le donne erano comunque sacrificabili, nate morte in attesa di decesso. Se le si fosse potute numerare alla nascita, attribuendo loro un codice invece di un nome e un cognome, gestire il loro rendimento sociale sarebbe stato certamente più semplice.

«Volevamo uscirne. Questo volevamo. In quegli anni le donne erano bombardate dalla propaganda sull'importanza del matrimonio, sulla necessità di trovarsi un uomo e di tenerselo. Il matrimonio è il culmine della vita. Mi sembrava una cosa strana e deprimente. Alla fine degli anni Sessanta, ricordo, ero sopraffatta dalla sensazione non già di essere una preziosa parte dell'universo, ma una merda destinata solo a essere usata e abbandonata.»

Ti-Grace diede la direzione giusta alla lotta della NOW, la National Organization for Women, nata nel 1966 da ventotto donne che avevano partecipato alla Terza Conferenza Nazionale della Commissione sulla Situazione delle Donne. Il punto non era rendere i diritti delle donne maggiori di quelli del feto, ma portare la donna gravida allo stesso livello dei medici. Fu questa la leva per rovesciare l'impotenza istituzionale delle donne, ma anche per dividere le femministe; le più radicali sostenevano che difendere la privacy delle donne in quanto pazienti non bastava: bisognava abrogare ogni legge che impediva loro di decidere del proprio corpo, in ogni sua parte.

«Tutte volevano fare la rivoluzione, ma quando bisognava

passare ai fatti, finivamo per litigare; e io non capivo mai bene perché. Intanto, per lo stato le donne continuavano a non esistere. Basti pensare allo stupro coniugale, che fino al 1976 non è mai nemmeno esistito come concetto giuridico, per il semplice fatto che una donna sposata era proprietà del marito.»

Se è vero che oppressione e violenza sono questioni prima di tutto culturali, è altrettanto vero che nel mondo di quella che veniva definita controcultura c'era più voglia di scandalizzare che di rovesciare i ruoli.

«Quelli che appartenevano alla vera controcultura non erano interessati a cambiare i ruoli di genere. Gli uomini di sinistra, i socialisti soprattutto, si sentivano minacciati dalla possibilità che le donne li mettessero in discussione.»

La storia del femminismo di fine anni Sessanta è la storia delle battaglie delle donne contro il sistema, contro la destra, contro la sinistra e contro le altre donne.

«Valerie ha preso il femminismo per i capelli e l'ha trascinato di prepotenza nel ventesimo secolo, in modo molto drammatico, rendendolo apertamente la chiave di ogni cambiamento politico e sociale significativo.»

Le qualità di Valerie sono anche i suoi peggiori difetti: l'ho amata e odiata per questo, esattamente come ho odiato Edie per le sue antinomie. Allo stesso tempo, è questo strabiliante caos degli opposti che me le ha fatte sentire più sorelle di tutte le altre *warholettes*.

Pur nella sofferenza di un corpo anziano e malato, oggi ho il sollievo di non dover più sostenere gli standard della seduzione e del compiacimento altrui. Non sono solo gli uomini a chiederci di non dare disturbo ed essere spassose; noi per prime abbiamo interiorizzato la ferma condanna per le disturbatrici, le stronze, quelle che se ne fregano di essere amabili. Valerie ed Edie, a loro modo, erano entrambe così, per quanto su scale di grandezza diverse: Valerie non voleva piacere a nessuno, Edie voleva piacere a chiunque, senza distinzioni. Essere costretta a convivere con loro è stata una lezione di vita che mi ha cambiato nelle viscere. Devo a loro la libertà di scrivere queste pagine mettendo in discussione quel tempo e il suo mito, esibendo ricordi impastati di contraddizioni, errori, colpe; loro mi hanno costretto ad ascoltare parole incendiarie che non volevo sentire; sempre loro hanno disturbato le mie certezze, con interferenze cariche di significato. Ci lasceremo, alla fine di queste pagine. Saprete che, perfino dopo la morte di Edie, ho continuato a dormire con gli assassini; e che per me non c'è redenzione. E seppure vi apparirò come la codarda che sono, per quanto possiate disprezzarmi, non di meno voglio credere che qualcuno tra voi cercherà le mie sorelle e leggerà le loro parole, soprattutto quelle di Valerie: parole che valevano la sua vita e quella di tutti noi. Parole per cui era disposta ad affrontare la giustizia degli uomini in completa solitudine.

Immediatamente dopo essersi consegnata alla polizia, Valerie rigetta con fiera opposizione qualunque offerta di assistenza legale. In tribunale, però, al suo fianco ci sono due attiviste, evidentemente più testarde di lei: Ti-Grace Atkinson, colonna portante del femminismo americano del secondo Novecento, animatrice del movimento per la garanzia dell'aborto sanitario, «una filosofa, intelligente, coraggiosa e sollecita, a cui piaceva tutto ciò che è radicale e irrazionale»; e Florynce Kennedy, a quel tempo impegnata nella difesa dei diritti civili, avvocata per le Pantere Nere, competente e armata fino ai denti del suo idealismo.

Ti-Grace e Flo vogliono garantire a Valerie Solanas il diritto di continuare a parlare, per quanto sgradevole e violenta possa essere la sua versione dei fatti. Non si sono messe d'accordo, non si sono mai incontrate: la prima volta in cui si vedono, si riconoscono e si stringono la mano è sulla lunga scalinata del tribunale di New York. Insieme provano ad abbattere le resistenze dell'imputata; le offrono competenza legale, empatia e solidarietà. Non prendono un dollaro, naturalmente. Anzi, come chiunque abbia a che fare con Valerie, finiscono solo per rimetterci; soldi e pazienza.

Sono le uniche due persone a cui Valerie abbia concesso di visitarla in attesa del processo.

Flo diventa, di fatto, una specie di addetto stampa della «pazza assassina barbona del femminismo». Ricordo in particolare un'intervista, uscita in quei giorni sull'"East Village Other", in cui raccontava che «Valerie ha l'aria di stare alla grande, sembra prenderla bene. L'individuo medio, sai, è ansioso di uscire, ma lei no! Per lei il mondo è un manicomio e qui è al riparo dalla sua follia. Tutto il mondo è una pattumiera. Ma ora nessuno stress. È una lottatrice coi fiocchi. Vuole difendersi da sola. All'oppressore piace molto che tu faccia una gran resistenza, e quando non la fai lo prendi in contropiede».

L'ospedale di Elmhurst è l'ultimo approdo sicuro per Valerie, anche se lei non può saperlo. Oltre quel cancello, si perderà nei suoi abissi e in quelli dell'emarginazione e del degrado riservati ai predicatori di rivoluzioni mancate.

La dottoressa Ruth Cooper, alla quale Valerie viene affidata, capisce di trovarsi di fronte una donna completamente distrutta dall'abuso e dalla violenza fisica. Scrive nella sua relazione: «Nonostante i suoi strenui sforzi per presentarsi come una dura, inasprita e cinica misantropa, miss Solanas è in realtà una bambina molto spaventata e depressa. La sua rabbia è di proporzioni tali che l'azione distruttiva diventa per lei l'unica via di sfogo. Al momento, miss Solanas non vede altro modo di gestire il suo disordine interno se non scaricandolo nell'azione».

Mentre seguo le vicende giudiziarie di Valerie e osservo i modi in cui il mondo si accanisce su di lei, provocando un godimento indicibile in Andy e nel suo gabinetto di leccapiedi, ho la certezza di aver sprecato gli anni Sessanta stando vicina alle persone sbagliate. In tutti quegli artisti, impilati uno sull'altro, non c'era nemmeno un'eco dell'intensità che risuonava forte dentro le mie compagne pop. Se solo le avessi ascoltate con attenzione e rispetto, avrei potuto imparare moltissimo da ognuna di loro. E forse, dico forse, avrei potuto salvarne almeno una.

Io sono una donna con una grande capacità immaginativa, eppure per quanto mi sforzi non riesco proprio a figurarmi l'accanimento che la vita ha riservato alla piccola Valerie fin dai suoi primi anni di vita. Suo padre abusava di lei. Il resto della famiglia preferiva ignorare quell'uomo ossessionato dalla pornografia che riempiva la primogenita di attenzioni inopportune. Quando riuscì ad andarsene, il suo corpo divenne campo da gioco per il patrigno: forse proprio per colpa sua restò incinta per stupro a soli quindici anni. Fu un'adolescente ribelle, trascurata, colpevolizzata, due volte madre prima della maggiore età. Divenne poi una studentessa promettente e ambiziosa, alla quale i baroni universitari offrivano solo posti sotto la scrivania.

Anche io mi ero piegata sotto i colpi di una società che agiva con violenza sulle ragazze ribelli per renderle docili o pazze. Ma quello da cui ero fuggita io non era minimamente paragonabile all'inferno passato da Valerie, che aveva scelto il randagismo come forma di tregua, nell'attesa di recuperare il senso e il rispetto per se stessa.

Quando entrò alla Factory, viveva da anni come una vagabonda: aveva da tempo lasciato l'Università del Minnesota, dove si era laureata con tutti i meriti nell'autunno del '59; poi aveva girovagato per il New Jersey e, nel 1962, si era trasferita a New York. Sopravviveva grazie alla solidarietà di amici e sconosciuti, a elemosine che raccoglieva dai passanti e, spesso, grazie a marchette fatte anche solo per un pasto caldo. È già una scrittrice e vende le copie ciclostilate del suo *Manifesto* per strada, con un prezzo minimo per le donne e uno ben più alto per gli uomini. Nessuno lo compra; ma gli uomini pagano per ricevere da lei battute taglienti e insulti non troppo eleganti, il che non fa che persuaderla della loro inferiorità. Ha anche tentato di mettere insieme un cast per la sua commedia provocatoria e decisamente indecente *Up Your Ass*; ed è a questo punto che il nome di Andy Warhol risuona nella sua mente ossessiva come l'occasione per il successo.

Esattamente com'è accaduto a ognuna di noi, anche Valerie ha creduto al miraggio di un'oasi di libertà artistica e di uguaglianza creativa in cui c'era un posto anche per lei. In un mondo che aveva dichiarato guerra alla sua intelligenza abusando del suo corpo, la Factory era il riscatto che tanto meritava: il posto in cui iniziare la sua vita da artista.

A portarla fisicamente alla Factory e presentarla a Warhol è il fotografo Nat Finkelstein, che vuole vendicarsi di Andy, ai suoi occhi colpevole di sfruttamento del talento altrui. Prima di lui, Valerie era arrivata a Richie Berlin, sorella di Brigid. Insomma: era solo questione di tempo perché entrasse anche lei nella nostra «truppa dedita al narcisismo, all'edonismo, alla moda, al glamour, all'egocentrismo, alla droga e al sesso». Le affibbiammo subito il soprannome di Valerie "*Barge Cap*" perché portava sempre un cappello da barcaiolo che la faceva sembrare ancora più lesbica working class sciatta scurrile e rabbiosa. Lei non era una superstar della Factory. Forse avrebbe voluto farne parte, o essere una superstar, ma non aveva i numeri. Le superstar erano molto, molto belle e lei era un'individualista, un'estremista. Le superstar erano tutte diverse, ma avevano un denominatore comune; lei invece era molto outsider.

Andy ha riconosciuto in Valerie un'immagine familiare, quella di una sua simile. Se Edie era la donna che lui avrebbe voluto essere, Valerie era la creatura che lui avrebbe potuto diventare: gli mostrava un'altra vita che avrebbe potuto essere sua, per quello strano gioco che il destino fa distribuendo a caso le carte del riscatto e quelle della perdizione. In una ragazza come Edie – bellissima, ricca, smaliziata – Andy poteva proiettare un desiderio di emulazione e accontentarsi di splendere di luce riflessa; ma in Valerie poteva rivedere la propria storia di bambino povero, intelligente ma privo di mezzi, bullizzato dai coetanei, educato dal moralismo cattolico a condannare ogni gioia connaturata al sesso.

Attratto inizialmente dal riflesso che vedeva di sé in Valerie, finì presto per provare nei suoi confronti un'avversione passivo-aggressiva, la stessa che riservava a tutto ciò che lei incarnava e predicava. A partire dal suo essere così proletaria, perfetta rappresentante della classe sociale in cui lui era nato e da cui fuggiva, disprezzandola per quel modo di sbattersi in nome di una morale del vaffanculo tutto, senza cambiare né ottenere nulla. Lui aveva rinnegato quella vita: il figlio dei migranti (Warhola) era stato archiviato per lasciare il posto a una sua versione ricca ed enfatizzata (Warhol).

L'artista metropolitano si circondava di donne prodotte dalla sua immaginazione maschile: una cosa che Valerie non avrebbe mai potuto (e voluto) essere. «Lei era il prodotto, pericolosamente reale, di un mondo ferocemente determinato a trattare le donne come rappresentazioni distorte dell'ego maschile. Pur con tutta la sua ruvidità e scurrilità, lei era anti-pornografia. Lei era un'intellettuale e un animale politico, loro appartenevano al mondo dell'arte e della moda, e al *demi-monde* delle droghe. Per quanto audace potesse essere quello che scriveva, di persona loro la trovavano timida, ritrosa, non appariscente. Era troppo seria, era monomaniaca. Inoltre, la Factory da un lato sbandierava la bellezza femminile, dall'altro la sessualità maschile, creando così un crudele miscuglio di uomini gay velati e donne ossessionate dalla moda e dalla bellezza, il tutto assai poco politicamente rilevante per la cultura queer. Le speranze di Valerie di trovare qui un pubblico che la accettasse, e altri fuori dal sistema come lei, vennero deluse.»

Andy si limitava a collezionare come figurine da gioco "le persone del sottosuolo": disadattati, tossici, sognatori senza speranza, parassiti. Per Valerie, quella era la realtà da fronteggiare ogni giorno della sua vita.

Quando si incontrarono, come le succedeva sempre con uomini che non costituivano per lei una minaccia, proiettò su di lui una serie di figure emotivamente importanti, che erano mancate o distorte. Per oltre un anno lo considerò un amico, un mentore, un artista e un creativo suo pari, forse anche un compagno di cospirazione. La delusione di non riuscire a coinvolgerlo ma, al contrario, di renderlo sempre più indifferente fu lacerante. Warhol concesse a Valerie e a Edie lo stesso tempo per lasciarsi stregare, frequentarsi ossessivamente, annoiarsi a morte.

Come in una delle sue serigrafie, replicata infinite volte, ho assistito all'avvicendarsi rituale delle sue amicizie con le donne. Un processo che terminava, inevitabilmente, con la sterilizzazione: una tecnica che Warhol ha affinato lungo gli anni Sessanta e che, approdato alla nuova Factory, padroneggiava ormai magistralmente.

L'uscita di Edie dalla scena di New York, in questo senso, è stata quasi didascalica.

Quando arriviamo io e Robert Heide al Kettle of Fish, la troviamo seduta da sola a un tavolino, in lacrime, in attesa perenne di Andy, che non l'aspetta più da tempo e, anzi, per lei è ormai costantemente in ritardo. Robert le poggia una mano sulla spalla, ma lei non riesce a smettere di singhiozzare. Mormora confusamente frasi come: «Non mi fa avvicinare. Io ci provo, ma lui continua a respingermi. Temo proprio che sia finita».

Ci mettiamo un po' a capire che sta parlando di Andy

e del suo cuore di ghiaccio. Quando lui fa il suo ingresso nel locale, la degna giusto di un'occhiata infastidita. Dopo essere stata chirurgicamente asportata dal cuore di Warhol, Edie precipiterà nell'autodistruzione. Valerie, invece, ci fa un buco dentro, per accertarsi che quell'essere sia effettivamente di pietra.

Ho deciso di dirvi tutta la verità non perché cerchi qualche forma di redenzione o perdono, ma perché ormai non ho più nulla da perdere, né da nascondere. Non è stato solo Andy a spingere Valerie e Edie verso il baratro: anche noi *warholettes* siamo state complici, per motivi ben diversi dagli uomini.

Nonostante l'aura libertaria, la Factory era genuinamente ostile a ogni movimento politico o di rivendicazione dei diritti civili. A parte Viva, forse l'unica ad ammirare i movimenti delle donne, nessuna di noi aveva un'idea politica o civile di sé o del nostro genere. Quanto agli uomini, verso Valerie mostravano solo disprezzo, disgusto e rifiuto: si andava dalla simpatia diffidente di Gerard e Billy, fino all'odio di Paul Morrissey, che ancora oggi parla di lei come di una patetica barbona, quasi un'handicappata mentale.

D'altra parte, non si può dire che il trattamento che Andy riservava alle donne della Factory fosse degno non tanto di superstar, ma almeno di collaboratrici. Se un film aveva successo, lui si teneva i profitti e la notorietà. Il paragone migliore per descrivere la Factory rimane per me quello di un multi-level marketing senza paga. La Factory era proprio così. Ma negli anni Sessanta si mettevano le cose in comune, si diceva "facciamo l'amore, non la guerra", si condivideva. Molti non si aspettavano proprio di essere pagati.

È vero che Andy non pagava la gente, non c'erano contratti, e noi non eravamo lì per ricevere denaro. Eravamo lì perché ci eravamo capitati; ed era un posto interessante. Per un tempo che fu diversamente lungo per ciascuno di noi, non ci siamo nemmeno posti la questione. La droga ha tenuto buoni gli animi e ha rallentato la capacità di ragionare con chiarezza, di solidarizzare, di tutelare il nostro interesse. Ce n'era sempre tantissima, di ogni tipo. Se potessi provarlo, direi che Andy ci pagava in eroina, amfetamine e tranquillanti; e che, da quel punto di vista, eravamo lautamente retribuiti.

Valerie era la più intelligente, la più arrabbiata, la più ferita e la più lucida tra tutti noi. Era unica; anche per tutta la sofferenza che ha patito. Da donna, ho capito la sua rabbia e la sua ribellione, ma solo fino a un certo punto. Quel punto è stato lo sparo.

Andy e Valerie hanno passato molto tempo insieme nel 1967 seduti ai tavolini da Max's Kansas City. Sono di Valerie le battute migliori che compaiono in film come *Women in Revolt*; e per nessuna di esse Andy le ha chiesto il permesso di usarle, o l'ha avvisata. La rabbia di Valerie per il furto della sua personalità – diceva proprio così – è cresciuta gradualmente, ogni volta che Andy liquidava la sua disapprovazione con un'alzata di spalle, considerandola un'eccentrica eccessivamente polemica. Quando iniziò a telefonare per riavere indietro la sua copia di *Up Your Ass*, Warhol faceva registrare le telefonate per sottrarle battute visto che «lei era una gran parlatrice». Immagino che trovasse esotici e divertenti l'energia, il vigore e la ferocia di Valerie, così in contrasto con il proprio atteggiamento di affettato languore. Nell'archivio del museo dedicato a Andy ci sono ore di nastri di conversazioni tra di loro, che suonano tutte più o meno così.

«Perché non vuoi rispondere alle domande?»

«Ma io in realtà non ho mai niente da dire.»

«Andy! Non ti ha mai detto nessuno che sei rigido?»

«È una parola così all'antica.»

«Tu sei un tipo all'antica. Veramente. Voglio dire, non te ne rendi conto ma lo sei. Hai mai degli orgasmi, Andy?»

«No.»

«Cosa usi come stimolante quando pensi di averne uno? Il tuo libretto di banca?»

«No, uh.»

«Il ritratto di George Washington?»

«No, uh, un vibratore elettrico.»

«Il dildo elettrico?»

«Sììì.»

«Andy, per quanto pensi che esisterà ancora il sistema monetario?»

Per Andy è solo un gioco. Si fa coinvolgere in lunghi discorsi sulla possibilità di mettere in scena l'intera opera di Valerie. Hanno anche individuato il posto giusto: l'Evergreen Theatre della Grove Press, dove in due serate distinte potrebbero andare in scena prima il *Manifesto* e poi di seguito *Up Your Ass*.

Valerie è euforica, completamente su di giri, assolutamente incontenibile: nessuna di noi la sopporta più. Non la vogliamo intorno. Tutta quella sua convinzione e l'attivismo e la serietà ci distolgono dalla costruzione della nostra celebrità fondata sull'apparenza.

Ha anche sempre un disperato bisogno di soldi; per non farle l'elemosina – che per Valerie significa essere autorizzata al tormento –, Andy la paga una miseria per un piccolo ruolo in *I, a Man*.

Alla proiezione del film, in agosto, porta con sé quello che ci presenta come il suo editore: Maurice Girodias, che ha fondato e dirige la Olympia Press e a cui Valerie ha promesso un romanzo. A quel punto (l'ho già detto, ma lasciate che mi ripeta: è veramente troppo intelligente e per questo non può che essere pazza e infelice) lei ha già messo a fuoco le ingiustizie della Factory, il pregiudizio di Andy contro le donne, lo sfruttamento degli attori e l'ulcera delle droghe. Però è ancora amichevole e, tutto sommato, sotto controllo. Non dura molto e, nel giro di poche settimane, Valerie va letteralmente in pezzi, ossessionata dall'idea di aver perso, anche minimamente, la sua autonomia creativa e il controllo economico della sua opera.

Vedendola così sinceramente disperata e sola, Andy chiede al suo avvocato, Ed Katz, di darle una mano. Ma lei non si fida, è certa di essere ormai in trappola, si rifiuta di credere che tutto quello che ha firmato non ha senso.

Questo posso capirlo. Una donna si aggrappa a un sogno di riscatto, viene presa in giro da uomini che usano il suo talento per il loro interesse, e di fronte a sé ha due opposte letture della medesima realtà: è stata fregata e deve di nuovo ricominciare da zero; oppure tutto quello che ha fatto fin qui, fidandosi e credendoci con tutta se stessa, non valeva nulla. Due ammissioni dello stesso fallimento, in fondo, quasi intercambiabili.

Dunque, Valerie sceglie la meno dannosa per se stessa, quella in cui è stata tradita. Quando Andy le dice che ha perso la commedia – per disinteresse, perché è disordinato, per un'avversione agli individui troppo appassionati –, la sua paranoia schizofrenica e la sua accurata osservazione disincantata della realtà fanno il resto. Valerie è nel panico, ed è sola. Si salva com'è abituata a fare: agendo con violenza.

Quando l'ho incontrata durante questo mio viaggio a ritroso fra le macerie dello *youthquake*, la dottoressa Ruth Cooper era ancora ossessionata, come lo ero io, da Valerie. Come me, ne ricordava con una sorta di affetto cupo l'ironia, quel suo modo avvincente e stimolante di coinvolgerti, le parole di adorazione che usava nel descrivere le donne come genere, la considerazione assoluta della propria opera, l'energia che emanava da lei come un cavo elettrico incandescente.

Qualche pagina fa – se avete bisogno, fermatevi, prendete fiato, ripercorrete il testo a ritroso e perdonate se vi sommergo di ricordi rovesciandoli direttamente dal secchio della memoria invece che presentarveli ordinati come un filo di perle – l'avevamo lasciata all'ospedale di Elmhurst, ricordate? Lì, il ricorso della difesa e il rapporto della dottoressa Cooper vennero pressoché ignorati dalla corte, che continuò a basare le sue valutazioni sul "sentito dire", e il 16 agosto spedì Valerie all'ospedale psichiatrico di Matteawan, accompagnata dalle accuse di tentato omicidio, aggressione, possesso illegale d'arma da fuoco e, *ça va sans dire*, la delibera di insanità mentale firmata da due psichiatri maschi, Arthur Sternberg e Mannuccio Mannucci.

Ruth Cooper non l'avrebbe mai definita pazza in un documento ufficiale. Mai. Nessuna di noi poteva farlo. Potevamo dissociarci da lei, allontanarla, insultarla e ignorarla; ma Valerie restava la voce che non volevamo sentire, lucida, sincera, vera. Era l'occhio che guardava la realtà come noi non volevamo vederla.

Noi saremmo impazzite. Lei, a modo suo, voleva solo salvarci.

Dalla sua fondazione nel 1893 e fino alla chiusura il 1° gennaio 1977, Matteawan è stato una sorta di inferno in terra. Formalmente nato per correggere pazzi criminali, aveva finito per ospitare soprattutto donne cosiddette "ad alto rischio". Su questa definizione non intendo soffermarmi se non per ricordare, come scrisse Ti-Grace nella sua relazione in difesa di Valerie, che solo il cinque per cento dei detenuti all'epoca erano donne, le quali erano invece la maggior parte dei ricoverati nei manicomi.

I malati mentali violenti, condannati per crimini sanguinosi, venivano rinchiusi insieme a persone che avevano come unica colpa quella di essere troppo fragili per un mondo competitivo e spietato. Era normale che i dottori e le guardie picchiassero gli ospiti fino a ucciderli. Così come erano all'ordine del giorno gli interventi chirurgici sperimentali, quasi sempre senza nemmeno informare i pazienti. La razione giornaliera consisteva in una fetta di pane e mezza tazza di caffè riscaldato. Le celle erano sovraffollate, gli elettroshock abusati sia per frequenza sia per intensità. Per seicento pazienti erano in servizio soltanto quattordici psichiatri, ma non c'erano problemi dato che non si poneva alcun limite ai farmaci, soprattutto tranquillanti, che potevano essere somministrati con ogni mezzo possibile. Per chi si rifiutava, c'era sempre la camicia di forza. Chiunque protestava veniva spedito nelle "catacombe": stanze senza toilette e senza materassi dove i sovversivi restavano al buio e ricevevano un pasto ogni tre giorni.

Su questo posto i giornali danno notizie da brividi: gelido, popolato di rumori sinistri e urla soffocate, un labirinto spaventoso infestato da minotauri sadici e onnipotenti. Le mie notti si popolano di angoscia quando scopro che non solo Valerie è imprigionata tra quelle mura – la immagino ribellarsi al personale, essere sottoposta alle più crudeli forme di coercizione, rivoltarsi con fierezza, diventare il bersaglio di esemplari repressioni fisiche e psicologiche che la costringono a passare ore abbandonata nelle catacombe o, peggio, a fare da cavia per chissà quali torture chirurgiche –, ma che con lei in quel luogo faustiano, per una serie di aberranti coincidenze, si trova anche Edie.

Le preghiere di Andy sono state esaudite: entrambi i suoi doppi, gli angeli che ha voluto prima al suo fianco e che poi ha espulso dal suo cielo, sono precipitati sul fondo dell'inferno più nero. Se Warhol può ignorare la loro sorte senza provare il minimo rimorso né fare alcunché per aiutarle (sarebbe bastata una parola, scritta o pronunciata, in pubblico o al telefono giusto, una sola parola per la salvezza dei loro corpi), io non riesco a starmene tranquilla a letto, circondata dalle vestigia dei nostri favolosi anni insieme, fingendo che la loro dannazione non mi riguardi.

Appena vengo a sapere che anche Edie è rinchiusa a Matteawan, non riesco più a chiudere occhio. Ogni volta che cerco di dormire, la memoria mi catapulta nel suo appartamento e io la rivedo, seduta sul pavimento a gambe incrociate, con di fronte a sé una marea di pillole disposte a semicerchio sulle assi.

Quando sono andata a trovarla, mentre era ancora a New York ed era ancora libera e ancora parzialmente viva, cercavo di parlarle, ma lei non ascoltava, non rispondeva, non interagiva in alcun modo: fissava un punto indefinito, non mettendo a fuoco nulla in particolare, mentre a intervalli regolari afferrava una pastiglia e la inghiottiva, senza nemmeno sbattere le palpebre.

A Matteawan, durante uno dei nostri colloqui, mi spiegò che le pillole le servivano per non compromettere l'equilibrio che era riuscita a creare nel suo corpo senza doversi bucare; e non bucarsi era davvero un'impresa, per lei.

Il punto è che collezionava solo storie d'amore infelici, da cui era ossessionata. L'ossessione la rendeva impotente, e non aveva trovato altra strada per uscirne che innamorarsi dell'eroina. Così gli uomini non potevano più deluderla semplicemente perché lei aveva una nuova amante e una nuova luna di miele. All'inizio, come per chiunque altro, durò giorni, settimane. Poi Edie ne diventò dipendente, e doveva implorare per averla, esattamente come faceva con l'amore degli uomini da cui era scappata. Soffriva per la droga della stessa sofferenza che le procuravano gli amori infelici: il dolore dell'assenza era simile, intercambiabile. In più, lei non era capace di bucarsi da sola, quindi dipendeva da qualcun altro sia per l'eroina che per l'iniezione. Le pillole erano il meglio che era riuscita a fare per tentare di uscire da quell'intreccio di dipendenze.

«Mi bucavo ogni mezz'ora, pensando che con ogni nuovo buco avrei sbattuto fuori dal mio sistema nervoso questa sensazione di assurdità. Non facevo che pensare che se fossi riuscita a mandar giù abbastanza speed mi sarei stordita talmente che tutta quell'assurdità sarebbe finita.»

Per Edie, Matteawan era la "città di smeraldo" e lei ci arrivò su una personalissima "strada gialla", lastricata di iniezioni, pillole, allucinazioni, convulsioni, acidi e voglia di farla finita per sempre. Esattamente come la piccola Dorothy, anche Edie fu travolta da un ciclone che spazzò via la sua famiglia e la lasciò, sola, a contemplare la desolazione del posto in cui credeva di aver vissuto felice fino ad allora. Quel ciclone iniziò con la morte di suo padre, che la gettò in uno smarrimento emotivo devastante.

Duca – così gli amici chiamavano Francis Sedgwick – aveva passato il suo ultimo anno tra i mortali imbottito di sedativi e tranquillanti, mentre il cancro al pancreas se lo mangiava un pezzo alla volta. In ospedale, negli ultimi giorni, quando era ancora lucido, pretese di aver vicino la sua giovane amante, Ann Morrison, ovviamente sposata. Mamma Sedgwick era inviperita, non tanto per la presenza di un'altra donna – a quello era abituata da tempo immemorabile –, quanto per l'aria di rivendicazione di quell'ultimo amore, anticamera di pettegolezzi e scandalo. In qualche modo, se la prese con Edie, impedendole di parlare con il padre e, ovviamente, di potergli dire addio.

«Sai, tutti i miei figli credono che sia stato la causa delle loro difficoltà. Sono d'accordo. Lo penso anche io.»

Fu una delle ultime conversazioni che i due fratelli Sedgwick, Francis e Minturn, ebbero prima che Duca morisse, il 24 ottobre del 1967. La messa nella Missione di Santa Barbara fu un grande spettacolo di musica, canti e lodi per

Francis, credente devoto, artista ispirato, marito esemplare. Finita la messa, mamma Sedgwick tornò al ranch e fece tranciare i rami della grande quercia secolare che faceva da schermo alla camera di Edie e vegliava come uno spirito antico sulla famiglia; quella che Francis aveva curato come la più preziosa tra le sue creature, spendendo una fortuna, quella di cui disse: «Quando quest'albero muore, morirò anch'io».

Durante tutto questo periodo, Edie era al Gracie Square Hospital, un piccolo e discreto istituto privato nell'Upper East Side, mentre suo padre agonizzava e sua madre logorava a morte la grande quercia. Non aveva potuto parlare con lui, non le era stato permesso salutarlo; non c'era stato nessun momento catartico, quello atteso da una vita intera, capace, in punto di morte, di spazzare via ogni ombra con il bagliore della verità e, infine, del perdono. Edie si ritrovò sola, dopo l'uragano, proprio come Dorothy Gale. Nessuna Buona Strega del Nord le si avvicinò per darle un lieve bacio sulla fronte, nessuno la confortò: sua madre le intimò di risparmiarle pretese e piagnistei.

«La strada per giungere alla città di smeraldo è lastricata di pietre gialle. Seguila e non ti smarrirai.»

Per Edie, ogni strada di mattoni conduceva a un ospedale: era quello, per lei, il posto dove andare, l'oasi in cui rifugiarsi per non crollare. Non parlava mai male degli ospedali; sapere che esistevano le bastava per non preoccuparsi di quello che avrebbe fatto o che le sarebbe potuto succedere.

Dopo che i tre amori della sua vita (New York, Andy Warhol, suo padre) l'avevano malamente scaricata, mentre tutti i suoi sogni andavano alla deriva, Edie si aggrappò disperatamente all'ennesimo uomo sbagliato: stavolta si trattava di Kit Carson, giornalista freelance con la passione per il cinema e l'ambizione di diventare sceneggiatore e produttore. Il giorno stesso in cui la dimisero dal Gracie Square, si trasferì insieme a lui all'Hotel Warwick, dove si registrarono come il signore e la signora Carson.

Via via che la passione per Kit esauriva il suo labile effetto, la stanza si riempiva di amfetamine, al punto da non lasciare più spazio ad altro. Così Carson salì su un aereo e tornò in Texas, dove dormì per quattro giorni di fila, mentre Edie iniziò a bucarsi ogni mezz'ora, alternando lo speed ai barbiturici per fermare le convulsioni. Ci fu un primo tentativo di salvarla, dove intervennero la polizia e una squadra di sanitari; poi di nuovo la fuga, un altro uomo, un altro appartamento, acido Sandoz liquido in vena, alcol, Placidyl; di nuovo si ritrovò da sola, con la voglia di farla finita per sempre, il Tuinal, altre amfetamine, poi il coma, una vasca piena di ghiaccio, un massaggio cardiaco che per poco non le fratturò quattro costole, adrenalina, poi torazina, poi crisi, convulsioni, una denuncia per tentativo non intenzionale di suicidio e infine, *bam!*, l'inferno di Matteawan.

Quando si risvegliò rinchiusa là dentro, il pavimento disseminato dalle feci ancora morbide dei topi, Edie tentò di girare per tre volte sul tallone sinistro e scomparire, ma l'unico effetto che riuscì a ottenere fu quello di attirare l'attenzione di un'altra ospite che diventò per lei la maga di Oz e che le permise, in tempi minimi, di capire come sopravvivere e salvarsi: era Valerie, che a Matteawan rimase ben più a lungo e con ben altro trattamento rispetto a quello riservato alla fragile delicata bellissima Edie "Dorothy" Sedgwick.

Quello che leggo sui giornali non si avvicina nemmeno lontanamente alla realtà.

Edie e Valerie sono in un reparto dove conto almeno sessanta donne, stipate in una grande corsia. A occhio e croce, sembrano povere donne, letteralmente: indossano divise grigie, portano in giro corpi sformati da abusi di sostanze e cibi di bassa qualità, sono l'incarnazione dell'assegno di assistenza sociale. Alcune stanno pulendo il pavimento, dove riconosco resti di cibo ed escrementi di ratto mischiati. Usano stracci sudici che strizzano in secchi con poca acqua e, sospetto dall'odore acre che aleggia nell'aria stantia, acido muriatico in bassa concentrazione.

Passo davanti a una specie di cancello attraverso cui intravedo quelle che mi appaiono come detenute senza alcuna speranza di redenzione. Nessun inserviente si muove tra le pazienti, benché alcune abbiano evidentemente bisogno di assistenza. Faccio in tempo a notare, passando, una donna che fatica a reggersi in piedi, appoggiandosi al muro, con le gambe che cedono ripetutamente; mentre in un angolo, da sola, una signora accasciata su uno sgabello si sta pisciando addosso. Intravedo divise e camici sul viale esterno, in una stanza che ha tutta l'aria di ospitare una cucina e un tavolo con un mazzo di carte sparpagliato sopra; e da una porta che dà verso una via di fuga sento provenire una risata che mi mette i brividi.

Ho chiesto di incontrare Edie registrandomi come una di famiglia. All'ingresso mi sono identificata come Valerie Sedgwick, e nessuno mi ha chiesto di provare la mia identità. Ho firmato il registro e sono entrata, passando un numero imprecisato di porte, porte, porte e altre porte. Edie mi è venuta incontro quasi ballando, muovendosi con una leggerezza da farfalla; forse solo perché indossava una magrezza stupefacente. Mi ha guidato a una macchinetta per le bibite.

«Ti va una Seven Up?»

«Certo» ho risposto.

«Be', devi pagarla tu però.»

Con in mano le bibite, ci siamo sedute una di fronte all'altra a un lungo tavolone nel centro della stanza. Parlava a raffica, raccontandomi nel dettaglio la sua vita dopo la sua ultima notte con Andy. Da allora, ovunque ci trovassimo, se c'era qualcuno dei sodali del grande sciamano, era vietato anche solo pronunciare il nome della ragazza magnifica e arrogante che aveva osato oltraggiarlo.

Quando dico che "raccontava nel dettaglio" intendo che popolava la cronaca di aneddoti e particolari indubbiamente verosimili, ma mescolati a caso nel suo discorso. Parlava di tende a fiori, di appartamenti e uomini di cui non ricordo i nomi e di cui ho perso il conto, di amici chiamati nel cuore della notte, di collassi, crolli, eroinomani, amanti instancabili, medici con lunghi aghi e una serie incalcolabile di momenti in cui desiderava solo farla finita ma non ce l'aveva fatta. Parlò anche di suo padre, naturalmente, di cui avevo saputo solo che era morto e che lei non era presente.

Edie parlava ed era di nuovo la ragazza che avevo conosciuto, quella che riusciva a indossare con nonchalance due profumi diversi, ognuno nell'incavo di un polso, che collezionava reggiseni in seta trafugati ai grandi magazzini e, dopo ogni pasto, sguainava una lunga piuma con la quale si chiudeva in bagno per solleticarsi il fondo della gola fino a vomitare tutto quello che aveva mangiato, escluso l'alcol. Anche in quel posto grigio era rivestita di tutta la sua luce, con una maglia a collo alto che faceva esplodere il suo viso come un fuoco d'artificio, la pelle radiosa e le guance appena colorate di rosso, segno di salute e non certamente indizio delle terapie devastanti a cui era quotidianamente sottoposta e che le avrebbero causato, appena uscita, mesi di convalescenza in uno stato pietoso, senza riuscire ad articolare neppure frasi brevi, o a compiere neppure movimenti elementari; perfino camminare per casa non sembrava un'attività alla sua portata, senza appigli e per un tempo più lungo di pochi istanti. Mentre eravamo sedute una di fronte all'altra era ancora la ragazza che lascia scie di auto fracassate in incidenti sempre e comunque gloriosi; che non si scompone nel constatare che la pietra preziosa incastonata in uno dei suoi molti anelli è perduta, e allora tanto vale buttare anche l'anello, gettandoselo alle spalle sul fondo dell'Hudson River; che sopravvive miracolosamente a uno schianto tra le lamiere e torna in pista con le stampelle per ballare come nessuno ha mai ballato a New York o nell'intera galassia; che scatena corpo a corpo focosi con un numero imprecisato di uomini e, ogni volta che attraversa uno spazio, un coro di fischi e inconfessabili pensieri tra tutti i presenti, nessuno escluso.

Vista da vicino, Edie aveva già addosso molta più vita di quella dei suoi anni anagrafici, come tutte noi del resto, che in quel luogo e in quel momento eravamo schegge della stessa grande femmina che ci era sorella, amica e dea: la signorina libertà.

«Sai, stavo pensando che la maggior parte della mia vita l'ho trascorsa in ospedale. Di certo, la mia vita cosciente; e quando uso questa parola... insomma: ci siamo capite. Stare qui dentro non è affatto male. Cioè, voglio dire, cerca di capire, qui intorno è un vero schifo, lo hai visto anche tu entrando. Concorderai che è un posto davvero rivoltante, un posto in cui non vorresti trascorrere, diciamo, cinque minuti della tua esistenza, figuriamoci stare qui un tempo indefinito; che è poi quello che sta succedendo a me. Ora che mio padre non c'è più, sono certa che quell'arpia non si interessi nemmeno a dov'è stata rinchiusa sua figlia. Lo so cosa stai pensando, ma quei mille dollari non erano granché per la stanza al Gracie Square, anzi, per lei erano una sciocchezza. In ogni caso, molto meno di quanto le sarebbe costato affittare una casa decente per la sua bambina così fresca e desiderabile, con cui sperava di far innamorare tutta New York, visto che lei non c'era mai riuscita. E come avrebbe potuto, del resto, con le poche grazie che dio le ha concesso.»

«Veramente io non stavo pensando niente, Edie. Sono solo felice di vedere che stai bene.»

«In ospedale si sta sempre bene: è un posto fatto proprio per questo. Bisogna stare bene, è un ordine; altrimenti non si può uscire da qui. Ti ho raccontato che la prima volta che ci sono entrata avevo, oddio, aspetta, forse dodici, no, tredici anni, perché mi avevano ritirato dal collegio di San Francisco e stavo al ranch praticamente da sola con loro. Il punto è che Duca, voglio dire, papà, se ne stava nello studio blu, tanto per cambiare, con una donna, e io ero piccola ma sapevo cosa stavo vedendo. Il suo studio era pieno di busti che ritraevano le sue amanti, aveva una parete intera di sculture che erano, di base, dei trofei. Non stavo spiando, come ha detto lui, perché la porta non era chiusa. In ogni caso, non avrebbero dovuto, lui e quella signora. E quando lo dissi a mia madre... Duca si mise a urlare come l'avevo sentito fare solo quella volta che avevano sbagliato giù al recinto grande e uno degli stallieri giovani era stato calpestato. Ci pensi: aveva la testa completamente frantumata, con tutto per terra, insomma, una scena pazzesca. Era bastato che uno dei cani si fosse messo ad abbaiare perché le bestie si agitassero e quel poveretto finisse a terra senza rialzarsi mai più. Uguale dentro casa quel pomeriggio, con me che abbaiavo fuori dallo studio, e mamma e papà Sedgwick che garrivano per il ranch. La signora non l'ho più rivista, non ho mai nemmeno saputo il suo nome; però, in poche ore, è arrivato il medico e io sono finita a terra, senza potermi alzare: mi hanno imbottito di sedativi e tranquillanti, così tanto che non ho parlato per quasi un mese, e mamma si è spaventata. Eravamo tutti pieni di problemi, in quel posto. Ci facevano le punture sulla schiena per le allergie, un sacco di iniezioni di vitamina B e chissà che altro per non farci ammalare, e praticamente ogni mobile di casa aveva un cassetto o un'anta zeppa di pillole per fare qualsiasi cosa: dormire, svegliarsi, pensare, non pensare, essere meno allergici, essere meno tristi, desiderare di essere morti. In quel posto Minty – ti ho detto di mio fratello, quello che è resistito meno di un mese ad Harvard, poi è stato in un po' di ospedali psichiatrici e alla fine si è impiccato – diventò alcolizzato credo intorno ai quattordici, quindici anni al massimo. Era tutto, tutto per il machismo di Duca. Sai che mi chiudeva in stanza e mi costringeva a stare immobile mentre lui mi faceva delle carezze; e io dicevo che non mi piaceva e volevo uscire e andarmene, ma dove avrei potuto scappare? Mi hanno detto che mia madre era diversa un tempo, ma quando sono nata io era già una donna di marmo, dura e fredda ed elegantissima. Ha rischiato di morire perché era allergica a non so quali anestetici che venivano dati alle donne durante il travaglio, ma la sua salute è sempre stata un problema, a differenza di Duca, che era schizzato e con i nervi sconnessi, sì, ma con un corpo che era l'emblema della salute stessa. Tra le altre cose, mamma era stata operata alla mastoide che non aveva nemmeno trent'anni, e il chirurgo le aveva reciso per errore un nervo: i primi tempi aveva mezza faccia paralizzata, non controllava più gli occhi, aveva spasmi muscolari, si era appesantita, non era più bella. Non ho mai saputo se soffrisse, perché nessuno di noi l'ha mai sentita lamentarsi. In tutti questi anni, è rimasta solida: la cosa più solida della nostra famiglia e del nostro ranch. Alice – non l'hai mai conosciuta, vero, non l'ho mai portata a New York, non l'ho presentata a nessuno – è una donna di una timidezza sconcertante; ma è tutta una questione di controllo: se non può dominare la situazione, si nasconde. Non balla perché dice che, dopo i venticinque anni, è sconveniente. Credo che sia per questo che invece io amo così tanto ballare: quando ballo mi sembra di scappare lontano dal ranch e da tutte le cose che sono successe lì.»

Ero strabiliata dal fatto che, proprio sotto i miei occhi e con il semplice apporto di una Seven Up, Edie sembrasse in pieno *"go up"*, quella fase delle droghe in cui ci si espande, e così succede anche alle proprie dimensioni, mentre il mondo intorno rimane immutato. "*Go up*" è quando ti senti enorme e onnipotente e perfettamente consapevole di essere straordinario e dotato di qualche super-potere o super-talento. E infatti Edie mi guardava con quello sguardo che sembrava voler dire: «Come giustifichi il fatto che io sono rinchiusa qui dentro e tu te ne vai in giro tranquilla? Non sei mica meno matta di me».

Nessuna di queste parole era stata pronunciata esplicitamente; ma non potevo che essere d'accordo con lei.

«Sto così bene qui, mi sento al sicuro. Non proprio qui, è davvero un posto di merda questo; però hai capito. Anche a Minty piacevano moltissimo gli ospedali. Sai, lui era talmente bello e delicato. Duca voleva che diventasse come lui, un uomo disgustoso, che tratta le donne come delle mucche. Non mi avrebbe stupito se, incontrandone una, le avesse dato un'occhiata ai denti prima di tastarle le carni posteriori. Nell'appartamento della nonna, quello di New York, ci sei stata, però.»

«Sì, certo. Una casa davvero bellissima.»

«Minty ha vissuto lì, quei pochi mesi che è riuscito a stare a New York, prima che la vita lo distruggesse. Duca aveva appena seppellito il suo papà, che tutti chiamavamo Babbo, ed era carico di distruzione. Per lui c'erano uomini che meritavano l'immortalità, come Babbo, e altri, come Minty e Bobby, che non meritavano nemmeno di vivere. Piombò in casa di nonna con l'intenzione di litigare con Minty. La sua esistenza lo minacciava, quel suo essere un ragazzo dolce e sensibile, il solo fatto di essere così, metteva in pericolo la sua virilità. Iniziò a provocarlo, a offenderlo come solo Duca sapeva fare. Ti ho mai detto che ha scritto anche un libro? L'ha intitolato *The Rim*, "il cerchio"; e dentro vi racconta – e si vanta – di come maltrattava e soggiogava mia madre e tutti noi, giù al ranch. Ricordo questa scena in cui la moglie grassa gira per casa con il suo corpicione che ballonzola e infine si accascia sul lavandino per lavarsi i denti schizzando dentifricio su ogni superficie. Mia madre lo lesse solo dopo la pubblicazione (nessuno poteva avvicinarsi al manoscritto, pena una punizione esemplare!), mentre era bloccata in casa insieme a noi, tutte ammalate di varicella e febbricitanti. Non so cosa pensasse di quello che aveva letto. Credo si sentisse come mi sono sentita io quando ho visto alcuni dei film che "quelli" hanno girato senza dirmi che sarebbero stati così ...umilianti. Comunque, Duca finì per picchiare Minty, spingendolo contro i mobili, sbattendogli la testa per terra; lui piangeva e papà gridava: "Alzati e dammele! Picchiami, per l'amor del cielo". Pregava mentre lo picchiava, perché in cuor suo sperava che da quell'appartamento sarebbero usciti due uomini veri. Invece, Minty ne uscì a pezzi e non riuscimmo più a rimetterlo insieme. Tentò di suicidarsi due volte; la seconda ci riuscì. Mio fratello non era mai sicuro dell'amore degli altri, non lo capiva: non era sicuro che gli volessero bene. Papà non è riuscito a commuoversi, nemmeno vedendo la tomba; non so quando aveva smesso di amare quel figlio a cui aveva dato il suo stesso nome. Sul marmo ci sono solo le date: 1938 - 1964. Forse finirò anche io per suicidarmi, che dici? Magari proprio come Minty, appesa alla porta del bagno di un ospedale psichiatrico. Ha usato una cravatta, una di quelle che gli aveva regalato papà per quando sarebbe tornato ad Harvard. Si è appeso la notte prima di compiere ventisei anni. I compleanni sono sempre un problema per quelli come noi, che abbiamo imparato da piccoli a dire a voce alta che va tutto bene.»

«Edie, ho una cosa da dirti. Importante.»

«Qui puoi parlare di tutto quello che vuoi: siamo al sicuro. Anzi, gli ospedali sono il posto più sicuro per una ragazza, soprattutto a New York. Infatti sono il posto in cui la maggior parte delle ragazze vengono rinchiuse. Anche se ci mettiamo nei guai – intendo, in guai seri –, noi non finiamo quasi mai in carcere, come gli uomini. Voglio dire, noi donne non facciamo del male a nessuno, però siamo fragili e possiamo ammalarci con facilità. Quando facciamo del male, è perché siamo ammalate, non ci stiamo più con la testa. Guarda me: sono sopravvissuta a un sacco di guai, direi che sono i guai la mia vera natura; quando ci sono dentro fino al collo, tengo la schiena più dritta – immagino sia per non affogare – e il mento bene in alto, per cercare di respirare meglio. Anche se dobbiamo ammetterlo: il guaio peggiore di tutti per me sono io, la persona peggiore al mondo per Edie è proprio Edith, anche se con queste gambe da urlo, un fisico che manda gli uomini a sbattere contro i pali della luce, un uso regale degli orecchini, una falcata da tigre che trasforma ogni piastrella in una passerella, la capacità di scegliere cosa dire e come dirlo per lasciare tutti senza parole; anche se riesco a inventarmi tutto da sola, a spezzare i cuori degli uomini, a partire da quelli come mio padre che avrebbero ucciso purché gli permettessi di dormire con me, o come i miei fratelli, che non sono mai stati felici perché non gli ho concesso di esserlo insieme a me. Solo una volta, ho sbagliato: quando sono salita sulla moto di Bob e mi sono sentita al sicuro. Ma io mi sento al sicuro solo dentro la tempesta, quindi era naturale che avrei scelto un uomo che, in sella alla sua moto, puntava dritto all'occhio del ciclone. Proprio come mio fratello Bobby, che voleva volare più veloce della luce del semaforo ed è andato a sbattere contro un autobus sull'ottava. Anche io finirò lanciata a tutta velocità in sella a una moto che si schianterà contro la maledizione dei Sedgwick. Era già tutto scritto: Bobby è morto il 12 gennaio del 1965, l'anno in cui sono diventata la reginetta di questa città. Ogni volta che un flash mi sorprende, il mio primo istinto è quello di accelerare, di fare a gara con la luce, prima che tutto diventi buio. Bob ha lo stesso nome di mio fratello e tutto ciò che vuole è proteggermi, in sella alla sua moto portarmi via da queste strade piene di divieti e di stop, proprio come lui: secondo te questo lo possiamo davvero chiamare caso? "Puoi sentire le sue canzoni e allo stesso tempo imparare a vivere": oggi dicono di lui quello che lui dice di Woody Guthrie, il suo idolo. Bob è uno che nemmeno ci prova a nascondere chi è: la sua onestà bellicosa è disarmante. Dimostragli che ti piace e ti dichiarerà guerra. Siamo così simili che qualche volta mi chiedo se lui non sia la vera me e io sia solo una sua fantasia. Non so se l'hai mai fatto davvero: analizzare le cose così profondamente da arrivare al punto in cui non riesci più a distinguere la differenza tra ciò che è reale e ciò che esiste solo dentro la tua testa.»

«Non saprei: io cerco sempre...»

«Ecco, nella mia testa ho questo crack che è come l'inizio di una crepa che mi ha diviso in due e ha finito per distruggere tutto, e io non so se è vera o no; e nemmeno tu puoi dirmi se questa cosa esiste o sta solo qui dentro. Da una parte c'è Andy, che continua a chiedere – l'ha chiesto anche a te – quando mi deciderò ad ammazzarmi e vuole che mi stiate tutti addosso per farlo davanti a una cinepresa che riprende tutto. Dall'altra c'è Robert, che mi chiede di andare in California con lui senza dirlo a nessuno, dritto dentro l'occhio del ciclone. In mezzo ci sono io, che ho poco più di vent'anni e sono una figlia di New York accesa dall'ambizione e dai sogni di diventare un'attrice, una diva, un'icona, desiderosa di farmi più strada possibile scopando nei vicoli che portano al grande schermo, ai tappeti rossi, al delirio per il rock 'n' roll, e voglio bere molto e prendere eccitanti e tranquillanti, mentre schivo i test per le malattie veneree e le visite per probabili gravidanze. Sono lo spettro di una ragazza che infesta il Chelsea Hotel, che vaga nella notte in cerca di tutto quello che può garantirmi, che se non sta alla larga dal pericolo trova soltanto guai, e io li voglio, li voglio disperatamente, per sentire dentro quel fuoco che nessuna droga riesce a darti, ma quanto più ti avvicini alla morte allora davvero tu lo senti, lo sai che sei viva, viva, viva.»

La fronte di Edie suda mentre il suo lungo monologo lentamente deraglia e io mi domando, onestamente, se non sia più saggio lasciar perdere. Per quanto possa valere la mia opinione, nel caso qualcuno sia ancora interessato a questa storia, no, sono piuttosto certa che Edie e Dylan non abbiano mai avuto una relazione nel vero senso del termine. Sì, le conosco a memoria anch'io *Leopard-Skin Pill-Box Hat* e *Just Like a Woman*, ma non fanno che confermare quello che ho sempre visto di loro: la stessa anima divisa in due corpi, uno destinato alle stelle, una all'autodistruzione.

Ogni volta che sento Dylan cantare "*Well, I asked the doctor if I could see you. It's bad for your health, he said. Yes, I disobeyed his orders*", non faccio che rivivere quella scena, dopo che abbiamo chiuso il set di *Lupe*.

I due take erano tremendi, come quasi tutto il girato di Edie negli ultimi tempi. La sceneggiatura c'era, l'avevo letta, non era affatto male, ma, come al solito, Andy l'aveva buttata in un angolo ed erano andati avanti improvvisando, con Edie che ogni volta finiva il take con la testa infilata dentro la tazza del water. Unico dato di realtà, dato che Lupe Vélez, la star del cinema che avrebbe dovuto fedelmente interpretare, si era uccisa nel '44 con un'overdose di Seconal e una cena troppo piccante: una combinazione che l'aveva costretta, poveretta, a finire i suoi giorni con la testa infilata nello sciacquone.

Comunque, avevamo finito di girare e il film era diventato, come sempre, uno dei tanti spezzoni della vita di Edie, una delle troppe registrazioni *day by day* del suo crollo psicofisico, mentre lei restava, apparentemente e inspiegabilmente, bellissima. Era il dicembre del '65; e quella notte Robert Heide, lo sceneggiatore di *Lupe*, aveva chiesto a Andy di trovarsi al Kettle of Fish, un bar piuttosto noto del Greenwich Village.

Edie era completamente andata, parlava a stento e piangeva a dirotto. Di questa scena ho già parlato, lo so. Ma è così importante, così tremendamente significativa, che forse ne parlerò di nuovo, aggiungendo altri particolari. Questo lo sapete: Robert entra, la vede al tavolo, le mette una mano sulla spalla – chi non avrebbe provato una compassione straziante per quella splendida e fragile creatura – mentre le parole escono dalla bocca di Edie come un gemito, con quel suo tono da Marilyn agonizzante, quello che usava quando desiderava ardentemente che tutto il mondo la compatisse per essere una povera ragazza ricca. Robert ci mise un po' a capire che stava parlando di Andy, che se ne stava seduto senza dire alcunché, orgoglioso del suo elegantissimo completo in velluto blu che aveva appena comprato da Leather Man in Christopher Street.

L'angelo del silenzio dispiegò le sue ali e si accomodò al nostro tavolo, finché all'entrata apparve una limousine da cui spuntò Bob. Vederlo fece su Edie l'effetto di una siringa di adrenalina dritta nel cuore: si alzò, con quella sua vocina lagnosa, mentre tutti la guardavamo ammutoliti, e aspettò che Dylan le afferrasse il braccio e annunciasse che se ne andavano. Anche se rimase apparentemente impassibile, posso garantirvi che non ho mai visto Andy tanto furibondo. Guardò Heide e cambiò discorso. «L'appartamento da cui Freddy si è lanciato è qui vicino, giusto? Vorrei tanto andarci.»

I desideri di Andy non prevedono rifiuto. Mentre salivamo le scale dei cinque piani che Freddy aveva percorso precipitando verso l'asfalto, Andy mormorava: «Dite che Edie mi lascerà filmare il suo suicidio?». Non avrebbe fatto una domanda tanto crudele se non avesse avuto il cuore completamente spezzato.

Se siete arrivati fino a qui, significa che posso ormai approfittare della vostra pazienza senza alcun pudore. Sarete stanchi, esausti. Vi ho promesso di parlarvi di *quella cosa* molte ore fa, e invece vi chiedo di percorrere insieme a me un nuovo vicolo dentro il labirinto dei ricordi. D'altronde, come potete pretendere che io riesca a mettere ordine nel tumulto del cuore e a parlarvi di quegli anni come se non fossero ancora, per me, vivi e pulsanti? Non sarete così ingenui da credere che una persona, per lo più una donna, che ha accolto nel suo stesso corpo le confessioni e i brividi di altre persone e altri corpi, possa davvero trovare pace per la semplice ragione che, con l'avanzare dell'età, le sue carni si sono rilassate. Il tempo è quella dimensione paradossale in cui, a poco a poco, l'intensità della vita riempie o svuota il nostro corpo a vista d'occhio. Così, un'esistenza carica di ricordi che pesano nell'animo satura un corpo e lo mantiene elettrico fino all'esaurimento dell'ultimo barlume di energia. Per contro, un'anima in pace, senza alcun conflitto irrisolto, evapora dal corpo con gradualità impercettibile, come il lume che consuma il cero.

Se sono ancora qui, è colpa di questo masso sul cuore. Se siete qui, è perché volete che ve lo mostri da vicino, il macigno che mi sfascia gli organi interni, nel segreto e nell'invisibilità. Questo è il tumore che mi porto dentro: il senso di colpa per non aver letto i presagi, per non aver soccorso le mie sorelle, per non aver testimoniato in loro difesa, per non averle redente prima che si togliessero la vita.

Dunque, fate con me questo giro nel labirinto del minotauro, andiamo a cercare le altre vittime del mostro. Perché Edie non è stata la prima, non era la sola, non è l'ultima. Datemi la vostra attenzione, prima di inorridire e odiarmi, quasi quanto io inorridisco e odio me stessa.

La situazione stava diventando esplosiva; e questo, ben prima che Freddy Herko si lanciasse in strada. Era il 27 ottobre del '64; lo ricordo perché alla radio non trasmettevano altro che il discorso di Reagan, cosicché ovunque ti trovassi a un certo punto sentivi la sua voce e le sue parole.

"Chi parla di 'pace', intende forse che, semplicemente, vuol essere lasciato in pace? Bene, penso sia venuto il momento di chiederci se ancora godiamo delle libertà che hanno inteso garantirci i nostri Padri Fondatori. Non molto tempo fa due miei amici stavano parlando con un rifugiato cubano, un uomo d'affari che era dovuto scappare dal regime di Castro e, mentre costui raccontava la sua storia, uno dei due miei amici dice, rivolto all'altro: 'Ci rendiamo conto di quanto siamo fortunati?'. Il cubano lo interrompe, dicendo: 'Quanto fortunati siete voi?! Sono io che ho avuto un posto dove fuggire'. In quella frase vi è veramente tutta la storia. Quando perderemo la libertà qui da noi, non vi sarà più un posto dove fuggire. Questo è l'ultimo baluardo che ancora resiste sulla Terra."

All'inizio dell'estate Freddy era praticamente sparito. Le amfetamine gli avevano mangiato il cervello, erano la sua ossessione: non parlava d'altro, non gli interessava altro che trovarle e farsi; e se non c'erano quelle non c'era nemmeno lui, letteralmente, visto che non mangiava praticamente più nulla.

«Non puoi pretendere di fare andare una cazzo di Rolls-Royce con due bicchieri di benzina!» gli dissi una sera in cui si tolse la maglia e noi gli infilammo a turno le dita tra le costole, come se fosse una specie di modellino di anatomia, però vivo, come se fossimo dei legionari davanti al Cristo sceso dalla croce per farsi rompere il costato a mani nude.

«Be', tecnicamente l'alcol è un po' benzina e un po' zucchero. Quindi...» svuotò il bicchiere fino in fondo «...è come se mangiassi.»

«Freddy, fai impressione. Non reggerai ancora tanto in questo stato.»

«E questa è la migliore notizia della serata.» Poi si voltò verso gli altri e urlò come un lupo: «Aaaalloraa! Come vogliamo onorarla questa prova generale del mio funerale?».

Ridemmo tutti, in quel momento.

"Alexander Hamilton disse: 'Una nazione che preferisce il disonore al pericolo è pronta per un padrone ed è ciò che si merita'. Se continueremo a essere accomodanti, a indietreggiare e a battere in ritirata, alla fine ci troveremo a dover fronteggiare l'intimazione finale: l'ultimatum. Che succederà allora? Voi e io lo sappiamo e non riteniamo che la vita sia così cara e la pace così dolce da dover essere acquistata al prezzo di catene e di schiavitù. Da quando sarebbe vero che non vi è nulla, nella vita, per cui vale la pena morire?"

Trascorsero un numero imprecisato di serate (contare i giorni sarebbe stato impossibile), forse addirittura di settimane, prima che qualcuno chiedesse dov'era Freddy. Scoprimmo che se ne stava vicino alla chiesa di San Marco, in un appartamento che era di proprietà di qualcuno che avevamo conosciuto e già dimenticato, e che gliel'aveva prestato per starci dentro a farsi ininterrottamente. Era così magro da dare l'impressione che, se avesse mosso troppo velocemente gli occhi, gli sarebbero rotolati fuori dalle orbite. Senza maglia, le ossa delle spalle erano ricoperte da un intreccio di tendini e vene violacee, il collo era una gomena di muscoli e vasi ingrossati, il ventre cavo, il colorito itterico, la pelle diafana, completamente disidratata e interrotta da rossori e piccole lacerazioni. Il suo corpo faceva ribrezzo, tanto più che cozzava con la sua effervescenza, la spumeggiante esuberanza di una personalità in piena. Era carico da esplodere. Quando si muoveva nella stanza, da quel fisico consumato sembrava uscissero scintille. Nel suo piccolo universo era una supernova. E non era solo.

Ci presentò una sua amica. Quando entrammo in casa, dormiva. Aveva il seno nudo, i capelli sciolti sparpagliati tra la faccia e il cuscino, le lunghe gambe scomposte e non depilate. Si svegliò dopo diverse ore che giravamo per le stanze, bevendo senza sosta e chiedendo ciclicamente a Freddy dove accidenti fosse finito e perché non ci aveva detto niente.

«Eravamo preoccupati per te. Cazzo, non farlo più.»

«Promesso! La prossima volta che sparirò sarà per sempre.»

E giù a ridere come una scimmia. La sua amica si alzò dal letto e andò dritta a pisciare senza rivolgerci parola. Sospetto che non potesse letteralmente muovere le labbra perché faceva movimenti strani con il viso, una specie di spasmo facciale che le deformava la bocca e gli zigomi. Poi venne a sedersi tra me e Andy, sul divano. Aveva ancora il seno nudo, ma sembrava non curarsene.

«Jen, copriti» le disse Freddy. Ma lei alzò le spalle e tirò su le gambe, come una bambina. Poi mi guardò.

«Come ti chiami?» mi chiese con una voce così dolce che mi fece venire voglia di leccarla, come un bastoncino di zucchero.

«Jen fa la ballerina. Vero, Jen?»

«Sì. Vuoi che ti faccia vedere? Così mi dici se sono brava, se ti piaccio» disse guardando me, ma in effetti senza rivolgersi a nessuno in particolare.

«No no, resta qui a parlare con noi.»

«...va bene.»

Lo disse senza sembrare convinta; anzi, era un po' a disagio. Mi venne voglia di sapere qualcosa di lei. Ma Freddy la fece alzare e la riportò in camera tenendole una mano.

«Sembri stanca, tesoro. Perché non ti sdrai ancora un po' nel letto?»

«Vieni con me?» gli rispose Jen senza troppa convinzione.

«No. Resto qui con loro.»
«Chi sono?»
«Compagni di guerra.»
«Torna presto.»
Si baciarono, e lei si chiuse la porta alle spalle. Dal divano sentimmo la radio accendersi, e di Jen non sapemmo mai più nulla. Quella sera restammo lì, a bere e raccontare storie del mondo di fuori, ad aggiornare Freddy di cose senza importanza successe da quando aveva disertato. Insieme sentivamo di avere ancor una specie di sogno, tremendamente fragile e ancora vitale.

"Voi e io abbiamo il coraggio di dire ai nostri nemici: 'Vi è un prezzo che non siamo disposti a pagare'. Vi è un punto oltre il quale non dovranno avanzare [Lunghi applausi]. *Questo è ciò che significa lo slogan di Barry Goldwater 'Pace attraverso la forza'. Winston Churchill disse che 'il destino dell'uomo non è misurabile con calcoli materiali. Quando nel mondo sono in moto grandi forze, noi impariamo che siamo spiriti, non animali'. E disse pure che 'sta accadendo qualcosa, nel tempo e nello spazio; e anche oltre il tempo e oltre lo spazio, che, ci piaccia o no, sta vergando le lettere della parola dovere'. Voi e io abbiamo un appuntamento con il destino. O preserveremo per i nostri figli questa che è l'ultima e più grande speranza dell'uomo sulla terra, oppure li condanneremo a compiere l'ultimo passo verso un'oscurità destinata a durare migliaia di anni."*

Freddy mise fine al suo eremitaggio una sera – poteva essere il venerdì, o la domenica – che Diane di Prima dava una delle sue serate poetiche. Qualcuno aveva portato dell'oppio, e allora ci eravamo arresi a poter finalmente restare sparpagliati a fumare, animali *too snob* in una stalla *très chic*, rilassati e intorpiditi dall'arrivo del primo freddo. Per questo ci accorgemmo di Freddy: perché entrò agitato e molesto, stonato rispetto all'atmosfera.

Diane tentò inutilmente di farlo fumare, ma lui si oppose con un capriccio che sembrò durare un'eternità. Per fortuna, va detto, o avrebbe rischiato il collasso. Chissà quante pasticche riusciva a farsi quello scheletro dopo mesi di allenamento. Diane e le sue amiche gli offrirono da bere e da mangiare, ma quello non ci voleva sentire. Non voleva sedersi, non voleva fumare, non voleva ascoltare le loro poesie. «Le-de-te-sto!» disse in un moto istintivo di insofferenza; parole che ritirò immediatamente, scusandosi. Voleva un disco, in prestito. Scorse rapidamente i dorsetti dei vinili e ne scelse uno. Poi urlò a tutti in generale e nessuno in particolare: «Martedì. Vi aspetto martedì da me».

«Uh-uh. E cosa ci sarà da te martedì?» chiese qualcuno sfottendolo.

«Darò il più grande spettacolo della mia vita per voi.»

«Li abbiamo già visti i tuoi spettacoli, Herko.»

«Ma questa sarà una performance che non potete perdere.»

Poi, più a bassa voce, aggiunse: «Se non ci sarete, vi odierete fino alla morte».

Fu lì che Andy si alzò e gli si avvicinò, sfiorandogli la mano.

«Martedì. Da te. Cosa farai per noi, piccolo, esile Freddy?»

Herko lo guardò dritto negli occhi.

«Impazzirai, zio Andy. L'ho pensato, sai, che volevo farlo anche per te, che tu avresti capito.»

«Cosa?»

«Martedì mi ucciderò.»

«Per favore, Freddy. Ripetimelo.» E avvicinò l'orecchio alla bocca di Herko, come per origliare un segreto.

«Darò uno spettacolo indimenticabile, che finirà con la mia morte.»

«Dici davvero Freddy? Devo crederti?»

Gli occhi di Andy brillavano. Era quel momento in cui germogliava in lui una nuova ossessione; stavolta era il suicidio; non più solo la morte, la morte violenta o la morte delle celebrità, ma la morte in sé e per sé. Quello di Freddy sarebbe stato il primo suicidio a cui poteva assistere mentre avveniva. Possedeva già una telecamera, così avrebbe anche potuto riprenderlo. Ma non lo fece. Forse la troppa emozione; forse non gli credette; o se ne dimenticò.

Più in là, dopo che mancò di riprendere anche il suicidio di Edie in Technicolor, prese a parlare della morte di Herko pronunciando il suo nome in un modo che, anche a un orecchio non attento, sarebbe suonato rancoroso, o qualcosa di molto simile. La versione ufficiale che piano piano sostituì la verità fu che non gli aveva mai detto di volersi suicidare; e per questo lui non aveva potuto riprenderlo. Non era forse la cosa più bella, più importante della sua intera vita, l'unico vero gesto artistico che uno come Freddy avrebbe mai potuto compiere? E ora era perduto per sempre, morto prima di lui; due morti inutili in una, mentre sarebbe bastato saperlo prima.

Quando anche Edie Sedgwick gli fece il torto di non morire di fronte alla sua telecamera, ne fu seccato e deluso peggio della prima volta.

...abbraccio sconosciuti per strada,
colma del loro amore e
del mio, l'amore che ci hai detto o arriva oppure siamo
morti, l'hai detto a tutti in quel parco del Bronx, io ascoltavo...

Diane leggeva ad alta voce le sue poesie. La seguivano solo in tre. Andy non era tra questi. Ormai pensava solo a martedì, al suicidio di Freddy, ne era elettrizzato. Continuava a prendere lo speed, e in quei giorni ne consumò anche più del solito perché voleva restare vigile e sveglio, avvicinarsi il più possibile allo stato alterato che rilevava in Herko. Si preparava al suo suicidio come se fosse stato il proprio.

E poi martedì arrivò. Andy si mise una camicia pulita, lucidò le scarpe e ci presentammo in Cornelia Street, all'appartamento di un tale Johnny Dodd. L'avevamo visto, qualche volta. Sapevamo che era uno che ci sapeva davvero fare con le luci e che performava soprattutto durante i concerti del Judson Church, al Greenwich.

A questo punto, è martedì 27 ottobre del 1964, e noi siamo a casa di Johnny Dodd invitati da sir Frederick Charles Herko (pretende di essere chiamato così per tutta la sera) per assistere allo spettacolo del suo suicidio. Ma al nostro arrivo non ci accoglie. «Sta facendo un bagno!» fa dire a Jen, che è ancora lì con lui, sebbene stavolta indossi almeno una maglia; senza reggiseno, questo è evidente, però è già qualcosa.

Quando ha finito il bagno, Freddy entra in sala. Con gesti misurati e solenni, fa partire sull'impianto la messa K 317 di Mozart.

«La *Krönungsmesse,* la messa dell'incoronazione» dice a nessuno in particolare. «Dietro la tonalità luminosa del do maggiore si nasconde il periodo più buio nella vita di Mozart. L'ha composta dopo un anno e mezzo di tournée con la madre, che morì a Parigi di una febbre violenta e improvvisa praticamente tra le sue braccia. Non era più un genio e, anzi, il pubblico era annoiato dalla sua musica. Aloysia, il grande amore, si era infatuata di un altro e non voleva più saperne di lui. E quando tornò a Salisburgo tutto ormai gli andava stretto.»

Diceva questo mentre tendeva le articolazioni delle spalle e delle anche, mentre tirava le punte dei piedi, mentre si slacciava l'accappatoio e restava completamente nudo, in un esaltato pallido fascio di ossa, tendini e muscoli.

Ballò come non l'avevamo mai visto danzare; fu la musica, o forse quella sua vitalità che avevamo dimenticato non avendolo più intorno da mesi. E poi arrivò il *Sanctus* del coro.

Sanctus, Sanctus, Sanctus, Dominus Deus Sabaoth.
Pleni sunt coeli et terra gloria tua.
Osanna in excelsis.

Freddy si avvicinò all'impianto e alzò ancora di più il volume. Eravamo così rapiti che non riuscivamo a staccargli gli occhi di dosso; al contempo, la musica era così dolorosamente forte da lasciarci a malapena respirare, figuriamoci muovere anche solo un muscolo.

Camminò verso la finestra, la spalancò, fece ancora due piroette nel centro della sala, poi accennò un inchino e, veloce e leggero, saltò nel vuoto.

Spiccò un volo incredibile, tanto da finire schiantato cinque piani più in basso su Cornelia Street.

Ancora non lo sapevamo, ma quella morte ci avrebbe cambiati per sempre.

Oh, non subito, certo; ci sarebbe voluto ancora più di un anno, perché nessuno di noi intendeva suicidarsi; e perché la morte viveva con noi già da tempo. L'aveva portata Andy e non aveva intenzione di lasciarla andare facilmente.

Se era vero che tutti noi, da quando esisteva la Factory, ci eravamo abituati a vivere con la morte, era altrettanto vero che solo Andy se la portava a letto. E prendeva abbastanza pillole da restare sveglio a guardarla quasi tutte le notti.

Vi vedo stanchi, forse vi sto annoiando. Ho divagato ancora. Non c'è bisogno che siate accondiscendenti: sono vecchia, non demente. Ma capirete anche voi che ognuno di questi ricordi significa *qualcosa*. L'idea di non averlo capito in tempo, all'epoca, mi toglie il sonno.

Mentre il 1965 moriva per consunzione, Andy era stato espulso, rifiutato, abbandonato dallo strano triangolo che componeva con Edie e Dylan. Una situazione tremenda per una persona normale; insostenibile per uno come lui, terrorizzato da qualsiasi sentimento. Nonostante tutto, però, io non credo che Dylan abbia portato via Edie per amore. Prima di tutto, lui si era sposato un mese prima; e non era affatto un segreto, come qualche pettegolo vorrebbe farvi credere ora che è passato troppo tempo per trovare testimoni: lui e Sara Lownds vivevano già da tempo al Chelsea, lo sapevano tutti (tranne la povera Joan Baez, evidentemente). E poco tempo dopo Edie faceva coppia fissa – ossessiva e malata come mai l'avevo vista – con Bobby Neuwirth, amico e manager di Dylan.

Che abbiano o meno avuto qualche forma di intimità non importa, non interessa a nessuno, è solo un'illazione. Di certo, Dylan era il nuovo dio della devozione di Edie, come lo era stato prima suo padre e poi Warhol. Riconoscevo nel legame di interdipendenza tossica che pretendeva dalla relazione con Neuwirth un trasferimento di ossessione, la pretesa di un'unione carnale con l'oggetto della sua divinità: la costante richiesta di contatto, di intimità, pronta a trasformarsi in un'ira feroce, verbale e fisica, era il segnale di un terrore cieco e infantile, quello di un essere inerme, perennemente terrorizzato dall'abbandono, che teme di aver scelto il dio sbagliato, quello che non può – o non vuole – offrire protezione. Edie si aggrappava alle ginocchia di Neuwirth come un'adepta in deliquio si attacca al simulacro del martire, si getta ai piedi dell'idolo, si prostra baciando l'icona del dio.

Lupe fu il punto più basso della vivisezione che Andy aveva fatto di quella povera ragazza ricca, che un giorno non lontano era stata per lui la cosa più simile all'amore. Sul set, allestito nella sontuosa dimora di Panna Grady nel Dakota Building, puntando l'occhio della cinepresa dritto sullo smarrimento di Edie dentro se stessa, sul suo degrado fisico e sul disfacimento della sua dignità, mentre le intimava di spingere la testa più in basso dentro il water e di sforzarsi di vomitare senza piume in gola, sono certa che Warhol stesse pregando che quella creatura morisse proprio lì, che finisse i suoi giorni e lasciasse il posto a una nuova star, un nuovo doppio femminile, qualcuno di cui Andy potesse innamorarsi da zero.

Edie era ormai l'immagine del disprezzo che Warhol aveva per se stesso e, proprio come per Dorian Gray, la vista del suo riflesso corrotto gli era insopportabile. Quanto a Edie, nonostante il suo talento nello scaricare ogni responsabilità sulla propria vita e procrastinare ogni decisione, era arrivata al punto a cui nessuna donna vorrebbe arrivare: quello di dover scegliere tra due uomini. Nel suo caso, purtroppo, erano entrambi una pessima scelta.

«Edie, sai cos'è successo alla Factory? Sai cos'è successo a Andy?»

Matteawan non è un locale, non abbiamo tutta la notte: sono venuta per parlare con lei della prima morte di Andy.

«...Sì, lo so. Tu credi che abbia paura di morire?»

Non so rispondere a questa domanda: con Andy ho provato molte volte ad affrontare il tema della morte, e ogni volta, semplicemente, faceva in modo di rimuoverlo dalla conversazione.

«Abbiamo tutti paura di morire.»

«Andy non ha nessun rispetto per la morte, non ha rispetto di nulla e di nessuno. È lui la morte. Per questo lo amiamo tanto. Per questo stargli vicino finisce per ucciderci, in modi creativi e crudeli. Tu sei più brava di me: l'hai capito e te ne stai a distanza di sicurezza. Ma io non so stare lontana dall'occhio del ciclone. Un giorno, non sarà più un incidente.»

L'atmosfera della sala colloqui viene improvvisamente saturata da un'esplosione di suono: riconosco dagli altoparlanti gracchianti che rischiano di scoppiare le note di *The Air That I Breathe*, un vecchio pezzo doo-wop degli Hollies. Ne segue un trambusto in cui si sentono sbattere porte e cancelli in modo frenetico, risate di pazienti e urla di medici e infermieri, mentre verso di noi corre una donna che canta a squarciagola: «*No cigarettes, no sleep, no light, no sound. Sometimes, all I need is the air that I breathe*» inseguita da due inservienti con l'aria davvero pericolosa. Quando mi passa a fianco, mi sembra di riconoscerla, nonostante i capelli rasati e la divisa informe. Ma sì, è proprio Valerie, che urla a più non posso e infrange la regola che vuole le detenute bisbigliare in preda alla vergogna di esistere; Valerie che grida agli inservienti di provare pure a prenderla, tanto lei è inafferrabile; Valerie che si tiene su le braghe slacciate e, quando riesce a distaccare i suoi inseguitori, gli mostra il culo con una pernacchia; Valerie che gode infinitamente, di una gioia genuina e infantile, per il disordine che crea nella sala colloqui; Valerie che mi nota appena, distratta com'è dall'ennesima lotta fisica contro qualcosa e qualcuno che pensa di poterla piegare all'ordine e alle regole del mondo borghese; Valerie che sa bene che ci sarà una punizione eccessiva per questa sua puerile insubordinazione, e anche per questo si gode il momento come se dopo non le restasse che la morte; Valerie che a cinque anni rideva mentre veniva picchiata con la cinghia e che non ha mai cambiato atteggiamento di fronte alla violenza esemplare; Valerie che incuteva terrore nelle brave persone con la sua brutale onestà e i racconti dei maltrattamenti subiti e delle costanti discriminazioni; Valerie che ha fatto indigestione della miseria umana e proprio per questo sa ancora riconoscere il buono che c'è nelle persone, per quanto perdute possano essere; Valerie che non odierà mai i suoi carcerieri, gli infermieri e i poliziotti, ma non li perdonerà per aver confuso ciò che è giusto con ciò che è autoritario; Valerie che con la coda dell'occhio mi riconosce, insieme a Edie, nella stessa prigione psichiatrica, e allora lo spettacolo lo dà per tutte noi; Valerie che non ci ha mai chiesto di essere assolta o compresa, ma solo di lasciarle un piccolo spazio, minimo, per respirare; Valerie che abbiamo deluso e rinnegato solo perché non la reputavamo alla nostra altezza; Valerie che non ha paura di morire perché non vede l'ora di presentare a Dio la sua lista di torti e ingiustizie nel mondo degli ultimi; Valerie che ha come unica ricchezza la sua loquacità, e regala le sue parole migliori ai disgraziati e ai derelitti; Valerie che avrebbe il diritto di mettere a ferro e fuoco questo paese, e invece corre e canta e crea scompiglio con la sola ragione di essere viva e libera dentro la sua anima, nella sua testa, nella sua arte.

Non siamo mai state all'altezza di Valerie: mentre il passato si allontana e mi lascia mettere a fuoco alcuni dettagli, questa è una delle verità che mi appare cristallina. Rifiutarla sarebbe stato come rifiutare Malcolm X perché era troppo radicale, o perché era musulmano, o perché portava avanti l'ideologia del "è necessario con tutti i mezzi". Di base, lei è ogni donna, ogni femmina distrutta, spezzata, tutte le martirizzate, ovunque. In questo senso, non è diversa dal Che. Leggete il suo *Manifesto.* Lei vuole farci vedere che non un uomo nuovo, ma un nuovo essere umano viene creato, e adesso.

Quando mi volto verso Edie, lei si è già alzata per avviarsi, i passi al ritmo della musica, verso il corridoio del reparto.

«Edie!» le urlo. Si volta e mi sorride. «Sono preoccupata per te. Lo siamo in tanti.»

«Non devi preoccuparti: gli ospedali sono i posti più sicuri per una ragazza.»

Non so cos'altro dire. Riesco solo a pensare che in questo posto sono rinchiuse due opposte conseguenze delle ossessioni di Andy: il crollo e la violenza, entrambe incarnate da queste due donne a loro modo fragili e perdute.

IV

Quando cominciò a ripresentarsi alle feste e, inevitabilmente, ad attirare a sé tutte le telecamere con quel suo magnetismo indebolito ma ancora irresistibile, a chi le chiedeva che fine avesse fatto rispondeva cose come: «Mi hanno messa da parte per un po'». Quindi contemplava l'espressione di chi stava sfogliando nella memoria il catalogo delle facce conosciute senza trovare la sua, allungava la mano pallida, tendeva le dita affusolate, simili alle ali stropicciate di un uccellino, sbatteva gli occhioni e si presentava come la «signora Edie Sedgwick Post». Infine tirava un sospiro e aggiungeva: «Per il momento».

Non ho avuto il tempo di chiederle cosa intendesse dire con quella postilla, ma era davvero, davvero Edie: la vita sempre e solo al presente, senza perdere tempo a fare piani o a preoccuparsi, perché l'attimo dopo tutto può finire e perché l'unica cosa che vale sempre la pena di fare è soltanto ballare. «Abbiamo così tante cose da buttare fuori: balliamo!» diceva sempre.

Quando mi hanno detto che si era sposata, non volevo crederci: mi sono ostinata fino all'ultimo a pensare che si trattasse di uno scambio di persona, di un errore rimediabile, di un inciampo maldestro. La ragazza da cui anche io ero stata stregata era la persona più libera che avessi mai incontrato in vita mia. Era così tremendamente leggera e soave e lontana da qualunque idea di responsabilità che non riuscivo nemmeno a figurarmi che accettasse di portare un anello o qualsiasi altro simbolo di un vincolo, fosse anche un vincolo dorato, tempestato di diamanti, scintillante e cullato dal fruscio di un oceano di soldi.

Persino dopo che Andy le spezzò il cuore, e non le lasciò altra scelta che andarsene prima che la porta le sbattesse contro la schiena, Edie non cercò mai la protezione di un uomo. Si innamorò ancora moltissime volte, certo, accumulando gli amori come l'avevo vista accumulare i vestiti – alcuni ancora con il cartellino attaccato – dentro il suo appartamento.

Fu incredibile sfogliare le foto del matrimonio nel suo salotto da signora Post a Santa Barbara. Suo marito Michael, un bel ragazzo, mi parlava di lei con una dolcezza commovente. Intuivo che avesse tentato di aiutarla come gli era stato possibile; e lui capiva, anche se non si dava pace, che non ci sarebbe comunque stato modo di salvarla da se stessa.

Mentre eravamo seduti su un largo divano a tre posti rivestito di una tappezzeria a fiori, non potevo non notare il tavolino apparecchiato per due contro la parete opposta della sala, con i bicchieri opachi e i piatti ricoperti da un sottile velo di polvere. Per quanto ne so, sono rimasti lì, a farsi seppellire anche dalle ragnatele.

Intanto che lui girava le pagine del grande album, io osservavo le sue mani trascurate, con le dita ingiallite e le unghie mangiate fino alla carne, così diverse da quelle che vedevo ritratte nelle fotografie: era passato meno di un anno dalla morte di Edie, ma per suo marito era stato un tempo infinito, privo di sonno e zeppo di domande. Anche per lui, come per tutti noi, Edie era stata un'ossessione così totalizzante da non lasciar spazio a nient'altro.

«Iniziò tutto per caso. La trovavo bella, naturalmente; ma sentivo che starle troppo vicino avrebbe comportato un rischio mortale. Razionalmente, riuscivo a capire che dovevo starle lontano, o comunque mantenere una distanza di sicurezza. Ma non potevo controllare i miei sogni.»

Mi disse che per mesi, dopo qualcosa di cui non voleva parlare per niente e che insisteva a chiamare fumosamente «la cura necessaria», aveva continuato a sognare Edie ogni notte. Faceva sogni in cui lei si materializzava in posti selvaggi, su spiagge sconfinate, sui tetti più alti di città sconosciute; sogni in cui Edie ballava vestita di pelli di daino, all'indiana, mentre da una grande borsa marrone piena di Seconal tirava fuori manciate di pillole che lanciava in aria e che tutti cercavano di catturare con la lingua, come fiocchi di neve. Poi i sogni presero il posto del giorno. Non riusciva più a vivere: cercava di concentrarsi nello studio, ma tra le righe vedeva apparire gli occhi di Edie; qualsiasi cosa gli faceva venire voglia di fare l'amore con lei; fantasticava perfino di possederla, un'ultima volta, dopo la morte, come un grande commiato.

«Ha insistito per sposarsi al ranch. Eravamo tutti ansiosi, perché il 24 luglio da quelle parti fa un caldo tremendo. Ma la buona stella di Edie, o quello che l'ha sempre protetta, anche quel giorno ha compiuto il suo piccolo miracolo.»

Michael mi faceva una tenerezza infinita, con quel suo corpo da maschio adulto e l'espressione da bambino in trappola. So cosa significa cercare di tenersi a distanza di sicurezza da Edie, poi abbassare le difese e provare ad avvicinarsi con prudenza, ritrovandosi infine totalmente posseduti. La metafora più simile che posso immaginare è quella di un topo dentro la tana del serpente che tenta di instaurare con lui un qualche tipo di rispettosa relazione. Non era Edie il serpente, naturalmente; ma come un rettile è identificato con il suo potere di uccidere, che lo usi oppure no, allo stesso modo quella ragazza coincideva con tutte le droghe che la frantumavano illudendola di tenerla insieme.

«Ero così pazzo di lei che non avevo scelta: dovevo correre il rischio. Credevo di poterla guarire dall'alcol e dalle droghe; ed ero certo che, se ci fossi riuscito, l'avrei persa per sempre. Senza tutta la roba che prendeva, non sarebbe stata in grado di funzionare. Sono stato con lei ogni giorno ventiquattr'ore, senza mai lasciarla un momento da sola. Quando le ho chiesto di essere la mia fidanzata, ero implorante: dipendevo completamente da lei, mentre lei cercava nuove dipendenze. Fu quella la combinazione esplosiva.»

Michael mi disse che fino all'ultimo immaginava che lei rispondesse di no al sacerdote. Quella sì che sarebbe stata la risposta giusta per Edie! E anche per i signori Sedgwick, così compassati e stupidamente fiduciosi che la loro bambina avrebbe ritrovato la strada giusta, quella che loro avevano tracciato dentro di lei con la disciplina e il rigore e il controllo e tutti i mezzi di cui disponevano.

Mentre sfogliavo l'album di matrimonio, riuscivo a immaginare il ritorno della figlia smarrita nella grande sala dei ricevimenti del ranch. Potevo figurarmi la presentazione ufficiale del futuro sposo, la faccia di madame Alice nel veder materializzarsi quello che doveva esserle parso chiaramente un castigo divino: un ragazzino che non dimostrava nemmeno i suoi vent'anni, coi capelli e la barba lunga, che fissava intimorito i libri alle pareti e che, se fosse stato libero di rispondere ai suoi istinti, si sarebbe nascosto dietro il primo mobile come un coniglio.

Dopo i primi convenevoli, Edie propose a tutti di fare una passeggiata a cavallo. Cavalcò ventre a terra, correndo per il ranch come amava fare, scegliendo il più indomito e focoso tra gli esemplari della scuderia. Capriccio e azzardo in lei si confondevano fino a diventare indistinguibili. Come la prima notte in cui lei e Michael diventarono amanti; non chiese nulla, non tentò nemmeno di sedurlo, passò subito alle minacce: se non l'avessero fatto, avrebbe dovuto trovare un altro con più fegato. Disse proprio così: fare l'amore con lei era una prova per temerari. Fece la stessa faccia quando annunciò a sua madre, sulla cima di una collinetta del ranch, nel bel mezzo della cavalcata, che intendeva sposare Michael.

«Continuava a dirmi: portami in chiesa in tempo!»

Mrs Sedgwick reagì con un'espressione cortese e un sorriso tirato. Poi mise a disposizione il ranch, che Edie profanò con una buffonata di matrimonio. Il suo odio doveva essere così autentico, ormai.

Ogni foto che guardavo mi sembrava paradossale: mai avrei immaginato di vedere Edie immortalata in quello che mi sembrava un circo patetico. La sposa in satin bianco, il marito in smoking, le damigelle con cappellini gialli a tesa larga, i bouquet con magnolie giganti, le decorazioni della navata con un tripudio di agapanthus e nastri bianchi. L'abito di Edie era castigato e fuori moda; la giacca a coda di rondine trasformava Michael in un pinguino; le damigelle sparse sul prato del ranch sembravano tanti funghi; il profumo dei fiori era di certo soffocato dall'odore del bestiame al pascolo proprio accanto alla cerimonia.

Posso solo immaginare che Edie cercasse alla sua maniera, in modo bizzoso, di riavvolgere tutto e tornare a un inizio diverso. Ma il tempo non obbedisce a nessuno, e certamente non fa eccezioni per le splendide bambine capricciose. L'essere umano, per quanto la bellezza possa benedirlo, ha una sola primavera per fiorire: è questo il suo destino.

Quando ero già in California e tergiversavo pensando che andare a incontrare Michael forse non era una buona idea – avevo trovato il suo nome in due articoli che menzionavano una causa per i diritti di sfruttamento dell'immagine di Edie: evidentemente, erano in molti a volerla possedere ancora –, ho riconosciuto in un bell'uomo dall'abbigliamento eccentrico e dai grandi occhi neri Jonathan, il più piccolo tra i fratelli Sedgwick, da tempo l'unico sopravvissuto tra i maschi della stirpe di Duca. Lo ammetto: arrivai a casa Post prevenuta, sia per quello che ricordavo io di Edie sia perché suo fratello, incontrato per caso, mi aveva già dato una sua versione sulla faccenda.

Fino all'ultimo, mamma Sedgwick aveva posto un veto alla presenza di Jonathan al matrimonio: non voleva foto ufficiali in cui lui e Edie comparissero insieme, il suo stile di vita non era gradito a una famiglia che aveva epurato i figli ribelli. Fu Edie a chiamarlo implorante, e lui trovò il modo di intrufolarsi al ranch insieme a sua moglie Krista. Si presentò all'ultimo, senza preavviso, vestito con l'eleganza di quelli come lui: una camicia di velluto con ampie maniche a sbuffo e una serie di vistosi bottoni sul davanti con sopra una cravatta che la faceva somigliare a un farsetto; sotto, blue jeans e stivali. Per l'occasione, mi disse, si era tolto l'orecchino.

Jonathan e Krista avevano portato con loro un certo Paco, un amico yogi di origine inglese, che sapeva leggere le linee delle mani, preferendo, com'è ovvio, quelle delle ragazze. Lungo il viale che portava alla cappella, Paco afferrò la mano di Edie, la studiò un momento con sconcerto, poi fissò la sposa, tornò a guardare la mano, quindi di nuovo lei, che disse, senza alcuna emozione: «Sì, lo so».

Non successe niente di eclatante, alla cerimonia; o almeno, nulla che allertasse il clan dei Sedgwick. Nelle numerose fotografie, Edie è radiosa e la sua luce sembra investire tutti.

Usciti dalla chiesa, però, il diorama del matrimonio perfetto andò in pezzi: il gruppo dei giovani, sposi compresi, si diresse di corsa come un branco di cavalli selvaggi verso la piscina. Alcuni si tuffarono completamente vestiti; altri, tra cui i neo sposi, completamente nudi.

Il fotografo, a cui era stato dato mandato di immortalare quella giornata, non smetteva di scattare. Mamma Sedgwick sembrava preda di un delirio che l'avrebbe uccisa sul colpo o trasformata in un'erinni: urlava di uscire dalla piscina, chiamava sua figlia, allontanava i parenti più anziani che se ne stavano intorno a guardare quella scena come se si trattasse di un macabro spettacolo.

Nessuno le diede la minima attenzione, naturalmente: il bagno in piscina andò avanti finché per Edie e Michael non arrivò l'ora di partire, a pomeriggio inoltrato. Allora la piscina si svuotò e quasi tutti ebbero la decenza di infilarsi almeno le mutande. Tra le ali degli invitati che lanciavano riso, ci fu qualcuno che prese della ghiaia e la scagliò come un pugno dritta in faccia ai due sposi. Ci volle qualche minuto per capire da dove arrivava, ma poi Michael la mise a fuoco: una signora di età avanzata, indefinibile, che rideva con un ghigno che lui ricorda ancora con grande lucidità.

Mi disse che aveva un'espressione disumana, crudele, vendicativa. Osservando più da vicino le foto di gruppo, gli anziani Sedgwick erano austeri, sembravano una caricatura dei Kennedy.

Edie aveva invitato al matrimonio la troupe di *Ciao! Manhattan* praticamente al completo. Quel film era l'unico vero progetto in cui si era buttata dopo Warhol, dopo Dylan, dopo Matteawan, dopo "quella cosa". Il set andava avanti come un'allucinazione dal 1967. Edie tentava di trasformare la troupe in una sorta di surrogato della Factory: una tribù disfunzionale e complice. Per questo li aveva invitati al matrimonio: per avere qualcuno dalla sua parte. Nessuno di loro, pur conoscendola poco, prendeva quella messinscena sul serio.

Qualcuno era genuinamente convinto che il matrimonio

fosse una specie di bizzarro scherzo di carnevale inventato da Edie per trattenerli. Sul set l'aria era molto tesa in quelle settimane: il film era finito già da un pezzo, ma lei faceva un mucchio di storie. In quella sua testolina matta, suppongo, pensava che avrebbero dovuto continuare a girare all'infinito, in modo che lei non restasse mai sola.

Nelle ultime settimane di riprese erano tutti incazzati con lei: per tirarle fuori una battuta giusta – una battuta di una sola frase – ci volevano decine di ciak e un numero imprevedibile di ore. Continuava a starsene lì, sul fondo della piscina che avevano usato come set trasformandola in una sorta di mausoleo pieno di vestigia del suo passato, sdraiata sul materasso ad acqua con addosso solo i pantaloni di velluto, fumando una sigaretta dietro l'altra e chiedendo continuamente che le arroventassero lo scaldino da appoggiarsi al petto perché il suo nuovo seno di silicone, di cui era fiera in modo irragionevole, le faceva venire molto freddo.

Quando, all'incirca un anno dopo la morte di Edie, *Ciao! Manhattan* arrivò nelle sale, sapevo che vederlo mi avrebbe fatto male. In parte perché riconoscevo nei ricordi della protagonista, che nel film si chiama Susan, quegli anni così densi e voraci che avevano divorato anche la metà della mia vita, ma soprattutto perché Susan non esisteva: era Edie dopo la caduta, dopo il '65, dopo "quella cosa", indifesa, delirante, obnubilata dai farmaci e dalle droghe, sbriciolata, sola.

Michael mi disse che sul set i due registi John Palmer e Dave Weisman si lamentavano dei suoi eccessi, ma non la mollavano un momento. Esattamente come aveva fatto Andy, non la perdevano d'occhio nella speranza che si togliesse la vita di fronte alla telecamera. La registrarono sempre perché Edie era costantemente il soggetto perfetto di un'ossessione su celluloide, che si ostinava a voler rivivere ancora e ancora e ancora all'infinito una parte della vita irripetibile: la dannazione della gioventù.

Quel film era stato una follia artistica, e diventò presto una tragedia economica. La schermata iniziale lo dedicava alla memoria di Edie, che si tolse la vita pochi mesi dopo aver terminato l'ultimo ciak.

Mentre guardavo la pellicola sentivo la rabbia dentro di me mandarmi in pezzi. Ecco Edie ubriaca, mentre finiva la bottiglia di vodka e buttava giù pastiglie di Seconal, perdendosi dentro i suoi ricordi. Parlava di Paul America come se fosse ancora lì e la invitasse a salire sulla decappottabile per raggiungere un'altra festa; descriveva la sua attrazione per lui come qualcosa di istintivo e animalesco, e poi spiegava che la questione era letteralmente chimica: Paul prendeva così tanti acidi da aver ormai raggiunto una condizione oltre l'umano. Mi chiedevo per tutto il tempo: qual è il senso di questo film? Cosa vogliono Palmer e Weisman, cosa vogliono tutti da Edie, ancora?

Eccola, mentre si spogliava per strada e girava nuda, raccontando alla telecamera che non c'era abbastanza silicone dentro il suo petto e ne voleva ancora.

Mi ricordava Andy quando affermava di voler diventare tutto di plastica. Ma il punto di Edie è un altro: lei era nata piatta, suo padre la prendeva sempre in giro per questo, e il silicone aveva trasformato suo padre in un bugiardo.

Faceva l'autostop aprendosi la camicetta e non smetteva di parlare: non sarebbe andata a dormire se qualcuno non fosse andato a letto con lei. Non le importava chi: le bastava un uomo qualunque; purché non gay.

Cosa vogliono tutte queste persone, perché la costringono a voler tornare indietro a quegli anni, prima di quella notte in cui lei e Andy hanno sfasciato tutto, facendosi a brandelli reciprocamente?

Ci sono artisti che scrivono, girano, fotografano, dipingono, scolpiscono nell'illusione di fermare il tempo e rendere immortale un'emozione appassionata; ci sono spettatori che si illudono, vedendo e rivedendo l'opera di un artista, di ritrovare ogni volta la stessa emozione. Ma l'opera è imperfetta, come noi: quando la ritroviamo, siamo necessariamente cambiati. Invecchiamo a velocità diverse. L'emozione della scoperta esiste la prima volta, poi si perde per sempre. Ci sono artisti che promettono di farti rivivere sempre lo stesso sogno; ma tutti sappiamo che ogni sogno è una stella cadente, evanescente e irripetibile: nel momento stesso in cui ne prendi consapevolezza, l'incantesimo è rotto. Proviamo tutti a rientrarci; e ogni volta dobbiamo arrenderci all'impossibilità di riuscirci.

Eccolo lì, lo spettro di Edie obnubilata dal sodio Pentothal, mentre l'effetto del farmaco scendeva e lei, come la principessa di una fiaba degenerata, riprendeva a bere. La guardavo dalla poltrona nel buio della sala e cercavo di sovrapporre quell'immagine alla ragazza che avevo conosciuto: sembrava lei, ma non lo era. Edie era svanita per sempre, come un vecchio amore, o una vecchia amica.

Sapevo, perché Michael me ne aveva parlato mentre andavamo insieme a far visita alla tomba di Edie, che c'era una scena che non avrei mai dimenticato. Vederla è stato come sognare per la prima volta. Avrei pagato perché qualcuno mi svegliasse. Michael la ricordava bene, come tutta la troupe del resto.

«All'inizio doveva essere un film sugli anni Sessanta. C'era un sacco di girato, ma quasi tutto inutilizzabile. Il materiale su Edie era la cosa migliore di tutte, come sempre del resto. Il tribunale l'aveva messa in libertà condizionale e il dottor Mercer la teneva sotto controllo. Per lui, il film poteva continuare. Certo, lei doveva fare le sue visite al Cottage Hospital di Santa Barbara, senza saltarne una, ma per il resto poteva stare al ranch, poteva vedere altre persone, insomma: poteva vivere. Non come avrebbe voluto lei, immagino, ma l'immaginazione che posso avere io, che può avere chiunque tra noi, non si avvicina minimamente a quella di Edie.»

Era una persona straordinaria, su questo non c'è dubbio. Quando incontri una persona così, non puoi fare altro che darle spazio, molto più di quello che concederesti a qualcuno dei cosiddetti normali. Soffriva della sua condizione, ma coltivava un'ambiguità inossidabile: faceva di tutto perché nessuno potesse davvero avvicinarsi a lei. Si nascondeva perfino dietro il fumo delle sigarette che sbuffava in nuvole dense dentro cui pretendeva di apparire trasfigurata, come un angelo. Ne stringeva sempre una tra le dita, come un amuleto. Si addormentava con la sigaretta in mano, e aveva causato più di un incendio. Tornò a Santa Barbara convinta che gli alberghi di New York l'avessero inserita in una sorta di lista nera per via degli incendi che aveva causato, a partire da quello al Chelsea Hotel. In California viveva sempre a casa di qualcuno: se non era la sua famiglia, era un uomo. Con Edie l'amore diventava atroce: la sua bellezza la faceva apparire piena di virtù e la condannava alla venerazione; ma lei non sopportava quell'amore, così come non tollerava nessun'altra forma di affezione sincera. Per lei, quello era il modo in cui si amavano gli animali. Era fragile, non stupida: sapeva che si può venerare una creatura e che questo non le avrebbe impedito di essere abbattuta, sezionata e divorata senza che lei potesse decidere quando.

«Se quell'estate qualcuno mi avesse detto che, esattamente un anno dopo, io e quella ragazza ci saremmo sposati con tanto di vestiti eleganti e anelli e tutto il corredo, avrei riso di gusto. Nell'estate del 1970, quando Palmer e Weisman ripresero il film con l'idea di finirlo incentrandolo tutto su

Edie, io ero uscito dal Cottage Hospital ma tornavo a trovarla. Il mio problema con le amfetamine era ridicolo in confronto a quello che c'era in quel reparto, che faceva disperare medici e infermiere: a parte me, mi pareva, nessuno voleva smettere, tutti cercavano e vendevano pastiglie, centinaia di pastiglie, e poi andavano in qualche stanza in fondo al corridoio a fare sesso. C'era più coda lì fuori che alle docce. Nonostante ci avessero convocati di fronte ai medici con l'accusa di essere amanti, eravamo buoni amici. Lei aveva la sua stanza in reparto, da sola, con due letti singoli, di cui uno stracolmo di cose: scatole di scarpe, trucchi, vestiti, animali di pezza, sigarette, lettere e una montagna di fumetti. Sembrava la camera di una bambina tutta accatastata su un letto come una pira pronta a essere bruciata. Quando lei uscì dal Cottage, si poté tornare a girare. Decisero che il film si sarebbe imperniato su tutto ciò che Edie rappresentava.»

All'inizio di *Ciao! Manhattan* c'è un hippie di nome Bud, arrivato in California da Houston, in Texas, su una vecchia Mercedes. Sono le quattro del mattino e guida senza meta sulla Old Malibu Road in preda ai pensieri. Sul lato della strada, una ragazza con la giacca slacciata e il petto nudo fa l'autostop: è Edie, incapace anche solo di controllare i muscoli del viso. Non sta recitando: è completamente andata. Sale in auto – o forse meglio sarebbe dire che ci si getta dentro –, e insieme partono per due viaggi: lei in un delirio di alcol e droga con un ritmo che nessuno riesce a reggere sul set; lui a capire cosa accomuna le loro vite. Nei ricordi di Edie c'è tutto: la violenza del padre, le iniezioni di vitamine del dottor Roberts spacciate per medicina preventiva, i giorni scambiati con le notti, la somma dei corpi, le strade di New York, i capelli d'argento, i *poke* di Brigid Polk, i gioielli svenduti, la Factory come antro dell'inferno dove si sottoscriveva il proprio patto con il diavolo. Anche il suo presente è credibile, perennemente impegnata a sottrarsi al controllo di una madre autoritaria e ad annegarsi sempre di più nell'alcol, nelle pastiglie, in tutto quello che la fa andare a fondo. E poi, c'è quel finale a cui non ho smesso di pensare e che, anche se è difficile ammetterlo, mi ha portata fino qui.

«Edie lo chiamava Big Daddy perché, di fatto, era il suo tutore; e fino all'ultimo il dottor Mercer si oppose alla scena dell'elettroshock. Di più, diceva che Edie non avrebbe dovuto fare il film, che non era pronta, che non stava bene. Usammo la clinica di Miss Grace, e fu davvero difficile perché gli infermieri dovevano tenere lontani gli altri pazienti che, ovviamente, morivano dalla curiosità. Tu pensi che i matti non capiscano, e forse è vero, ma quando vogliono qualcosa, lo vogliono con così tanta ostinazione che ti conviene arrenderti: loro non si fermeranno e faranno diventare pazzo anche te. Edie si era messa il vestito arcobaleno e spiegava a tutti come funzionava la procedura. Qualcuno – forse Palmer – fece una battuta al dottor Mercer sul fatto che Edie doveva averne fatti veramente tanti di elettroshock per essere così esperta. Spiegò come si posizionava l'apribocca nei pazienti addormentati con il Pentothal, come andavano messi gli elettrodi, inscenò le convulsioni e le rese un po' più drammatiche della realtà, cosa che indispettì gli psichiatri. Tra un ciak e l'altro, toglieva da sotto il sedere uno specchio e controllava il trucco, ossessivamente.»

Conoscevo bene quell'ossessione. Non era strano rimanere in strada ad aspettare Edie per ore perché lei doveva truccarsi. Nel film dice che a New York indossava una maschera. Non è esatto: direi che se la cuciva addosso con una perizia maniacale ogni volta che si rialzava dal letto, miracolosamente viva.

Appariva come un'aliena su questo pianeta perché l'organizzazione della sua stessa esistenza era disumana. Per essere Edie, doveva truccarsi; per funzionare, doveva continuare a farsi di amfetamine; per darsi tregua, doveva imbottirsi di barbiturici. Avresti pensato che i suoi intestini emettessero compresse per quanta droga riusciva a ingurgitare quel fisico così esile da sembrare quello di una marionetta, con i tendini intrecciati come fili e le articolazioni che tendevano la pelle sottile.

Nel passaggio dallo stato di veglia chimica a quello inerziale indotto dai tranquillanti, spesso veniva colta da convulsioni spaventose. Mi successe solo una volta di assistere di persona e rimasi traumatizzata al punto, credo inconsciamente, da cominciare a mettere una distanza tra noi che divenne poi, com'è ovvio, incolmabile.

Sono tante le persone che passano nella nostra vita; ad alcune riservi un posto che quasi immediatamente capisci gli apparterrà per sempre, comunque andranno le cose; altre si fanno posto da sole, in un certo senso se lo conquistano di diritto, e tu non puoi fare altro che subire la loro presenza, a cui puoi abituarti, affezionarti o viverla ogni volta come una prepotenza ingiusta; e poi ci sono persone così speciali che l'unico posto adatto a loro è il tuo. Sono creature che si muovono nel mondo alla disperata ricerca di un punto di equilibrio, di un centro, di un'intuizione che li aiuti a sentirsi vivi. Esistono tormentando se stesse e gli altri, te compresa, con l'unica domanda a cui non bisogna pensare troppo: che senso ha?

Mentre Edie diventava per tutta New York la ragazza dell'anno, deflagrava il cosiddetto *youthquake*: nel 1965, il terremoto della gioventù aveva appena iniziato a solleticare le fondamenta di Europa e Stati Uniti. Eravamo una generazione di individui indubbiamente disordinati, caotici, irriverenti; anche privi di talento, in molti casi; e disposti a tutto pur di vedere il nostro nome su un giornale e il nostro volto su uno schermo. Eravamo dei cretini, non c'è dubbio, ma dandoci forza l'uno con l'altro abbiamo sfondato le stanze di Pandora in cui il mondo borghese si illudeva di tener chiusi i suoi spettri. Sono stati pochi anni, è vero, però sono stati la primavera di una generazione stanca di credere all'impotenza dei singoli, nauseata dalle teorie del complotto, che per prima ha rifiutato di credere all'esistenza di un responsabile del disordine: un essere, una volontà, un gruppo di individui senza nome che agisce dietro le quinte e che costituisce la spiegazione di tutto.

Se mi guardo indietro, riconosco in quegli anni le tracce del tempo che abito ora, in cui la mia vita mortale inesorabilmente finirà per spegnersi: l'accumularsi di nuove crisi, sempre più complesse, che si avvitano le une sulle altre; l'esodo speranzoso verso le città che produce un caleidoscopio di miserie urbane sempre nuove; un malessere psichico di fronte al quale la ragione e le scienze della resilienza individuale non possono che arrendersi, là dove la medicina offre quanto meno un sollievo sì evanescente, ma comunque immediato dai sintomi; una pace finanziaria fatta di sovrabbondanza di cibi insalubri e di beni superflui, risultato di sfruttamento, di sofferenza, di ingiustizia, che ignora i fronti di guerra sempre più numerosi, irrisolvibili e sanguinari, salvo intervenire quando è evidente che la discesa in campo produrrà un beneficio monetizzabile, poiché non c'è niente che faccia meglio all'economia dei conflitti coloniali, dove a vincere sono quelli che hanno sempre il diritto di ritirarsi; la nascita di un nuovo dio privo di materia, creato e alimentato da uomini senza nome, capace di donare l'immortalità; una tecnologia onnisciente e onnipotente, che assegna delle priorità alle categorie umane, dalla quale siamo sempre più dipendenti, al punto che senza di essa nessuno di noi sarebbe più in grado di sopravvivere; l'ossessione per la certezza, per il dato esatto, per una verità semplice verso la quale canalizzare, all'occorrenza, l'onda del risentimento; la paura del prossimo, che è straniero, che è incomprensibile, che è estraneo, con cui ci rifiutiamo di entrare in relazione; i crateri che scaviamo tra élite ed emarginati, tra metropoli e periferie, tra sfruttatori e miserabili, creando frontiere sempre più invalicabili a difesa di un benessere fragile e precario.

Questo mondo non si chiede più perché esiste: vuole stare meglio, costi quel che costi.

È sempre più difficile anche solo raggiungere uno stato di serenità; la richiesta di rassicurazione suona come un'invocazione disperata. Qualcuno, vi prego, dica che andrà tutto bene.

Per raccontare gli anni in cui eravamo giovani noi si sono spese parole e definizioni spietate. Sì, è innegabile, c'erano i disadattati, gli emarginati e quelli che si sono perduti; c'erano i privi di talento, i destrutturati e gli affamati d'amore insaziabili, destinati a morire d'inedia; c'erano quelli senza determinazione, senza spina dorsale, incapaci di sopportare il più piccolo dolore; c'era chi non aveva mai visto qualcuno fallire, chi non aveva mai avuto un lutto, chi era stato così protetto dalla vita da non avere alcuno strumento per sopravviverle; c'era chi doveva inventarsi un modo per mangiare ogni volta che la fame gli torceva lo stomaco, e chi non si faceva scrupoli ad accumulare crediti, perché non sarebbe stato un suo problema doverli onorare. Insomma, c'eravamo tutti, in carne e ossa, mischiati come carte di un gioco che volevamo giocare rischiando tutto. Se mai avessimo voluto delle regole, le avremmo inventate noi.

Vivevamo nell'unico modo per noi accettabile: smantellando, rompendo, rubando, dando scandalo, mischiando, provocando, standoci dentro completamente. Avevamo ben presente la differenza tra creatività e commercio; sapevamo che chi sa compiacere il suo pubblico vende oggi, ma chi ne distrugge le certezze venderà domani a un prezzo molto più alto. Se mi guardo intorno, adesso, ho perfino il dubbio che la creatività sia fertile: vedo artisti che pontificano e operette piene di morale; e nella superficialità dell'estetica colgo, all'infinito, l'eco di un sussurro che vuole incantare senza disturbare. Che ce ne facciamo di tanta emozione, di tanto stupore, se non gli diamo un significato?

Abusavamo di amfetamine perché rendeva il sesso l'esperienza corporea più straordinaria che si potesse avere. A vent'anni, il corpo e i suoi sensi sono tutto il tuo mondo: non desideri altro che esplorarne ogni anfratto e abitarlo interamente. Dicevamo di amare la natura, ma in verità anelavamo a possedere la propriocezione delle piante, quello stadio di consapevolezza del sé concreto totalmente negato all'essere umano.

Eravamo stati traditi, com'era successo alle generazioni che ci avevano preceduto. Mentre il domani albeggiava sul nostro orizzonte, la rabbia ci avrebbe solo fatto a pezzi, o peggio, ci avrebbe trasformato negli adulti al cui controllo volevamo disperatamente sottrarci. Il terremoto della nostra gioventù ha scatenato uno tsunami, le sue acque hanno sommerso e mischiato ciò che era ammissibile con lo scandaloso, l'ammirevole con lo sconcertante, l'arte e la non arte, regalando al mondo intero un breve ma intenso periodo di esaltante liberazione, in cui tutto era lecito, anche la trasgressione e il trash.

Dite che la pop art è leggera, che non ha contenuti, che non ha cambiato il mondo. Avete ragione. Andy sosteneva che non c'era nulla da capire, che tutta la sua arte era nella superficie, e che di cambiare il mondo, a lui come a ognuno di noi, non era mai importato nulla. Non avevamo alcun interesse nell'umanità, nella politica, nella rivoluzione: volevamo la celebrità, la passione, i soldi, all'infinito, senza mai averne abbastanza.

Dite che siamo stati gli assassini dell'innocenza, della morale, dell'ambizione, della musica, della salute del corpo e dello spirito; invece siamo solo stati la liberazione dall'ipocrisia, dalla buona educazione e da quel vizio orribile di coltivare il rancore logorandosi senza disturbare nessuno.

Dite che eravamo vuoti perché abbiamo rifiutato di accollarci il peso delle vostre scelte, dei vostri modelli di vita, dei vostri sensi di colpa. Dite che eravamo irrispettosi, ma abbiamo venerato i soldi, la fama e il potere quanto voi, e con molta più onestà. Dite che abbiamo industrializzato l'arte, come se questa fosse una colpa, ma avete fatto vostro il Warhol-pensiero come se fosse l'oracolo di un futuro già scritto. Dite che il pop è inconsistente perché, in mancanza di altri candidati, avete chiesto agli artisti di crocifiggersi ed espiare tutto il dolore che avete creato nel mondo. Noi abbiamo liberato gli artisti dalla sofferenza, abbiamo bruciato il copione che avevate scritto per loro e gli abbiamo intimato di divertirsi oltre ogni limite.

Dite che la droga ci ha reso alienati, asociali, conformisti, come se foste nella posizione di emettere qualsiasi sentenza in merito. Nemmeno sulla droga potete pronunciarvi, considerato tutto ciò da cui siete così dipendenti da essere pronti ad appoggiare ogni guerra in grado di mantenere inalterato il vostro stile di vita.

Dite che la nostra è una rivoluzione fallita, ma abbiamo liberato l'arte dal peso di dover cambiare l'intera società. E, molto più di questo, abbiamo guardato il mondo da vicino, accettandolo per quello che è.

Non è abbastanza, dite; è troppo poco? Voi non sapete più farlo: non abitate più nessun posto, né il vostro corpo, né il vostro mondo; siete schiavi del desiderio e sprecate la vita a preoccuparvi delle cose che non avete.

Dite che abbiamo tradito l'arte e sprecato tempo e talento per fare l'inventario di cose banali, come gli oggetti del supermercato, allo stesso modo in cui in altre epoche avete definito traditori e perditempo quelli che dipingevano volti anonimi e la luce del giorno, o riducevano le figure in una somma di segni pressoché indecifrabili. Abbiamo dato al mondo che abitavamo, senza la colpa di averlo creato, la dignità di soggetto; supermercato incluso. Era già successo con la luce naturale, con le ninfee, con la scandalosa origine del mondo. Sapevamo che il prezzo di questa accettazione totale sarebbe stato la cancellazione del giudizio, con implicazioni destabilizzanti, ma era un costo equo per una libertà senza condizioni.

Quella era l'America in cui la celebrità diventava un obiettivo in sé, un fine generato dal caos, incontrollabile e imprevedibile. Non era in fondo il motivo per cui era nata Hollywood, poter diventare una star per una serie di fortunate coincidenze? Un giorno servi al tavolo l'uomo giusto, e il giorno dopo hai firmato il tuo primo contratto con gli Studios: ripetevamo la leggenda di Lana Turner come se fosse la preghiera di un rosario. Per questo eravamo sempre pronti: negli anni Sessanta tutti erano interessati a tutti, volevano conoscersi, relazionarsi, allearsi. Era da questa mischia informe che emergevano le personalità che avrebbero poi conquistato l'obiettivo, bucato gli schermi, raggiunto la fama.

Le droghe davano solo un piccolo aiuto, ma non sono mai state un alibi. Non abbiamo invocato colpevoli, non abbiamo cercato giustificazioni, eravamo come Andy ci vedeva: «Persone piene di talenti difficili da definire e quasi impossibili da commercializzare».

Edie era stata tutto questo, così come lo ero stata io, e ognuno di noi. Ma lei più di tutti, più di chiunque altro, più di qualsiasi cosa: era la creatura in cui desiderio assoluto di vivere e volontà di annientamento coesistevano senza darle tregua. Guardavo il bel viso di suo marito e mi chiedevo se lui, postino di Santa Barbara inciampato per un breve periodo nell'entusiasmo per le amfetamine, abbia mai capito o anche solo intuito cos'era Edie e cosa aveva portato nella sua vita.

«Mi innamorai di lei, credo, dopo la fine delle riprese, quando David mi implorò di andare a Malibù a recuperarla. C'era andata insieme a Roger Vadim, un regista francese fresco di divorzio da Jane Fonda che era stato inserito nel film nel ruolo del dottor Brown. Vadim si era incapricciato di Edie, promettendole una carriera nel cinema. Lei era distrutta, fisicamente ma non solo: vomitò per tutto il viaggio, continuava a contorcersi dal dolore. Mi faceva pena, sentivo che qualcuno doveva proteggerla. Ma Weisman e tutti quelli del set non sembravano farci molto caso. Mi ripetevano: ne uscirà e ti dirà che adesso vuole solo una vita normale, che quello non era amore invece con te sì. E poi ricomincerà. Andò proprio così: mi sentivo come il capitano di una nave che si sforza di tenere alto il morale mentre sta affondando. Mrs Sedgwick riponeva tutta la sua fiducia nel dottor Mercer: gli telefonava chiedendo i conti, dei soldi e delle pillole. I numeri le bastavano. Edie lo chiamava con irriverenza "dottor assegni, pillole, mamma", e passava quasi tutto il tempo a escogitare modi per estorcergli qualche pastiglia in più. L'arrivo della sera innalzava il suo livello di inquietudine, come la marea. Se il dottore aveva detto di no per le pillole, cercava di annegare nella vodka. Altrimenti chiedeva a me di dosarle per non ucciderla: due pastiglie di Quaalude da trecento grammi più due capsule da tre grani di Tuinal la mettevano fuori gioco in meno di un'ora, e così anche io potevo riposare. Ma spesso non bastavano, e lei si svegliava nel cuore della notte e voleva altre pillole, uscire, fare festa, ballare. Non ne potevo più di pillole. Mi chiamava papà e piangeva quando mi infuriavo. Tra le lacrime mi diceva: sono stata in così tanti ospedali in questi anni che ho un sacco di tempo da recuperare.»

Ciao! Manhattan si chiude con la sovrapposizione di Edie che mima le convulsioni di un elettroshock e le riprese degli sposi appena usciti dalla chiesa. In sottofondo, la voce graffiante di Kim Milford canta una ballad dove definisce la droga come un diavolo dagli occhi di vetro, con artigli in grado di afferrarti e trascinarti via se non sei capace di fare i conti con te stesso e di sfuggire allo schiacciante peso del giudizio.

Nella sequenza finale del film, Bud ha abbandonato Edie sul fondo di una piscina ed è di nuovo per strada. Si ferma ad ammirare una Mercedes con una gomma a terra. Il proprietario, un vecchio borghese con un cappotto dai bordi di pelliccia, carezza suadente il suo gioiello di automobile e solletica Bud: ogni dettaglio è unico – la pelle dei sedili, le cromature della carrozzeria –, è un'auto per cui vale la pena lavorare sodo e impegnarsi, mentre le generazioni di oggi si illudono che la fortuna gli venga servita su un piatto d'argento. Appare l'immagine del necrologio di Edie, l'estate si è mutata in inverno, Bud è convinto: scavalca la staccionata e si allontana il più velocemente possibile.

«Fortuna che nessuno stava più girando mentre lasciavamo il ranch in macchina. Non so bene cos'è successo, forse per terra c'era della ghiaia, fatto sta che ho perso il controllo dell'auto, che ha girato un paio di volte su se stessa e ha quasi sbattuto contro un palo. Edie era furibonda; è scesa strappandosi il velo dalla testa, imprecando e dando ordini: voleva rifare tutto da capo, il lancio dei fiori, i saluti e il resto. Cercai di calmarla, ma era impossibile: sembrava un regista che striglia il suo cast alla prima generale. Quelli della troupe si misero a spingere l'auto per rimetterla in strada e qualcuno, forse David, non ricordo, mi si avvicinò e mi disse in un orecchio che la navigazione non sarebbe stata tranquilla.»

Ho proposto a Michael di visitare insieme la tomba di Edie: con l'auto che ho noleggiato abbiamo percorso la strada che dalla costa ci portava al cimitero di Oak Hills, in un'anonima contea nel mezzo della Santa Ynez Valley, oltre il San Marcos Pass, tra Solvang e Ballard. Alla pianura selvaggia si sostituivano la disciplina dei vitigni in filari ortogonali e delle recinzioni dei grandi allevamenti di cavalli. Più ci avvicinavamo al cimitero, più la mia mente si focalizzava su una coincidenza senza importanza il cui cinismo mi appariva oltraggioso.

Si dà il caso che al funerale la bara di Edie fosse interamente coperta di magnolie. Santa Barbara è piena di enormi alberi di magnolie alti come un palazzo di cinque piani e larghi come una locomotiva, con fiori esplosivi e corolle che superano i trenta centimetri di diametro.

Quando si è sposata, è bastato un fiore di magnolia del sud a fare un intero bouquet: un unico, gigantesco fiore che lei stringeva con le mani in corrispondenza del grembo.

Ho passato la vita a identificare le magnolie come il fiore dell'estate, dimenticandomi che in California non esiste altra stagione e dunque le magnolie dominano incontrastate, riempiendo l'aria del loro aroma nauseabondo. Non ricordo chi mi disse, tra gli uomini della Factory che avevano diviso il letto con Edie, che lei aveva esattamente quel tipo di odore, stordente e dolciastro. Tutti abbiamo un odore durante il sesso che è solo nostro. Edie, a sentire i suoi amanti, aveva l'odore di una bambina: la sua pelle sapeva di zucchero e il suo sesso emanava un profumo stucchevole, simile a una magnolia appassita o all'olio di camelia bianca. Che durante l'ultimo saluto il suo corpo fosse sepolto sotto un cumulo di magnolie mi sembrava così di cattivo gusto che dovevo distrarmi per non pensarci troppo.

Sulla lapide di granito rosso su cui si riflettono le ombre degli alberi sono incisi solo il suo nome di battesimo, le date che segnano i suoi ventotto anni di vita e lo status acquisito di signora Post.

Michael mi informa che ha comprato il lotto a fianco per poter essere sepolto accanto a lei e riposarle vicino sotto le querce secolari del cimitero, con i cervi che la sera scendono dalle colline per venire a brucare l'erba sempre irrigata.

«Si è uccisa nella notte tra il 15 e il 16 novembre 1971, sei mesi esatti dopo la prima notte in cui abbiamo fatto l'amore. Sapevo che un giorno mi avrebbe lasciato: non avevo comportamenti da aristocratico; non conoscevo la letteratura, l'arte o la musica; nessuno intratteneva con me conversazioni brillanti durante le feste. Però prendevo sul serio il nostro matrimonio: volevo finire la scuola, trovarmi un lavoro, prendermi cura di noi. Quella notte cercai di tenerla stretta e di dirle tutto questo, ma nulla sembrava consolarla. Era stata invitata a una festa al Museo di Santa Barbara: c'era una sfilata, durante la quale una troupe di *An American Family* avrebbe ripreso la star Lance Loud. Dovunque ci fossero delle telecamere, Edie veniva attirata come una farfalla dal fuoco: era più forte di lei. Io arrivai alla fine, quando le riprese erano terminate, la sfilata anche, e la festa era iniziata da un po', così qualcuno era già a livello. Con lei c'era Jeffrey, mio fratello: le avevo chiesto di accompagnarla perché Edie in quel periodo era davvero senza forze. Mi chiamò da un telefono chiedendomi di raggiungerli. Non volevo: ero stanco dopo il corso serale; e dovevo prepararmi per la prova del giorno dopo. Ma quando mi implorava non riuscivo a dirle di no. Ho fatto bene ad andare; ma non riesco a convincermi di aver fatto abbastanza per difenderla. C'era una certa Veronica Janeway, una che la conosceva e la invidiava a morte, che si era messa a darle della drogata davanti a tutti, indicando i segni sulle sue braccia – qualche graffio dei gatti – come buchi inequivocabili. La difesi, ma quella donna non mollava: diceva che il matrimonio era una farsa, che lei era condannata, che l'unico posto per lei erano gli ospedali. Volevo portarla via, ma Edie doveva fargliela capire. Anche dopo che il padrone di casa ebbe cacciato Veronica, anche dopo la fine della festa, anche quando arrivammo a casa – più o meno verso l'una di notte – continuava a rimproverare a se stessa di non essere riuscita a spiegarsi. Le diedi le medicine e lei si addormentò quasi subito, ma respirava molto male. Andai a dormire promettendo a me stesso che la mattina dopo l'avrei convinta a smettere con le sigarette. La sveglia suonò alle sette e mezza. Mi sono accorto che era morta e sono andato fuori di testa.»

L'incontro con Michael mi ha lasciato una specie di malessere che non riesco a identificare.

Per diversi giorni dopo aver fatto ritorno nel mio appartamento di New York, mentre cerco di rimettere insieme gli appunti che ho preso durante il viaggio in California, provo anche una specie di sollievo – non saprei come altro definirlo – nel dormire da sola. Per parecchio tempo, ogni volta che ripenso a quello che mi ha raccontato Michael, mi sento quasi euforica all'idea di non avere nessuno con cui addormentarmi: la sola remota possibilità di potermi svegliare un giorno a fianco di un cadavere mi dà il capogiro.

Fu Brigid Berlin a informare Andy della morte di Edie. Registrò la telefonata e me la fece sentire. Gli disse che era morta per soffocamento e lui, com'era prevedibile, non mostrò alcuna emozione: si limitò a chiedere come aveva potuto fare una cosa simile. Brigid non gli chiese di specificare cosa intendesse: se il suicidio in sé o il fatto che non lo aveva avvisato, permettendogli di riprenderla, come tante volte lui le aveva chiesto. In ogni caso, Brigid rispose che non lo sapeva come Edie avesse potuto fare una cosa simile.

Andy fece qualche illazione su una possibile eredità per Michael, si informò se lui avrebbe avuto dei soldi. Forse lo affermò: Brigid non era certa. Sfortunatamente, della telefonata aveva registrato solo la propria voce, non quella dall'altro capo del filo. In ogni caso, Edie non aveva niente da poter lasciare, se non un mucchio di abiti, scarpe, trucchi, gioielli e pillole. Ci fu una lunga pausa. Poi Andy cambiò discorso, e Brigid chiuse la telefonata con una scusa.

V

La porta d'uscita è solo una, ma l'ordine con cui ce ne andiamo da questa vita non lo decidiamo noi. Nelle stanze dell'esistenza si affacciano una moltitudine di estranei e passano un sacco di sconosciuti, però non sono molti quelli che invitiamo a entrare, a mettersi comodi, a restare per una o molte altre notti. Dividere il presente con qualcuno ci sembra sempre difficile; e lo è, certamente. Ma la parte peggiore viene dopo, quando uno dei due se ne va per sempre. Quello che resta di te e del tuo corpo è ancora intatto, continua a esistere al tempo presente, ma il passato non ti appartiene più interamente. Non è solo la tua memoria che cade a pezzi: chi poteva aiutarti a ricomporla è perduto.

Il passato è una rovina, ma è la *nostra* rovina: finché restiamo legati l'uno all'altro nella voragine del tempo possiamo puntellare i resti di ciò che abbiamo costruito ed evitare che precipitino sul fondo, ad ingrossare la catasta delle macerie di esistenze ormai anonime. La morte rompe la corda che ci teneva uniti; e quei ricordi che custodivamo insieme si sfarinano come polvere sulla spiaggia.

Tutte le parole non dette, le macchie sulle lenzuola, le foto sbiadite, il cibo avanzato, gli oggetti scheggiati, rimangono come tracce di un errore ormai senza redenzione. La casa della vita che abbiamo costruito e abitato insieme ci sembra ora un luogo tetro, vuoto di senso, estraneo e carico di presagi. Le cose spaccate continuano a esistere, ma noi ne possediamo solo una metà. Per quanti sforzi compiamo, ricomporle va oltre le nostre capacità.

A mano a mano che le straordinarie persone della mia giovinezza se ne sono andate, hanno portato con sé metà del nostro passato insieme. Queste righe – l'avrete già intuito – non sono per me che un disperato tentativo, prima che gli occhi si chiudano un'ultima volta, di riportarle in vita per poco tempo sulla pagina, solo per implorarle di aiutarmi a non dimenticare. Ho già tentato di separarmi dall'infelicità, per decenni. Non potevo sopportare il ricordo dell'ultima proiezione a cui ho assistito nelle comode poltroncine della Factory; sto parlando della seconda Factory, naturalmente, poiché dalla terza sede, quella sulla Broadway, i film vennero completamente banditi. È questa *la cosa* di cui devo parlarvi.

Ho provato per troppo tempo a rimuovere quello che ho visto e che ho – meglio, non ho – sentito, cercando di seppellirlo in un posto che mi facesse meno male. Rendere inerme quel ricordo, pensavo, mi avrebbe liberata; invece, più tentavo di soffocarlo, più mi mancava il fiato. Quell'omicidio, di cui sono stata passivamente complice, è il tesoro più prezioso che la vita ha messo sul mio cammino ed è per me il combustibile del riscatto e della redenzione. Più affondo dentro quel danno, più percepisco la potenza e l'inesauribile fecondità di quel dolore, generato dalla consapevolezza di essere sopravvissuta solo grazie al sacrificio di una sorella. Da quando mi sono arresa a questa verità, compatisco chiunque viva inseguendo la felicità, con la sua consistenza effimera e le sue ingannevoli illusioni. Non saprei più sopportarla, così bugiarda, capricciosa, pronta a scomparire all'improvviso senza dare nemmeno una spiegazione. La felicità è materia per i romanzetti a buon mercato, per le pellicole strappacuore, per le bugie, ma non la puoi scegliere davvero: appare, in forma di bolla iridescente, trascinata dai venti e pronta a esplodere al primo contatto con la realtà.

Non ho mai visto nessuno sopravvivere alla completa distruzione dei propri sogni come è successo a Edie Sedgwick. Va detto che non ho mai visto nessuno con la testa così piena di sogni come quella ragazza, capace di aggrapparsi a ogni nuova illusione come se ne dipendesse la sua stessa esistenza. Quando se ne andò dalla Factory sbattendo la porta, voleva diventare un'attrice; o forse una modella; e perché no, anche una cantante. Ma i film che aveva fatto fino ad allora erano così scadenti che, oltre la sua indiscutibile bellezza, non poteva esserci alcun futuro. La fantomatica pellicola di, su e con Bob Dylan nella quale Edie avrebbe fatto la co-protagonista non vide mai la luce neppure sotto forma di appunti disordinati. Nemmeno perderò tempo a considerare l'incredibile ipotesi della musica. Quanto alla carriera di modella, fu forse la strada che Edie cercò di percorrere con un minimo di concretezza e di professionalità. "Vogue" le preparò un set, al quale si presentò in ritardo, indisposta e facendo i capricci: voleva un gallone di caffè, «Quella per svegliarla ci vuole un chilo di pasticche, altroché!», voleva fumare ininterrottamente, «Ma bella mia, le lettrici non possono sospirare per un bustier di Givenchy impestato di fumo!», non voleva che le toccassero il make-up, «Ma questa è "Vogue", mica uno strip club!», la parrucca le dava fastidio, «Che c'è cara: a casa tua non c'è una doccia?», e voleva a tutti i costi attirare l'attenzione. Quando truccatori e stilisti ebbero finito di ricomporla togliendole ogni traccia dei giorni e delle notti precedenti, Gianni Penati fece il suo ingresso sul set.

«Ehi ehi ehi, chi abbiamo qui? Gloria mica me l'avevi

detto che c'era questo splendore. Fatti un po' vedere. Be',» urlò in direzione dello staff «oggi la giornata è praticamente rubata: non devo far altro che schiacciare un tasto: sei così bella che le fotografie si faranno da sole. Come ti chiami, raggio di sole?»

Le guance di Edie si fecero tutte rosse, la bocca le si aprì in un enorme sorriso, le mancò il respiro per l'emozione, tanto da riuscire appena a balbettare il suo nome. «Edie, signore. Mi chiamo Edie.»

«Mio dio, Edie, sei veramente un sogno che diventa realtà. Fatti vedere bene.»

Le scostò leggermente i capelli della parrucca che le scendevano a lato del viso, mentre la fissava dritto negli occhi, senza nemmeno battere le palpebre. Un vecchio trucco da domatore di modelle: mai mostrare paura o reverenza. Quelle ragazze erano giovani, ma già agguerrite e pronte a tutto: sembravano indifese, ma erano delle belve. Solo un cedimento e non avrebbero obbedito.

«Io ho già posato qualche volta...»

«Ma non hai mai posato per me! Gloria! Me la tenevi nascosta questa meraviglia! Volevi che faticassi a fotografare quelle tue modelle senza carattere e senza luce. E invece... ma guarda, guarda. Sei proprio un sogno.»

Le prese la mano destra e la fece roteare su se stessa una volta, poi un'altra, mentre Edie resisteva alla tentazione di contorcersi per lo sfarfallio di quelle adulazioni che le palpitavano fin dentro le viscere. La sua vera droga erano i complimenti e l'attenzione degli sconosciuti. La fame, la fame d'amore: è questo il fondo del pozzo in cui deperiscono le ragazze come lei.

Vicino ai porta abiti, su cui erano stesi i capi di lingerie firmati Givenchy che Edie avrebbe indossato nel servizio con il suo fisico minuto, Gloria Schiff, temutissima fashion editor di "Vogue" si congratulava con se stessa: Gianni era stato la scelta giusta. Un po' costoso per il primo servizio di una ragazza che, in fin dei conti, non aveva molti numeri per sfondare. Ma lei aveva una simpatia tutta speciale per Edie: la proteggeva come la più piccola e fragile creatura della sua famiglia; e, per Gloria, "Vogue" era casa.

«Edie era così fresca! Non aveva nulla delle modelle scheletriche che la redazione sceglieva per indossare gli abiti, con quei loro corpi tutti ossa e pelle bianca, praticamente dei manichini con i capezzoli. Lei era l'essenza totale della frammentazione, l'esplosione, l'incertezza, la pazzia degli anni Sessanta. Edie era il distillato della primavera che tutti avevamo l'illusione di vivere in quel periodo. Quando camminava, era come se danzasse. Ed era così innocente.»

Incontro Gloria mentre cerco di ricomporre il puzzle di ciò che è successo a Edie nell'intervallo tra la disastrosa serata al Kettle of Fish e *la cosa* su cui continuo a procrastinare il mio dovere di cronaca, ma che tra poco – ve lo giuro sulla mia stessa vita – vi racconterò per quello che mi è possibile ricordare prima che il cuore, per la vergogna, mi sfondi il petto.

Io e Gloria abbiamo solo un lustro di differenza, eppure in me sono evidenti i segni delle vite che ho vissuto pigiando sull'acceleratore, mentre lei – e quelle come lei – costruivano una solida carriera fatta di competenze professionali, rispetto dei ruoli di genere, strategie sentimentali, aspettative soddisfatte, nel pubblico come nel privato.

«Gianni era già un fotografo esperto. Quando l'ho convocato al Graybar Building, negli studi di "Vogue" che ho amato di più, quelli che erano il cuore pulsante dello stile di Midtown, era il suo trentaseiesimo compleanno. Io avevo solo due anni più di lui, ma per quell'epoca eravamo già marchiati dal segno dell'età adulta. La giovinezza era la qualità per antonomasia. Non esisteva altro. In confronto a noi, Edie, con i suoi ventidue anni, brillava della luce dei favolosi anni Sessanta, aveva l'aura della gioventù.»

Dalla vetrina del caffè in cui siamo sedute una di fronte all'altra, ai piedi di uno dei tanti grattacieli siamesi, Gloria riesce a indicare l'edificio in cui si svolse il servizio fotografico. Restiamo un momento in silenzio, ricordando cos'erano Brooklyn Heights e Dumbo prima che la speculazione attraversasse il ponte e si riversasse anche da questo lato dell'East River. C'era qualcosa nella giungla di New York in cui noi siamo sopravvissute che non tornerà mai più. Qualcosa che Edie evocava terribilmente.

«Fissai la convocazione alle undici. Non era un buon orario per scattare: Gianni si lamentò e anche i suoi. Ma io volevo proprio aiutare Edie e volevo che tutti le andassimo incontro. Ci sono ragazze che nascono star, che fanno colpo ogni volta che entrano in una stanza. Twiggy era così: era sempre splendida, scortata dal suo agente. Quando la convocavi per un set, tutti si voltavano ad ammirarla, dal concierge al ragazzo dell'ascensore. O quell'italiana, Benedetta Barzini: giovanissima e già di una professionalità commovente. Mani a posto, capelli perfetti, look minimali e di un'eleganza stupefacente: una professionista come ne ricordo poche. Edie invece...»

Vorrei che si fermasse qui: temo di conoscere il resto della storia. Lei che si presenta in ritardo, con un aspetto da strofinaccio spremuto, il trucco troppo pesante e fuori luogo, la bocca impastata dal catrame, la capacità di attenzione di un lepidottero. Ho visto troppe mattine di Edie – che spesso iniziavano a pomeriggio inoltrato – per illudermi che di fronte a un'occasione simile abbia saputo comportarsi da adulta responsabile.

«Quello che ha lasciato sul set, quello che tutti ricordano di lei, era la sua continua capacità di contraddirsi. Durante il servizio cambiava continuamente: flirtava con

Gianni – che d'altronde è un italiano pazzo e adora le ninfette come Edie –, poi si aggrappava a me, faceva la timida, poi cercava di darsi un tono professionale. Temevo di aver ingaggiato una bambina, invece in foto i suoi occhi erano quelli di un serpente.»

La bellezza di Edie arrivava per me da lontano, mi ricordava l'Europa, la guerra, Marsiglia, Berlino, il caos, il disordine, le macerie, l'assenza di disciplina. Era una ragazza del college, ma aveva uno *charme* totalmente *soigné*.

«Cos'è successo? Cosa è andato storto?» chiedo a Gloria, come se non conoscessi la risposta, con la speranza che si ha quando si ascolta la stessa tragica storia struggendosi per un finale diverso.

«Aveva messo un piede nella famiglia di "Vogue", ma non era ancora *entré*. È stata certamente una questione di tempismo: è arrivata nel posto giusto al momento sbagliato. La moda, poi, è un ambiente così pettegolo! Per chiunque, lei era parte di un mondo di tossicodipendenti e droghe. So cosa stai per dire, ma c'è comunque una distanza siderale tra usarle e far sapere che le usi. La posizione di "Vogue" era contraria alla droga.»

«Gloria, scusa: esiste una modella di "Vogue" che non si droga per mantenere quel corpo e quei ritmi? Giuramelo e comunque non ti crederò.»

«Lei era una ragazza adorabile, lo dico davvero. Era così incantevole e pulita. Sai come la chiamavano quelle serpi? La Factory Girl!»

«Non capisco. Lei era una ragazza della Factory; come lo sono io, come lo sono state altre. Warhol ci ha reso le superstar di New York. Ma Edie era molto di più, è stata la *socialite* più corteggiata, la ragazza dell'anno di tutti i media, l'ereditiera icona di stile: lei era *la* superstar.»

«Prima usavano quel soprannome a mia insaputa, poi me l'hanno rivoltato contro: era come una coltellata ogni volta che la proponevo per un set. Ho dovuto smettere per non essere colpita dalla sua scomunica.»

«Continuo a non capire. Perché prendersela con Edie? La Factory non era sua. Ti dirò di più: noi ragazze eravamo tollerate con non poco fastidio. Solo Billy Name possedeva le chiavi della Factory: un segno di fiducia totale. Fra le ragazze non c'è nessuna che le abbia mai avute. Poteva sembrarti un posto assolutamente rivoluzionario, dove tutti erano uguali, invece era solo l'ennesimo mondo maschile: un mondo maschile omosessuale.»

«Non c'è bisogno di fare l'ingenua. Sai bene anche tu che a un uomo non verrà mai rimproverato l'eccesso. Quando ho tentato di difendere Edie, ho fatto la lista delle celebrità che sono passate nel primo studio, quello sulla quarantasettesima est. A memoria – aspetta, ho qui la lista sulla mia agenda – ho messo in elenco: Nureyev, Jane Fonda, Montgomery Clift, Tennessee Williams, Bob Dylan, i Rolling Stones, Jim Morrison, Judy Garland, William Burroughs e naturalmente Truman Capote.»

«C'ero, lo so. E so che nessuno ha mai chiuso il teatro in faccia a Nureyev o Tennessee Williams per le loro amicizie; mentre so cos'è successo a Judy. D'altra parte, sai anche tu che la parola d'ordine del pop è sempre stata "ambiguità".»

«È questa la radice del problema» disse, con un rimpianto capace di schiantare il grattacielo sopra le nostre teste.

Tempismo o *potins*: in ogni caso, la potente famiglia di "Vogue" le negò la sua protezione.

Qualcuno dice di averla vista ancora alla Factory, ogni volta meno favolosa di quando se n'era andata a testa alta nella sua pelliccia di leopardo sintetica. Chiedeva soldi, elemosinava qualche pillola o al limite anche solo un *poke*; sembrava l'ombra di se stessa[11]. Andy era inorridito da quella creatura decaduta e corrotta che un tempo era stata la superstar perfetta, il sublime doppio in cui aveva sognato da sempre di rispecchiarsi.

Dello scandalo – così hanno deciso di definirlo i farisei – dei falsi Warhol credo di avervi già parlato: perdonate se la mia memoria cede, ma temo che l'età mi causi dei rigurgiti di rimorso. Ormai avete questo libro tra le mani; l'unica consolazione che riesce a darmi un minimo conforto è che, per quanto la latitanza dell'artista Andy Warhol sia stata denunciata, il valore della sua opera, riflesso della costruzione del suo mito, non accenna a diminuire. Le quotazioni rimangono costantemente al di sotto di un eccesso oltre il quale non resterebbe che l'esplosione di una grande bolla, destinata a trascinare con sé un settore – quello di una certa arte contemporanea – diventato ormai puro azzardo finanziario. Avete presente quella barzelletta in cui due ebrei si vendono reciprocamente lo stesso oggetto continuando a rilanciarne il prezzo l'uno con l'altro e, interrotti dalle rispettive consorti, le rimproverano duramente per essersi intromesse in un'operazione in cui entrambi stavano guadagnando? Noi siamo stati più furbi e abbiamo tutti taciuto, cogliendo l'opportunità di guadagnare qualcosa – una briciola – da quella crapula indecente. Tutti tranne Edie. Ed è proprio ora che io parli.

All'inizio dell'autunno del 1966, Edie è sotto di almeno ottantamila dollari, una cifra da capogiro. Ha letteralmente bruciato tutti i soldi dell'eredità e del fondo che la famiglia Sedgwick le aveva assegnato per la sua missione: frequentare la capitale finanziaria degli Stati Uniti, monetizzare il suo fascino e trovare un buon partito da incastrare. Invece comincia a rubacchiare pezzi di antiquariato dall'elegante appartamento di sua nonna per barattarli con un'iniezione o un po' di pillole. A quel punto, Ondine va ad abitare con lei. Nel frigorifero ci sono solo fialette marroni di LSD da versare a gocce su zollette di zucchero. Prende pillole per svegliarsi, droghe per affrontare le giornate, altre pillole per cercare di dormire qualche ora: brama la tregua del sonno come se fosse un pasto. Di questi giorni tutti uguali, in cui mangia poco più che una volta a settimana, beve solo caffè e finisce per pesare meno di trenta chili, non ricorda nulla. Non sa chi entra in casa, non ricorda se qualcuno ha dormito con lei, non riesce a ricordare che piccoli frammenti tra uno sballo e il successivo. Ogni tanto compone il mio numero e, dall'altra parte della cornetta, piange e strepita in preda a un panico isterico. Mi dice che i suoi gioielli sono tutti spariti, i suoi diamanti scomparsi, che non trova più le sue pellicce, che i suoi meravigliosi vestiti di seta sono stati rubati, che qualcuno le ha mentito ma non si ricorda chi. L'ascolto in silenzio, la lascio parlare, poi le dico sempre le stesse cose: «Edie, non puoi più farcela da sola. Devi farti aiutare».

«Sono quattro giorni che non mangio. Ho la testa a pezzi. Sono caduta e mi sono spaccata il cranio. Mi esce il sangue dal naso, ma è arrivato un amico con un po' di coca. Ora va meglio.»

«Quelle persone non sono tuoi amici, non sono amici di nessuno.»

«Mi sentivo così debole... Ho dovuto farmi di speed. Ora va meglio. Devo farmi ogni mezz'ora o il dolore tornerà. Puoi venire qui? Puoi aiutarmi a cercare il mio anello di diamanti? Mi hanno detto che è nel barattolo della crema, ma io ho cercato e proprio non lo trovo.»

«Perché non chiami la tua famiglia? Loro si prenderanno cura di te.»

«Scherzi? Dici così perché non li conosci. Sono molto peggio di Warhol. Sono peggio anche degli amici di Warhol. Tu non li conosci, non sai di cosa sono capaci.»

Tra queste conversazioni e il momento in cui entra in coma per overdose succede quello che ancora non ho avuto il coraggio di confessarvi. La sua fine l'avete conosciuta. La sua ascesa, l'anno in cui Edie diventò la regina di New York, ve l'ho raccontata e, comunque, le vestigia di quel periodo sono disseminate ovunque.

Ma il crollo – mio Dio, il suo crollo! – è ciò che non smette di tormentarmi. Perché è successo? Questa è certamente una domanda troppo comoda da fare, quando si tratta delle vite degli altri. Quando è apparsa, Edie aveva di fronte a sé una strada di mattoni gialli che non poteva che condurla al paradiso in terra. Invece, senza alcuna ragione se non l'incapacità di mantenere la rotta della sua vita, ha prima indugiato sull'orlo del precipizio, per poi schiantarsi in un deragliamento acrobatico. La sua fragilità e la sua avvenenza non c'entrano assolutamente nulla, né per l'accusa né per la difesa: un tale livello di fascino è statisticamente una rarità; la fragilità, al contrario, è a mio modesto avviso la più diffusa e sovrastimata qualità di un femminile in cui non mi sono mai riconosciuta. Con una minima forzatura, potremmo arrivare a dire che l'intera Hollywood sia stata plasmata sulla fragilità femminile, secondo pilastro del divismo dopo l'abbondanza di giro petto. La giovane età di Edie, parimenti, non è determinante.

Personalmente, mi vanto di aver fatto scelte irrazionali diverse volte nel corso della mia vita su questa terra; e altre ne voglio fare, fino all'ultimo momento. E io sono solo una nella folla di individui che sa bene che domani non ci sarà un'altra occasione per fare la scelta più rischiosa, per scommettere tutto e giocare d'azzardo provando a sbancare il destino. Quando ne ho avuto la possibilità, ho provato a volare puntando dritto al sole: nella fuga da una realtà soffocante e angosciosa, mi sono sempre identificata con Icaro; e, prima di lui, sono stata Pasifae, evitando di interrogarmi sugli *ef-*

fets désastreux della passione. L'unica tentazione a cui ho resistito con la stessa inflessibilità di Minosse e una saggezza pari a quella di Dedalo, l'unico labirinto in cui non mi sono mai addentrata sapendo che perfino io mi sarei persa, è stata il consumo regolare e caotico di droghe. Ma questa sono io, e per quanto possa vantarmi della mia integrità e della mia capacità di autodisciplina, ho comunque aderito volontariamente a una società segreta che ha creato una nuova forma di devozione. La Factory, con ben poche eccezioni, era una catacomba metropolitana, rifugio di una massa di cattolici decaduti. Da Warhol abbiamo ricevuto un nuovo battesimo e abbracciato il culto del denaro al di là di ogni possibile valore artistico: lui, antropomorfo albino, creatura misteriosa, furbo come un serpente, con un occhio blu e un occhio grigio, i capelli color platino e l'abilità di manipolare la cultura e il mercato come un tagliatore di gemme, ha lanciato un incantesimo di cui è stato contemporaneamente autore e vittima. Nella sua anima, compatta e dura come un diamante, ognuno proiettava i suoi stessi sogni. «Segui i tuoi desideri» diceva a chiunque: un richiamo che non poteva non travolgerti, in un mondo fatto di etichette, aspettative e disapprovazione. Era questo il suo dono: possedeva un'anima che prometteva a ognuno ciò che voleva, senza concedere nulla. Warhol predicava il diritto alla felicità individuale senza compromesso o dolore, a uno stato di innocenza perenne, un'infanzia eterna e priva di responsabilità.

È stato un giovane artista promettente e pieno di talento, era un provocatore, è diventato mister venticinquemila dollari. Venticinquemila dollari era il suo prezzo per fare qualcosa per gli altri: un ritratto immortale, una serigrafia il cui valore di mercato avrebbe garantito a figli e nipoti una vita agiata, una polaroid senza prezzo. L'arte era nel concetto, non nell'esecuzione. La scommessa non era sul talento, ma sulla salvaguardia di una reputazione finanziaria. La passione passava in secondo piano rispetto all'investimento. Apriva le porte all'East Village, mercanteggiava con Madison Avenue, flirtava con Wall Street, ecco la sua magia: convertire la mota degli anni Sessanta in capitale circolante, ingegnerizzando il processo naturale che converte il carbone vegetale in diamanti. Non era forse questo un talento unico nella storia? Rendete lode al Signore che un individuo tanto determinato e privo di scrupoli abbia confinato la sua ambizione nel mondo dell'arte, disinteressandosi completamente della politica.

"Vogue" aveva amputato Edie come un tumore, una mutazione nata nelle viscere del conformismo borghese, radioattiva e virulenta, capace di intaccare gli avamposti mediatici. Lei si sentiva in trappola dentro un mondo ottuso e bigotto, che agiva contro le donne indomabili con anatemi più crudeli di quelli che gli inquisitori emettevano nei secoli più bui del Medioevo. Certo: non c'erano tribunali del popolo allestiti per strada o roghi dalle alte fiamme che bruciavano in pubblica piazza; le maledizioni erano pronunciate in stanze eleganti e fluttuavano nel nulla, apparentemente estranee alle conseguenze sulle vittime e al loro sangue sparso.

Con l'arrivo del freddo, la favola di Edie era diventata un incubo. Perfino nominarla era tacitamente deprecabile. Una sera, ce ne stavamo sparpagliati nello studio in preda a un'indolenza inestirpabile, mentre Andy finiva di controllare dei telai e di dare indicazioni: a Gerard su alcune consegne alla galleria, a Paul sull'idea per un set da realizzare a breve. Eravamo divisi in due fronti opposti: chi voleva uscire a vedere chi c'era in giro prima che il gelo di New York rendesse le strade deserte – cioè io –, e chi – quasi tutti gli altri – voleva mettere sul fuoco le fiale che erano nel frigorifero, cucinarle, preparare un po' di cristalli da tirare e godersi lo spettacolo. L'entrata di Rene creò un certo scompiglio. Era da diverso tempo ormai che non si faceva vedere e, pur con tutta la sua proverbiale eleganza, non riusciva a dissimulare il disprezzo, anzi, il disgusto che provava ormai nei confronti di tutti noi e di Andy in particolare.

«Questo posto è gelido. Mette spavento. È ripugnante!» esordì al suo ingresso nella Factory.

Pardonnez moi: non vi ho presentato Rene come si deve. Innanzitutto, il suo nome completo: Albert Rene Ricard, nato in Massachussets, fuggito da Boston e approdato nel Lower East Side nel 1964. Il suo naufragio alla Factory lo deve all'artista Al Hansen e all'amico Allen Ginsberg. È un tipico uomo del Rinascimento nell'era della cocaina, uno per cui il denaro non è nulla in confronto alla contemplazione: critico d'arte, poeta, pittore, Rene non dava alcun valore al denaro e possedeva al contempo un'encomiabile indolenza.

«Non ho mai lavorato un giorno in tutta la mia vita» diceva. «Se lo facessi, molto probabilmente rovinerei la mia carriera, che è al momento una specie di incrocio tra una farfalla e un leccapiedi.»

Era un habitué del Chelsea Hotel, che a intermittenza, per decenni, è stato la sua casa e il suo studio. Tentò di diventare una delle superstar di Warhol in due prove rimaste memorabili in senso negativo: la prima con Edie in *Kitchen*, dove lui lava i piatti mentre lei starnutisce per coprire le battute sbagliate; la seconda in *The Chelsea Girls* dove, insieme ad altri attori in mutande, si rotola in un grande letto nell'episodio dal titolo didascalico *Boys in Bed*.

«Tutto questo argento! Sembra di stare dentro una cella frigorifera. Perché non accendete il riscaldamento? Si gela qui dentro. Siete tutti così gelidi. Avete l'animo di ghiaccio.»

Alto, il fisico ossuto, la mascella addolcita da una barbetta disordinata sotto al cappello di paglia che portava in ogni stagione, Rene era incapace di stare quieto, sempre in preda alle tempeste dell'anima e portatore sano di quell'inquietudine *bohémien* che la New York dei grattacieli, della finanza e della tolleranza zero rinnega oggi con imbarazzo. Aveva sempre qualcosa di interessante da dire, improvvisava versi per sconosciuti incontrati per caso – durante una corsa in ascensore, sotto lo stesso riparo durante un temporale, fermi in attesa dell'autobus –, muoveva gli occhi e le mani come a voler fare il solletico al mondo, andava e veniva ed era inafferrabile. Possedeva la capacità di lasciarsi incantare da ciò che è *inconnue*: suo è l'articolo con cui Jean-Michel Basquiat diventa per tutti *The Radiant Child*; e sempre lui tiene a battesimo artisti del calibro di Keith Haring, Julian Schnabel e Francesco Clemente.

«Se non vuoi pagarci, dovresti almeno darci da mangiare. Non è ora di andare da Emilio's? Che dite voi altri? Io sto morendo di fame.»

Fu a quel punto che Andy comparve da uno degli angoli bui della Factory.

«Rene. Perché urli?»

«Perché è ora di cena. Andiamo a mangiare? Oh, dimenticavo: tu non mangi davvero. Ti fai portare un'oliva e la tagli in 36 fettine con coltello e forchetta.»

«Vuoi una pastiglia anche tu? Così la smetterai di lamentarti.»

Il problema di Rene è che nella Factory aveva trovato il branco che aveva sempre sognato: quell'inquieto omosessuale dall'aspetto emaciato, uomo tuttofare e selvaggio a tuttotondo, totalmente idealista e *déraciné*, pronto a morire per ciò che in quel momento era al centro del suo interesse, era parte della nostra famiglia *sauvage*. In questo senso, l'amore che provava per noi pareggiava il rancore, il desiderio di emancipazione e di rivolta. In Russia si dice che la famiglia è come le patate: la parte migliore è sottoterra; Rene ha seppellito quasi tutti i suoi compagni di set, i suoi coinquilini del Chelsea Hotel, i poeti della sua generazione e anche gran parte degli ideali di libertà di New York. Si è spento in poche settimane, com'era nel suo stile; non è sopravvissuto all'ultimo inverno. Da quasi dieci anni, da quando la sua stanza al Chelsea – la piccolissima e leggendaria 921 – era diventata troppo affollata, si era trasferito sul divano della sua vicina al piano di sopra: lui e Rita Barros conducevano da tempo una convivenza di sussidio. Alla fine dello scorso anno – era il 2013 – Renè faticava ad alzarsi e camminare. Quando mi rispose al telefono, mi disse di non andare mai al Bellevue Hospital a Capodanno.

«Non puoi nemmeno immaginare: la sala d'aspetto è piena di vittime del veglione. Sembra un ospedale da campo: accoltellamenti, fratture, contusioni, sbronze al limite del coma, lavande gastriche, tentativi di suicidio. Sono rimasto dieci ore ad aspettare che un medico comparisse per visitarmi.»

«Cosa ti hanno detto?»

«Ho il femore rotto. Un po' più grave di quello che immaginavo. La settimana prossima devo tornare per una visita e per fissare l'intervento. Il dottore dice che forse dovrò cambiare anche l'anca. O un pezzo di anca: non ci ho capito granché.»

La settimana successiva gli fecero davvero una visita, solo che venne esclusa ogni ipotesi di operazione: le radiografie rivelarono un tumore ai polmoni ormai così esteso che aveva intaccato le ossa, la spina dorsale, il cervello e il sistema linfatico. Mi chiamò subito dopo aver ricevuto il referto: «Sono morto».

Lo disse con una voce ferma, netta, priva di emozioni. Poi riattaccò.

Perdonatemi, mi attardo ancora nel labirinto dei ricordi. Ci tengo a dirvi che la morte di Rene è stata tutt'altro che sterile e solitaria: l'ospedale non era poi così diverso dal Chelsea Hotel, incluso il via vai continuo e i vicini molesti; la sua stanza, più grande della 921, si riempì in pochissime ore di fiori e di amici. Il fatto è che certe morti hanno rappresentato dei veri e propri terremoti nel piccolo microcosmo newyorkese. Il poeta John Wieners diceva spesso che, con la scomparsa di Frank O'Hara nel luglio del '66 per un incidente, «un certo *timbre* della città era sparito». Quando Andy ci lasciò, l'intera *club culture* è stata gettata in una crisi profonda, dalla quale non si è più ripresa.

«Che senso ha andare in questo o quel club se già sappiamo che comunque Andy non ci sarà?» dicevano tutti. Sento che la scomparsa di Rene rappresenta forse l'ultimo cataclisma culturale di New York di cui sono stata testimone; d'altronde, mi pareva un miracolo che il manifesto vivente dell'autodistruzione della Factory fosse sopravvissuto più di tutti gli altri.

La notte di cui vi sto parlando, agli inizi dell'inverno del '66, Rene ha fatto la sua scelta. Curioso come ogni grande evento, ricostruito come una concatenazione di conseguenze, tragga spesso origine da fatti di trascurabile importanza, come insegna il paradosso della farfalla e dell'uragano. Nel nostro caso, prima del suicidio di Edie, prima dell'omicidio di Andy, prima del crollo della Factory, prima del ripudio della controcultura, prima di tutto questo c'era Rene di fronte all'offerta di Warhol: uscire in cerca di cibo o accettare la pillola? Da una parte ascoltare i bisogni del corpo, dall'altra ampliare artificialmente le percezioni. Rene fece la sua scelta: prese la pillola.

L'amfetamina è, nella grande famiglia delle droghe simpaticomimetiche, una delle più instabili. Questo perché il sistema nervoso umano non è prevedibile, come per esempio quello linfatico o sanguigno, ma si sintonizza con ciò che lo circonda. Lo speed attraversa indenne la gola e la trachea, finisce nello stomaco e da lì compie la sua magia: ingannare il sistema nervoso centrale e quello simpatico, imitando gli effetti degli ormoni che il corpo produce. È una droga teatrale, capace di trasformarti nel più enfatico interprete di te stesso. Consumarla con regolarità era l'unico modo per mimetizzarti in quel mondo di look asciutti, magrezza estrema, giornate da trentasei ore, pochi soldi in tasca, promiscuità, frenesia e ubiquità.

Rene non amava le amfetamine, che causavano alla sua indole già inquieta una reazione a catena di durata apparentemente infinita. Con chiunque fosse nei paraggi arrivava a essere così insopportabile che, dopo qualche ora, per resistere diventava necessario farsi fino allo stordimento. La sera in cui successe *quella cosa* andò anche peggio: le ore passavano e Rene non stava zitto un solo momento. Paul cominciò a scuoterlo con violenza, e lui per tutta risposta improvvisò una danza frenetica che accompagnava con spasmi muscolari, lanciandosi sopra il divano o attraversando di corsa gli spazi della Factory, saltando sui telai e inciampando nei cavi ingarbugliati, con Morrissey sempre alle calcagna che cercava di colpirlo illudendosi di farlo smettere. Erano così buffi: Paul tutto rosso in faccia e ansimante, Rene guizzante come un'anguilla; sembravano la parodia di una di quelle coppie celebri dei cartoni come Willy il Coyote e Beep Beep o Bugs Bunny e il cacciatore Taddeo. Non sapevamo più come contenerlo. Allora Andy gli si avvicinò.

«Facciamo un film, Rene.»

«Ora?»

«Sì, ora.»

«Perché?»

«Sei perfetto.»

«Perfetto per un film?»

«Perfetto per il nostro film.»

Rene si fermò, cercando di dare un senso a quella frase sospesa. Il viso gli si illuminò, chiudendosi subito dopo.

«Oh, no no.»

«Sì, sì, invece. Sei fantastico questa sera.»

Andy gliel'aveva chiesto un'infinità di volte, era il desiderio che più lo ossessionava in quel periodo; e io vi ho già spiegato il peso specifico delle ossessioni di Warhol. Il film di cui parlava era quello in cui Rene avrebbe dovuto interpretare proprio lui, Andy Warhol e, per non lasciare alcun dubbio, l'avrebbe intitolato *The Andy Warhol Story*. Aveva già girato alcune sequenze con la sua *maminko* nei primi giorni di novembre e ora riconosceva in Rene, in quello stato, il giovane poeta *flamboyant* votato agli eccessi della vita e della chimica.

«È un film in bianco e nero, quindi è meglio che ti troviamo dei vestiti bianchi e neri da indossare.»

A quel punto del loro rapporto, la grande ammirazione di Rene era già intossicata da sentimenti di rivalsa e rancore. Prima e dopo quella notte, continuò a ricordare il momento in cui aveva visto per la prima volta un dipinto di Warhol all'ICA di Boston, con i grandi fiori in colori complementari che trionfavano sul fondo nero.

«Rimasi a guardare quel dipinto per due ore intere. E riprogettai interamente la mia vita.»

Fino all'ultimo dei suoi giorni, parlò di Warhol come di un «grande spirito che le persone non riuscivano a capire»; eppure, in quella notte gelida, che annunciava l'inverno del '66, odiava Andy in modo lampante. Poco tempo prima, Andy l'aveva cacciato dalla Factory con l'accusa di aver rubato uno dei ritratti di Marlon Brando. Nessuno di noi fu particolarmente stupito: Rene aveva sempre un disperato bisogno di soldi e, quando li racimolava, li spendeva immediatamente. Il suo rapporto col denaro era assolutamente schizofrenico. In ogni caso, quell'accusa durissima e l'umiliazione di non potersi difendere mentre la corte di Warhol lo osservava in silenzio come un plotone di congiurati segnarono per sempre i sentimenti di Rene per Andy.

«Ci sfruttava. Per me era chiaro. Non solo per me, naturalmente, ma gli altri in qualche modo riuscivano a conviverci. Io non potevo fare a meno di detestarlo: quel suo modo passivo di approfittare delle persone, soprattutto le più deboli. Era disgustoso e umiliante.»

Anche in seguito, quando divenne sempre più chiaro che il furto della tela fosse opera di Paul America, quasi certamente durante le riprese di *My Hustler*[12], nessuno si preoccupò di riabilitare Rene né tanto meno di chiedergli scusa.

Quella sera c'era in programma di iniziare a girare il film di Tiger Morse che sarebbe dovuto durare ventiquattr'ore e avere quattro personaggi. Rene non era previsto, ma poi Andy e Paul avevano pensato che un personaggio in più poteva aiutare a movimentare la pellicola; tanto più che Rene si era specializzato in parti poco loquaci. Invece, quella sera gli diedero un Obetrol da venticinque milligrammi, il meglio tra le amfetamine mediche, potente e abbastanza rara: pochi minuti dopo averla ingoiata, si era trasformato in una furia isterica, e Andy era di nuovo pazzo di lui.

«Va bene, facciamolo.»

«Paul! Le luci!»

«No, non qui. Andiamo a casa mia.»

«Ma perché non... Gee, va bene. Paul! Prepara i bauli.»

«E un'altra cosa: voglio farlo con Edie. La richiesta non è negoziabile.»

Rene a quel tempo stava sulla quinta, nel lussuoso appartamento di un amico, mantenuto a sua volta da un medico di cui non farò il nome, che era per la maggior parte del tempo orgoglioso eterosessuale, padre di famiglia, figura pubblica di solidi principi repubblicani, e nel resto del tempo andava letteralmente fuori di cervello per i *WASP* effemminati, possibilmente molto giovani.

Prima di salire in macchina, Rene si mise al telefono, chiamando a raffica il suo amico.

«Avery, stiamo arrivando. Saremo lì tra venti minuti, no, forse trenta, no, forse quindici, se mi fanno guidare. Comunque preparati: giriamo un film indimenticabile. Un film dove io sono Andy Warhol e lui muore.»

Rideva sguaiatamente, mentre nessuno faceva caso a lui: se parlava col telefono, avevamo un po' di tregua. Riattaccò e richiamò almeno altre cinque volte.

«Voglio delle orchidee. Ma cosa mi importa? Voglio la casa piena, strabordante di orchidee.»

Poi, dopo un minuto, urlando in tono ancora più isterico: «Ti ricordi quel posto, quello negli East Sixties? Quello, sì. Sta aperto fino a mezzanotte. Prendi un taxi adesso. Subito! Giganti, però, non quelle cose mosce da fichetta minimalista e *chic* che piacciono a te. Dobbiamo entrare in casa e respirare nell'aria l'aroma delle orchidee, capisci?».

Mise giù la cornetta e la ritirò su immediatamente, come se avesse preso la scossa.

«Avery! Bianche! E falle mettere sul conto di quel frocio.»

Quando arrivammo nell'appartamento, la casa era più splendida che mai. Ai due lati del divano in seta bianca svettavano le orchidee più sontuose che avessi mai visto. So distinguere le orchidee dozzinali da quelle costose e ricercate, e le sue erano favolose: arrivavano certamente dal Vietnam, o dalle Hawaii, sembrava di stare in un salotto parigino. Sul tavolino di specchio ce n'era una con un unico fiore a grappolo, una cascata di corolle candide con lievi riflessi opalescenti. Ero incantata da tutta quella meraviglia, tanto da non vedere subito che Andy stava offrendo a Rene un'altra pillola.

«Perché vuoi proprio Edie?»

«Perché non c'è mai stato nessun altro come lei nella tua vita.»

«Non so se possiamo averla.»

«Se vuoi fare questo film...» Ingoiò la pillola senza nemmeno un sorso di qualcosa.

C'è un punto con le amfetamine in cui passi dall'essere elettrico e logorroico a essere troppo fatto e a non riuscire nemmeno a parlare: Rene finì esattamente lì.

Poi successe l'impossibile: Andy chiamò Edie. Lo ascoltammo mentre parlava al telefono.

«Stiamo facendo un film. È stato Rene. Sì. Ti paghiamo noi il taxi. Un film con te. Stanotte, sì. Sulla quinta. Sai dove abita ora Rene? Bene. Sì. Ti aspettiamo.»

Quando Edie comparve, la stanza divenne gelata: stalattiti pendevano dal soffitto e lunghe crepe si aprirono sotto i nostri piedi. Dov'era finita la fresca ereditiera che aveva portato a New York la leggerezza e il sole della California, stregandoci con il suo fascino? Al posto della raggiante reginetta di stile, ci trovavamo di fronte una larva grigiastra: sulla testa calcava una parrucca biondo sporco, parzialmente arruffata; indossava uno straccetto da due soldi, genere Marimekko, inguardabile; era così strafatta di tranquillanti da muoversi a rallentatore. Non ci voleva molto a capire che non era felice. Ma che scelta poteva avere? Alla Factory erano tutti gay: non le restava altro che la droga. Per questo era sempre su. Bob Neuwirth le garantiva il doppio della chimica e per lei non era ancora abbastanza. Edie depressa non era nemmeno l'ombra di Edie. Meno di due anni prima, la sua apparizione ci aveva fatto trattenere il fiato. Poi la metropoli l'aveva divorata; e ora la rigurgitava sul marciapiede, affranta, consunta, maledetta, grigia come l'asfalto e il cemento di New York.

Rene, il poeta *speechless*, e Edie, l'ereditiera *junkie*, non erano più degli esclusi: erano stati richiamati da colui che li aveva liquidati, ritornavano dall'esilio dei reietti, e avevano la loro occasione di vendetta.

Appena lei arrivò, cominciarono a girare. Warhol e Paul dietro la telecamera riprendevano Rene che imitava il modo in cui Andy si comportava con la gente sotto di lui. Fu un esercizio di immedesimazione totale, un gioco infantile in cui Rene diventò la parte mostruosa di Warhol e Edie si trasformò nella vittima che lotta inutilmente mentre viene fatta a pezzi.

Fu tremendo. Successe come in una sorta di stato di trance collettiva: nessuno ricorda i dettagli, ma abbiamo conservato una sensazione angosciante per anni. Ora che il tempo è passato, l'intensità e la frequenza degli incubi sono diminuiti, naturalmente. Ma se devo immaginare il mio inferno privato, adesso che mi preparo alla resa dei conti, non posso che vederlo come la ripetizione all'infinito di quei due take. Iniziò Rene, alias Andy.

«Vengo continuamente accusato di essere una sorta di demonio, che osserva le persone mentre distruggono se stesse solo per il piacere di riprenderle o di registrarle. Ma io non penso a me stesso come a un essere malefico: sono solo realista. Non è forse vero» rivolto a Edie «che ti sei distrutta con le tue mani, senza che io facessi niente? Per essermi un po' riconoscente, come minimo dovresti ucciderti adesso, di fronte alla telecamera accesa. Sarebbe veramente, veramente la cosa migliore che potresti fare per me. Con tutto quello che io ho fatto per te. Non fosse stato per me, saresti ancora una puttanella coi vestiti che puzzano di merda di cavallo. Il sorriso che ti ho riservato era il tuo sipario aperto per Broadway: sei tu che ci hai visto il miraggio della celebrità, del sesso, del denaro. Io non ti ho mai fatto alcuna promessa, quindi se c'è qualcuno da incolpare, quella non puoi che essere tu, soltanto tu.»

«Prima di mettere piede nella tua cazzo di caverna ero una persona reale, avevo dei sogni, sapevo dove stavo andando. Mi hai catturata come si catturano i conigli. Sono diventata per te la ragazza dell'anno, perché lo volevi solo tu. Mi hai reso la tua superstar in quei filmacci violenti e pornografici. Ogni volta che accendevi la telecamera pregavo che nessuno morisse; e sapevo, te lo leggevo in quella faccia che cerchi di nascondere dietro la tua maschera di occhiali neri e capelli finti e mossette e atteggiamenti falsi come le tue tele, che tu pregavi per l'esito opposto, perché ci ammazzassimo di fronte al tuo obiettivo fuori fuoco. E se la ripresa fosse venuta male, be', pazienza: c'era sempre qualche altro poveraccio da attirare e nutrire a pasticche finché non sarebbe stato abbastanza consumato e disperato da desiderare solo di ammazzarsi.»

«C'è troppa gente che fa film belli. Per questo io faccio film disgustosi, orripilanti, perché è l'unico modo in cui i miei film possano essere decenti: perché ho inventato un nuovo genere e sono da solo. Faccio così quando devo fare l'arte, perché non sono capace di fare arte, non ho assolutamente nessun valore artistico e il mio talento l'ho regalato ai venditori di stracci di lusso e scarpe; e nessuno nel mondo dell'arte mi voleva far entrare dalla porta, così ho deciso che avrei fatto abbastanza soldi da comprarmi il palazzo e pure la strada e un giorno gliel'avrei sbattuta in faccia io, la loro porta.»

«Mi hai fatto fare delle cose... oh mio Dio... Tutto quello che mi chiedevi di fare me lo tiravi fuori dalle viscere, pescavi a strascico da tutti i miei problemi psicologici. Pur di somigliarti, trasformavo ogni giorno la mia bella faccia in una maschera falsa, esagerata, proprio come la tua: la indossavo per essere abbastanza finta da meritare il tuo amore finto, mi distruggevo pensando che solo da morta avresti potuto amarmi. Tu non ami nulla che sia vivo, non sai rispettare le persone, sei già il cadavere di te stesso; così come odi la tua stessa esistenza, desideri e ti adoperi per creare un simulacro di te che viva per l'eternità. Quando ti siedi in chiesa, non ascolti il sacerdote, ma ti immedesimi direttamente con Dio e godi infinitamente pensando che un giorno le persone che hai manipolato, a cui hai fatto il lavaggio del cervello e distrutto la vita, saranno i discepoli che predicheranno la tua gloria poiché non gli rimane altra possibilità per sopravvivere se non quella di restare nella tua ombra fino all'ultimo giorno della loro vita di dannati.»

«E io mi chiedo, davvero me lo chiedo da quando ho messo piede in questa stanza, che razza di missione possa essere quella di cercare di comunicare con dei morti schiantati. Voi altri siete solo un branco di pazzi: solo dei robusti elettroshock potrebbero migliorare le vostre capacità cognitive. Ma io dubito che, anche dopo anni, potreste minimamente stare meglio. Vi ho aperto le porte del mio studio solo per divertirmi un po', ma non crederete davvero che voglia passare la vita con perdenti, poveracci, eroinomani, patetici, smidollati, mezze checche, insulsi, paranoici pezzi di spazzatura raccolti dalla strada. Io sono fatto per i salotti eleganti, per i tavolini dei privé, per la cocaina pura stesa su tavolini di cristallo di Boemia, per amfetamine di prima qualità prescritte da medici sulla loro carta intestata e comprate alla luce del sole sulla quinta, non sono come voi lombrichi che siete disposti a scavarvi la fossa da soli pur di procurarvi un po' di quel letame che vi sparate dentro le vene.»

«Ti sei preso il mio sangue, come il vampiro che sei. Che pena provo per me stessa. Non per te, mostro, ma per me, il tuo cane, battuta troppe volte e troppo ingiustamente da cucciola, paralizzata dal terrore del bastone per tutta la vita. Mi hai abbandonata anche tu, come hanno fatto tutti. In cosa ti credi diverso, esattamente? Il tuo bastone è inerte, tu che lo brandisci sei inoffensivo. Sei tu più di me, di chiunque tra noi, il frutto della violenza, frantumato così in profondità da essere ormai solo un'ombra. Io, noi, siamo ancora persone: rotte, certo, ma non rinunciamo a lottare, a reagire, a sopravvivere. Se provi ancora a toccarci, ti faremo esplodere.»

«Fine del primo take» disse Paul Morrissey.

Andy non riusciva nemmeno a parlare. Dal colletto della

maglia le vene del collo gli pulsavano frenetiche. Divenne paonazzo, respirava pesantemente. Dalla narice destra gli colava un rivolo di sangue. Non sapevo cosa dire.

Avrei voluto infilarmi tra le pieghe del divano e sparire dentro l'arredamento di quel salotto bianco artico, dove la temperatura era precipitata fino a toccare lo zero assoluto.

In linea di principio, quello che dissero Rene e Edie era la verità. E la verità è, di per se stessa, la forma più alta di violenza che sia possibile esercitare: marchia i dannati con segno permanente, non permette negoziati, decide i destini. Gli apostoli della verità e quelli della menzogna duellano da secoli. «L'uomo libero non agisce mai con frode, ma sempre con verità» scrisse Spinoza, riprendendo il celebre dilemma di sant'Agostino: «Se si rifugia presso di te uno che potrebbe scampare alla morte grazie a una tua bugia, non mentirai?».

Fu Nietzsche a mostrare la via d'uscita utile a noi, figli del capitalismo borghese, quando rese antagoniste la scienza (noiosa) e l'arte (vitale), affermando che la funzione di arte e cultura è quella di mascherare l'orrore della verità. «La conoscenza uccide l'azione, per agire bisogna essere avvolti dal velo dell'illusione» scriveva.

La verità del mondo moderno è dunque orribile, oltre che crudele; e la nostra fortuna è che l'arte ci permette di non affondare con la verità stessa. Ma di quale arte stiamo parlando, quando l'artista è Andy Warhol? E chi ha diritto di parlarne, quando noi stessi siamo stati parte attiva nella sua arte?

Ho iniziato a scrivere perché questo interrogativo senza scampo mi ha tormentata per tutta la vita. Io, che per l'anonima Isabelle ho creato una nuova identità, palesemente fasulla e paradossale, dandomi battesimo nelle torbide acque della zuppa di Warhol. Per quanto crediamo di avere diritto alla verità, di avvicinarci a essa, siamo e restiamo esseri imperfetti e opachi, colpevoli e innocenti in eguale proporzione, destinati alla stessa morte organica. Che al di là dell'ultimo battito cardiaco ci attenda un tunnel di luce o una voragine oscura, che una divinità ci chiami in appello o il ciclo della vita ci arruoli sotto nuova forma, per noi l'imperfezione varrà sempre e, in ragion di essa, il bisogno di essere compatiti e perdonati.

Non potevo partecipare al massacro a cui stavo assistendo, non potevo provare né rabbia né pietà, non avrei riconosciuto ragione o torto: era tutto troppo oltre per poterlo anche solo affrontare. Ci sono voluti decenni – ora lo sapete – e ho dovuto seppellire molti cadaveri per trovare la forza di ricostruire e ricordare; e per decidere che fosse giusto raccontarlo, perché non fosse dimenticato. In queste pagine, cariche di contraddizione e di ricordi confusi, siete liberi di scegliere la verità che più vi fa sentire assolti; mentre noi, e io più degli altri, resto condannata a custodire l'antitesi inconciliabile di questa storia per l'eternità.

Con un gesto misurato, Andy estrasse il fazzoletto dalla tasca destra, si asciugò il sangue dalla narice, poi lo ripose e, con la stessa mano, fece segno a Paul di tacere. «Ne giriamo un'altra» disse. E riaccese la telecamera.

Furono venti minuti di violenza verbale e fisica. Stavolta, la prima a parlare fu Edie.

«Mi hai costretto a tagliare i capelli, i miei capelli lunghi e scuri. Mi hai osservato raderli senza dire niente, sorridendo compiaciuto, come una guardia osserva una prigioniera infliggere al suo corpo l'umiliazione. Mi sorvegliavi attraverso lo specchio mentre appesantivo il mio sguardo con ciglia lunghe come ali di pipistrello, così pesanti da impedirmi di guardarti davvero in faccia, di vedere chi avevo di fronte, per chi mi stavo facendo tutto questo. Tingermi i capelli, renderli bianchi come le tue parrucche, diventare di plastica:

era il mio modo di reagire alle cose che succedevano nella mia vita e mi facevano stare male. Evadevo in modo fisico. Amavo i miei fratelli e, quando loro si sono tolti la vita, ho incontrato te. Volevo morire e mi hai spinto in quella direzione, non hai fatto altro dal primo giorno.»

«Sei veramente una stupida. Stupida, stupida, stupida! A cosa sei buona, tu e quelle come te: non siete nemmeno delle vere donne; e per fortuna: che Dio ci scampi dall'avere madri come voi, incapaci anche solo di essere delle persone. Sempre a elemosinare dei soldi, attaccate ai miei pantaloni come un branco di cagne. Sempre a pretendere che sia io a mantenervi, per il semplice fatto che sono un uomo e che guadagno con il vostro lavoro. Confessa che i film li fai solo perché ti piace farti vedere. Confessalo che vuoi essere amata da una miriade di sconosciuti senza nemmeno conoscere i loro nomi. Tu e quelle come te non siete buone a fare niente che tiri su dei soldi veri, a meno che per "tirare su" non intendiamo l'arte di impiccare un uomo all'altare e così sistemarlo per la vita. Non sei nemmeno vestita decentemente per fare questa merda di film: fai qualcosa, per Dio, prendi queste orchidee!»

Rene afferrò il vaso sul tavolino di vetro e lo lanciò verso Edie, che si fece un taglio sull'avambraccio cercando di schivare il colpo. A quel punto, le cose si fecero davvero pesanti.

«Il denaro, il denaro, il denaro non hai in testa nient'altro. Il tuo denaro non vale niente, non è guadagnato: è una pessima giustificazione per la tua esistenza, in cui scavi buchi e poi li riempi. Sapete come fa le sue opere, Andy Warhol, il genio della pop art? Prende un uovo, poi lo rompe in un bicchiere, chiama Gerard Malanga e gli dice: "...e adesso cuocilo". Così vengono fatte le sue tele: senza che lui abbia mosso un dito. Sei davvero riuscito a fottere un sacco di gente. Per troppo tempo sono stata nervosa alla sola idea di dire a tutti che razza di persona è il "famoso artista". Mi sembrava di spararti in mezzo alla fronte. Ma te lo meriti!»

Edie afferrava oggetti a caso, lanciandoli in direzione di Rene con un'isteria disperata. Paul Morrissey, alterato molto più del suo capo, che se ne stava immobile con l'indice puntato contro la bocca – un gesto che indicava uno stato ansioso, capace di procurargli un piacere ineguagliabile – allungò più volte la mano in campo, cercando ora di colpire la testa di Rene ora di fermare Edie.

«Devi proprio darti una sistemata, mia cara. Sei disgustosa, mi fai ribrezzo, mi rivolti. Se vuoi essere una vera star, devi tirarti un po' su. Buttati addosso un po' di questi fiori, dico sul serio. E quando dico qualcosa io, sai bene che è un ordine.»

Edie prese i fiori che Rene le tirava e li fece a brandelli, scoppiando a piangere.

«Li odio. Vi odio. Vi odio. Tutti. Odio essere bella. Vorrei essere morta. Vorrei essere capace di uccidervi adesso, di darvi fuoco in questo salotto.»

«Tesoro, ma tu sei già completamente bruciata. Piccola strega, tu e le tue amichette finirete tutte sul rogo. Credi che qualcuno vi voglia ancora dopo che siete state nella mia tana? Pensi che lì fuori siano tutti stupidi e possano cadere nella trappola dei tuoi begli occhioni scuri e delle tue lunghe gambette che stai sempre ad agitare come un'esca per qualche pesce lesso. La porta del mio studio è sempre aperta, chiunque sa che vi ho pagato profumatamente, che mi costate una fortuna con tutto quello che vi sparate nelle vene e in gola. Nessuno vuole comprarsi per moglie una drogata che non vede l'ora di farsi per andare a letto con chiunque. Dovresti chiedere a paparino di pagare qualcuno per tenerti legata al letto; a meno che non voglia farlo lui, visto che gli è sempre piaciuto così tanto. Lo capisco: anche a me piacciono tanto i ragazzini. E più sono drogati e derelitti, più mi piacciono.»

A quel punto, Paul afferrò i vestiti di Rene e glieli strappò letteralmente di dosso. Lottarono attraverso la telecamera e Rene si ritrovò la camicia a brandelli e i pantaloni di lino bianchi completamente laceri.

Edie era in lacrime, sul tappeto. Si fasciò il braccio sanguinante con un foulard trovato sullo schienale di una sedia lì vicino, poi corse via nella notte senza guardare in faccia nessuno.

Non la vedemmo più ma a quel punto a chi importava più di lei? Era fuori dal mondo che conta.

Rene si barricò in bagno finché non sentì che Andy e Paul si erano richiusi la porta dell'appartamento alle spalle.

Di quella notte restavano due bobine, per un totale di circa quaranta minuti. Un autentico e genuino atto di violenza, il girato più forte tra tutte le pellicole iperrealiste di Warhol, persino più scandaloso di *Horse*, che tanto aveva turbato Edie nei primi giorni alla Factory.

Rene pensava che non si sarebbero mai più rivisti. Invece, ci ritrovammo tutti insieme.

Credo che tutti dovrebbero provare quella sensazione: quando ti trovi nel punto esatto in cui tutto ti sembra possibile. Quel punto esiste, ha l'impatto di un treno in corsa. E sì, certo: ne percepisci prima le vibrazioni, poi il rumore, poi lo intravedi e quindi lo osservi arrivare dritto verso di te, sempre più vicino. Ma il punto in cui ti colpisce rimane preciso, esatto, indiscutibile. Dopo, ci sarà sempre qualcuno che si impegnerà a ripercorrere la tua strada, a ricostruire i tuoi gesti e i tuoi pensieri, a rimettere in fila i passi che ti hanno portato al centro dei binari. Niente di tutto ciò è paragonabile a quel solo, preciso istante in cui lo schianto colpisce forte e tu non sei più la tua storia né i tuoi pensieri né il tuo piccolo corpo. L'impatto è tutto ciò per cui hai vissuto: solo lì ne hai la certezza piena.

Certo, questa è una metafora e noi non ce ne facciamo niente delle metafore. Ma quello che sto cercando di spiegare è che la vita, la *vraie vie*, non è un film e non è nemmeno uno di quei servizi da telegiornale delle buone notizie dove poco prima dell'impatto uno sconosciuto si tuffa sulla massicciata in preda a un istinto da salvatore, invece di inciampare vola a grandi passi sui profili appuntiti dei sassi, ti afferra con decisione per un polso e ti sottrae appena in tempo all'urto spettacolare, mettendovi entrambi in salvo da una morte che è più di ogni altra cosa sfascio e macello.

Quella che sembra una metafora troppo violenta frutto dell'esaltazione di una vecchia eccentrica – che è stata per lungo tempo una creatura emarginata che ha vissuto troppe vite per reggerne il peso – non spiega abbastanza bene quello che vorrei che voi capiste. Mi resta poco tempo per provare a farvelo intendere e voglio trovare le parole adatte perché possiate vedere e sentire ciò che quelle vipere hanno fatto a Edie.

Nell'estate del '67, Andy aveva ufficializzato la sua relazione con Rodney W. Thomas, detto Rod La Rod, un bel ragazzo originario dell'Alabama con grandi occhi azzurri e lunghe basette. Il loro rapporto, che era iniziato nell'autunno dell'anno precedente, era rapidamente diventato abusante e masochistico. Ancora prima di conoscerlo, Gerard ce l'aveva descritto come «un ritardato, odioso e imbarazzante». Raccontava che, anche quando si trovavano in pubblico, a eventi d'arte, cene eleganti, appuntamenti mondani, Rod prendeva Andy a schiaffi e pugni; ma la cosa più patetica è che Andy era complice e godeva del masochismo del suo amante, ritrovandosi spesso pieno di lividi, senza fiato e in lacrime. Non so dove si fossero conosciuti, ma Andy lo portò sui set, stavolta non per metterlo davanti alla cinepresa – troverete pochissime foto di Rod – ma per fargli fare il tecnico del suono. Quando fecero le riprese a casa di Rene, Andy stava ancora con Richard Rheem; ma quando lo scaricò, Rod si affrettò a occupare il posto libero alla destra di Warhol. Il contrasto non poteva essere più evidente: tanto Richard era educato e solare, un tipico sano maschio californiano, tanto Rod era paranoico e vendicativo.

La nuova Factory, dopo il tentativo di omicidio di Valerie, era smaccatamente modellata sulle parafilie di Rod, incluso il bisogno di controllo, il tentativo di isolare Andy da quelli che erano stati per lui una famiglia, la rimozione delle donne.

Fummo convocati per vedere un premontato nella sala di proiezione riservata allo staff della nuova Factory. Seduti con noi riconobbi solo Paul, Andy, Rod e Rene; i pochi altri che erano in sala, con le facce assenti e annoiate, non li conoscevo, ma erano uguali a tutti gli altri ragazzi anonimi che erano entrati nella vecchia Factory attirati da Warhol. Per il suo labirinto, il minotauro seleziona sempre lo stesso tipo di preda.

Sapevo che, per fingere di essere necessario allo staff, Rod si occupava del suono di tutto ciò che girava alla Factory, quindi principalmente dei film. Conoscendo solo per sentito dire il suo carattere e la sua incapacità professionale, ero preparata ad assistere a un disastro. Che, nella filosofia dell'anti-cinema di Warhol, era solo una delle tante cifre del suo iperrealismo fatto di fuori fuoco, dialoghi improvvisati, generale sciatteria, voyeurismo del disagio umano.

Non ero però preparata a quello che successe. Scambiammo due convenevoli di circostanza, prendemmo posto, le luci si spensero.

È possibile perdonare il tradimento di un legame in un modo che non sia radicale e distruttivo? Me lo sono chiesta così tante volte dopo essere uscita dalla sala proiezioni in cui il viso di Edie, sconvolto da un'esistenza ormai insostenibile, urlava tra le lacrime parole che non era possibile sentire perché gli uomini seduti con me in quella stanza le avevano tolto per sempre la voce.

Le immagini scorrevano sullo schermo, riconoscevo le parole che avevo sentito pronunciare, leggendole sulle labbra di Rene e di Edie. Il sangue spillava nero dal taglio sul braccio, il trucco le si sfaceva mentre sudava e si accalorava nel suo affannoso *j'accuse*. Il suono era un sovrapporsi di distorsioni e rumori, che mi causava la stessa sensazione di nausea e capogiro di un improvviso attacco di tinnito acustico. Furono quaranta minuti di sofferenza fisica e morale. Un oltraggio al corpo e alla memoria, più intollerabile della fine di quegli anni, del disfacimento di Edie, della morte solitaria di quelli che un tempo ho considerato la mia famiglia d'arte. La differenza tra i bambini, gli adulti e i vecchi è tutta qui: i bambini non possono scegliersi la famiglia, la subiscono e le sopravvivono. I vecchi non possono fare a meno di rimpiangerla: la peggiore tra le famiglie è comunque meglio della solitudine. Gli adulti, invece, hanno un tempo limitato per fare o non fare la loro più grande scommessa.

Dopo quella sera, capii che la mia l'avevo persa. E infatti, eccomi qui: a scrivere a degli sconosciuti sperando di sollevare in voi un qualche tipo di sentimento umano – indignazione, pietà, forse semplicemente una sfumatura più intensa dell'indifferenza –, mentre non smetto di chiedermi se è giusto raccontare ora questa storia, dove "ora" sottintende che non ho fatto abbastanza quando avrei potuto.

Edie morì il 16 novembre 1971, la sua bara era sepolta da una strage di magnolie bianche. Quando Andy lo venne a sapere, la prima cosa che disse a Paul fu: «È il momento di pubblicare il film».

Ma il film non si trovava: qualcuno – non si scoprì mai chi – in quel plotone di esecuzione l'aveva seppellita già da tempo.

VI

Dopo anni, anzi, decenni, qualcuno si chiederà che gusto si provi a resuscitare i morti per accusarli di alto tradimento. Tanto più che tra poco sarò una di loro, e qualcuno potrebbe riservare a me lo stesso trattamento. Presto non avrò diritto di replica, non potrò difendermi, certamente non potrei segnalare post o articoli diffamatori che mettono in discussione i fatti, le date, le prove che ho esposto; o che mi dipingono come una mitomane costantemente alla ricerca dell'ennesimo quarto d'ora di celebrità.

La morte fisiologica coincide con l'inceppamento ultimo del meccanismo vitale. In quel momento, tutto ciò che resta di noi diventa impalpabile. Muoio nell'ossessione di aver speso una delle tre parti della mia esistenza dal lato sbagliato: penso a tutta la devastazione psicologica e sociale che noi, l'orgogliosa "avanguardia", abbiamo provocato, anche indirettamente. Ora so che non c'è redenzione quando non si lotta per la salvezza di un'intera generazione e si resta intrappolati nella ragnatela dell'egoismo: un mondo che non protegge i suoi giovani finirà in cenere, come succede alle foreste di piante troppo vecchie e dal suolo sterile.

Il peso delle mie responsabilità mi schiaccia: ogni volta che scorgo un fotogramma dei miei vent'anni, non posso fare a meno di puntare il dito verso la giovane donna che sono stata e che mi appare ora indegna, cinica, priva di empatia per le numerose esistenze disperate, finite per strada, per le quali solo alla fine sono arrivate l'overdose, la chemio, le inutili terapie retrovirali.

Colpa e rimorso mi ossessionano e l'icona di tutto questo massacro, la Maddalena che piange sangue agli angoli di Midtown, è proprio lei: Edie. Lo sconforto per quella vita sprecata mi toglie il respiro. Vorrei che la sua storia fosse raccontata a ogni genitore del nostro mondo, per ricordare che né la bellezza né i soldi possono salvare i giovani dall'autodistruzione: serve dar loro sicurezza emotiva, ascolto sincero, sostegno rispettoso. Edie ha avuto una famiglia incapace di aiutarla a crescere e sopravvivere a se stessa; ma noi, che siamo stati la sua famiglia metropolitana, l'abbiamo solo aiutata a uccidersi.

Quando la gente della Factory viene a sapere della morte di Edie, non sanno dire nulla di meglio di: «Credevo che fosse già morta anni fa».

Vorrei dare un peso alle nostre responsabilità, ma questo implicherebbe delle attenuanti o, addirittura, per qualcuno, l'assoluzione. All'inizio di tutta questa storia, naturalmente, c'è lui: Andy Warhol.

Io non ho fatto entrare nella mia vita l'artista e l'uomo d'affari: ho dato spazio alla persona, ho investito nel legame con lui credendo che stargli vicino mi avrebbe messo al centro della situazione più all'avanguardia dell'universo. Oggi quella frenesia mi appare sciocca e carica di pericoli. Solo la mia distanza dalle droghe e l'esaurimento nervoso mi hanno permesso di rinascere e ricominciare a vivere, prima di poter morire con dignità.

Warhol ha moltiplicato esponenzialmente e ingigantito oltre misura i miei peccati. È soltanto dopo la morte di Edie e il crollo che sono riuscita a salvarmi. Sono una sopravvissuta: con questa consapevolezza e con questo sguardo rileggo la mia vita. Affermare che io abbia oggi valori più alti è solo un atto di arroganza; ma di certo posso dire di aver rinnegato il cinismo, l'oppio globale che ci impedisce di ribaltare il mondo dalle fondamenta e creare il futuro che meritiamo.

Dopo la morte di Edie e la creazione della terza e ultima sede della Factory, che apre nel 1973 al civico 860 di Broadway, Andy abbandona l'arte per diventare ciò che aveva sempre sognato: un manufatto di plastica nei salotti del bel mondo. Dopo l'eliminazione delle *warholettes*, è la volta dell'anti-cinema: nell'ultima e definitiva versione della Factory, non c'è più spazio nemmeno per i film. Ci metto piede raramente: gli ambienti asettici, l'arredamento di design, le droghe costose consumate su scrivanie lucide per tener alta la sete di denaro mi mettono a disagio.

Non mi sento a casa, non riconosco più quegli individui come una famiglia. L'affetto per Andy – che ora saluto a eventi pubblici e sento sempre più raramente per telefono – si prosciuga inesorabilmente. Al suo braccio non ci sono più giovani ragazze cariche di sogni e dalla bellezza disarmante, ma donne ricchissime e potenti: Lady Lambton, Diana Vreeland, Mercedes Kellogg, Lily Auchincloss. Il suo cuore rimane di ghiaccio, la sua umanità mi appare mostruosa. Lo sento lamentarsi in pubblico del fatto che da troppo tempo non ci siano omicidi o suicidi, che lui trova essere gli avvenimenti più divertenti in assoluto.

Ai miei occhi, rimane un essere incredibile, il primo vero uomo di plastica. Tra le cose che hanno segnato gli anni Sessanta, la plastica è il materiale simbolo del boom economico. Il design, l'abbigliamento, gli accessori erano orgogliosamente di plastica. Con lo stesso orgoglio, Andy aveva deciso di diventare il primo vero uomo di plastica. Non è un sofisma, è proprio così: è l'autenticità di Warhol. Ha vissuto in una perenne "condizione di pop art", gettando su tutti noi una magia onnipresente. Era l'incarnazione degli anni Sessanta, indecifrabile nelle sue profonde contraddizioni: spaventosa, caotica, pacchiana, superficiale, indelebile.

Nonostante il suo tentativo ossessivo di controllo, Warhol non è riuscito a rimuovere le sue colpe spostando la Factory, né a redimere i suoi peccati nei confronti della generazione che ha rovinato o, sarebbe meglio dire, che ha spinto alla rovina. Il fantasma di Edie è tornato più volte nel corso degli anni a tormentarlo. In particolare, negli anni Ottanta, quelli della sua rinascita mediatica come cariatide della *night life* di New York, dove appare con il volto cadaverico al fianco di Truman Capote e di qualche giovane divo con le pupille dilatate e il viso sconvolto.

È in particolare il lavoro di una scrittrice, il cui salotto è uno degli epicentri della società editoriale, letteraria, artistica della New York anni Sessanta, a renderlo furibondo: Jean Stein, che pubblica nel 1982 una biografia di Edie Sedgwick costituita da ben centotredici testimonianze che danno della sua storia un resoconto corale. Per Andy, quei testimoni sono un plotone spietato: nei *Diari*, che consegna alla stampa poco prima della sua morte, è evidente la sua paranoia per le conseguenze del libro sulla sua reputazione, che per lui equivaleva alle sue quotazioni di mercato.

I fedelissimi, ormai un esiguo manipolo, ci tengono a fargli sapere che Jean Stein li ha contattati e loro hanno rifiutato di risponderle. Chi invece ha collaborato viene rimproverato duramente da Warhol, anche in pubblico, perché si sappia che quel libro è uscito senza il suo permesso e, soprattutto, senza la sua revisione.

Nel caso vi interessi la mia opinione, è un libro commovente. So che Jean Stein ha conosciuto Edie di persona, l'ha anche ospitata dopo l'incendio al Chelsea Hotel offrendole il letto di sua figlia per diverse notti. La loro storia era simile – anche Jean era un'ereditiera –, e tra le pagine si respira la compassione e la solidarietà dell'autrice per quella «povera ragazza ricca» che ha ingenuamente accettato il ruolo di superstar senza sapere quanto pericoloso potesse rivelarsi. Non mi aspettavo certo che Andy facesse una seppur minima autocritica leggendolo, ma i suoi *Diari* trasudano un'arroganza e un cinismo vergognosi.

Domenica, 1 Maggio, 1983
Edie sulla fiancata dei bus. La pubblicità per l'edizione tascabile. Povera Edie: per uscire non avrebbe mai preso nemmeno un taxi, pretendeva almeno una limousine, e ora la piazzano sul bus.

Ora che anche io scompaio, sono certa che questa metà della storia verrà piano piano cancellata, perché la verità non crea alcun valore finanziario e il nostro mondo, con tutta la conoscenza di cui dispone, è drogato dalla sete di denaro. Anche in questo, Andy è stato un profeta.

Quello che sto facendo non arricchirà eredi che non ho, proietterà sul mio ricordo il faro della diffamazione, o forse peggio: sarà accolto con l'indifferenza riservata alle versioni delle sopravvissute che un tempo hanno accettato di dormire con il boia. Ma il pensiero di Edie e delle ragazze che come lei sono state accantonate dalla storia, in attesa che la polvere del tempo le seppellisca definitivamente, è per me ormai un tutt'uno con l'incubo ricorrente per via del quale ho reso madide le lenzuola fino all'ultima delle mie notti; incubo che prende spunto da un episodio realmente accaduto. L'aneddoto è questo: un vicino di casa aveva ricevuto minaccia di sfratto per colpa del suo cane, che abbaiava moltissimo e disturbava gli inquilini del palazzo e del circondario. Per non dover rinunciare né al suo appartamento né al suo cane, il vicino l'aveva portato in varie cliniche veterinarie, trovando infine un medico disposto, sotto lauto compenso, ad asportare all'animale le corde vocali. Per il mio subconscio, quel fatto è diventato un emblema della mia manchevolezza: nei miei sogni, io sono il cane e l'uomo insieme; metto nelle mani del veterinario, notte dopo notte, una quantità sempre maggiore di banconote. Converrete con me che non c'è alcun bisogno di disturbare Freud né tanto meno Galbraith.

Fin da bambina, quando qualcuno mi raccontava una fiaba, dopo l'inevitabile lieto fine, non ho mai potuto fare a meno di chiedere con sincera preoccupazione quale sorte fosse toccata al mostro. I buoni sono per definizione destinati al paradiso, "come in cielo, così in terra": la loro fortuna è segnata dal primo momento; e in effetti la fiaba nasce per renderci più sopportabili le tribolazioni garantendoci, infine, l'inevitabile trionfo del bene. Sebbene ai cattivi sia riservato un posto meramente strumentale, sono loro l'aspetto più originale di ogni storia. I buoni si somigliano tutti: provate a spedire Pollicino nella tana degli orsi, mandate Cappuccetto Rosso alla casetta di marzapane, fate indossare all'orfanella Cenerentola le scarpette rosse, e abbandonate Hansel e Gretel nella foresta senza sassolini bianchi: mescolare i buoni non crea grande scompiglio nelle fiabe. Ma provate a spostare un solo cattivo, e quella che sembrava una solida costruzione edificante finirà per sgretolarsi miseramente.

Come ogni sguattera che si è guadagnata la sua corona da principessa, anche nella mia fiaba sono stata io a vincere e ad assistere alla sepoltura del mio aguzzino.

Andy Warhol è morto da solo, nella sua stanza di ospedale, la mattina del 22 febbraio 1987. Per quanto rancore e disapprovazione potessi provare per lui, non meritava una fine tanto squallida. In nessuna fiaba il mostro muore solo e trascurato. La notizia mi rattrista, ma non mi sorprende: quando un uomo si fidanza con il suo registratore, sposa la sua macchina fotografica, esilia l'amore dal suo cuore e preferisce il freddo della plastica al calore dell'intimità, non può sperare di avere una persona premurosa seduta a vegliarlo.

Ho bisogno di avere un ultimo confronto con il mostro che ha permesso a quelle come me di finire nella lista delle eroine buone; colui che, con la sua magia nera, ha soprattutto voluto creare se stesso, che è e rimane la sua opera d'arte immortale. Dovete venire insieme a me, in questa ultima stanza della casa dei ricordi, che coincide con il luogo in cui Andy ha cercato di salvarsi l'anima e dove ha dato il più grande evento della sua vita.

La maestosa facciata della cattedrale di St. Patrick appare lungo la quinta avenue come un miraggio. Nascosta tra i grattacieli di Midtown che la sovrastano con il loro carico di ambizione e cemento, è un immacolato cameo in stile Vecchio Mondo, eretto in mattoni poi ricoperti di marmo, vago ricordo del duomo di Colonia. È la chiesa cattolica più frequentata di New York. Ci vanno i credenti, i benestanti, i benpensanti e quelli che temono per la propria anima, o amano dimostrare di credere ancora in qualcosa. Tra le sue guglie che superano di poco i cento metri – una quisquilia se paragonata alle altezze raggiunte dal più anonimo dei grattacieli adiacenti, senza disturbare sua maestà il Rockefeller Center, di cui non è che un terzo – espone fiera la bandiera a stelle e strisce accanto a quella del Vaticano, lasciandole sventolare furiose nei giorni in cui l'aria – tanto calda da risultare soffocante, o così gelida da tagliare in due le vie respiratorie – si incanala nel reticolo perpendicolare di Manhattan senza concedere tregua ai viandanti. Chiesa cattolica e Stati Uniti d'America: la più antica monarchia non ereditaria del mondo e la più giovane plutocrazia mondiale unite nel sacro vincolo della liturgia.

Personalmente, ho sempre amato questa maestosa brutta copia delle cattedrali neogotiche che hanno popolato la mia infanzia nel Vecchio Continente. Tutto ciò che di cupo, vetusto, spaventoso ornava portali, cornicioni e guglie – i teschi e gli ossari intagliati in pietre calcaree, le gargolle che presidiavano le mura da altezze vertiginose, con gli occhi strabuzzati e le lingue saettanti, come predatori pronti a balzare a terra e far dei fedeli una torma di martiri, i mascheroni apotropaici che popolavano con i loro tratti animaleschi e deformi i miei sogni di bambina, i colori scuri, gli stemmi lignei, le vetrate piombate contro cui rimbalzava il suono degli organi moltiplicandone il riverbero – è qui trasfigurato in un lezioso e armonico trionfo di candido marmo, vetri scintillanti e rassicuranti simulacri divini. Persino la grande *Pietà* che lo scultore William Ordway Partridge concepì con gigantismo americano, tre volte più grande di quella di Michelangelo, non conserva nulla delle inquietanti raffigurazioni del cadavere di Cristo tra le braccia della madre. Qui il messia giace a terra, il fisico tonico e scolpito, la vita ancora saldamente ancorata alle membra, mentre stringe la mano sinistra di Maria nella propria mano destra e la osserva dolente, ma ancora consapevole. Lei, una donna in là negli anni, dai tratti duri e dallo sguardo compassionevole, gli carezza la guancia in un gesto di distaccata tenerezza. Non è più l'eterna ragazza il cui corpo, sommerso in un sontuoso drappeggio, regge il figlio scheletrico, martoriato dalla croce, abbandonato inerme tra le braccia della madre, come se il premio di tanta sovrumana sofferenza fosse poter tornare, alla fine della vita, neonato.

In questo scrigno marmoreo e rilucente, al dramma viene preferito il lusso, in una riaffermazione tutta americana del secolare legame tra fede, potere e denaro. Tra i suoi ventuno altari, ognuno votato a un santo diverso, il mio preferito è sempre stato quello dedicato a Michele e Luca, dove il tocco dei Tiffany è inconfondibile: la grazia dei disegni e l'intensità dei colori dei vetri rendono quel piccolo angolo della basilica ipnotico come un portagioie.

Ero già pienamente newyorkese quando uscì *Colazione da Tiffany,* anche se non ero ancora entrata nella seconda metà della mia vita, quella in cui mi sarei data un nome da superstar.

Non ricordo esattamente in quale dei numerosi cinema della città lo vidi proiettato. L'unica certezza che ho è che non lo vidi insieme all'uomo che da pochi mesi era diventato il mio amante, incantandomi con una sorta di rito sciamanico che mi avrebbe tenuta legata a lui per un tempo lunghissimo. Mi sussurrava «Isabelle, *la catholique, je t'adore*», mi sorprendeva costantemente con quel suo modo unico di pronunciare le parole, mi insegnava come si fa a essere sempre al posto giusto davanti a una macchina fotografica prima che il fotoreporter o il paparazzo faccia scattare il flash: «Quando l'otturatore carica, gettati sulla destra, così il tuo sarà il nome che comparirà per primo nella didascalia».

Salvador Dalí non era solo un artista straordinario e un amante radicale di tutto ciò che la bella vita può offrire, era anche uno spregiudicato e arrogante sciacallo, che coltivava il culto di sé in pubblico e in privato; e usava la sua firma autografa (che spargeva ovunque: sulle tovaglie, sulle pareti, su ogni superficie che l'inchiostro potesse marchiare indelebilmente) come una moneta dal valore universale. Non ebbi il coraggio di invitarlo al cinema, non tanto per paura che interrompesse più volte la proiezione, agitando il suo bastone Fabergé dal pomello d'oro e scuotendolo teatralmente per attirare su di sé l'attenzione con qualche esilarante scandalo in sala, quanto che siglasse il vetro della biglietteria o lo schermo della sala pretendendo poi di entrare in possesso dell'intero cinema.

D'altronde, ricordo che nell'adattamento firmato da

George Axelrod nulla restava del mistero e della violenza che permeavano le pagine dell'intenso romanzo di Truman Capote. Certo, Axelrod era maestro indiscusso nella creazione di ruoli femminili ad alto tasso di sovversione sociale e dalla dubbia moralità, eppure così carichi di ingenuità e sex appeal che perfino Hollywood, di fronte ai visi angelici delle Audrey e alla pelle lattea delle Marilyn, deponeva le armi della censura.

Capote, dal canto suo, non aveva bisogno di rendere accettabile un'appetibile giovane donna che, arrivata a New York, si lascia alle spalle un passato di sofferenza, s'inventa una nuova identità con tanto di nome professionale e sbarca il lunario destreggiandosi tra il bisogno di denaro e la necessità di salvaguardare la sua reputazione in vista del traguardo matrimoniale. Eravamo tutte parte della "lotteria Holly Golightly", come il suo autore definiva la schiera di *socialite*, attrici, modelle, scrittrici e donne capaci di stregare le élite. Volevamo disperatamente, più di ogni altra cosa, scrollarci di dosso quell'aria di ragazza di campagna che si ostinava a restarci addosso e che ci rendeva intruse nella buona società newyorkese, tutta codici e cerimonie ed etichette e ufficialità. Potendo farlo, avremmo mandato anche noi al diavolo l'ossessione e la curiosità dell'invadente vicino di casa, l'amore segreto del barista e il paternalismo dei manager: uomini che ci chiedevano di usufruire di un conto che loro stessi avevano aperto con il nostro corpo e la nostra devozione, come se fossimo debitrici per il solo fatto che, ognuno a proprio modo, pensavano di aver investito qualcosa su di noi.

Ogni uomo batta una sua moneta; ed è sempre assai più ambigua della firma di Salvador Dalí, con cui il mio amante paga le nostre stanze negli hotel di lusso rivestite in damasco di Borgogna, i nostri tè nelle pasticcerie eleganti a cui ci conducono *lift* in livrea aprendoci le porte in bronzo di ascensori ornati di pura filigrana del Novecento, le nostre bottiglie di Château Pétrus del 1947 e di Nuits-Saint-Georges che accompagnano grigliate di funghi di bosco, anatra alle prugne e profiterole al cioccolato. Un uomo qualunque, quando pensa di aver investito su una donna, non ha timore a reclamare con decisione ciò che gli spetta; e con gli interessi.

Quando *Colazione da Tiffany* appare sugli schermi, incanta immediatamente la critica, ma lascia inizialmente il pubblico indifferente. Io vado a vederlo quando comincio a leggere, su ogni magazine, interviste a giovani bellezze di New York che pretendono di aver ispirato l'adorabile personaggio interpretato da Audrey Hepburn. Una mattina che passeggio sulla quinta avenue, poco prima dell'incrocio con la cinquantasettesima est, ho una visione paradossale: una fila di bellissime ed eleganti giovani donne in abito lungo che, armate di bicchieri di carta colmi di caffè e brioche più o meno fragranti, emulano la sequenza iniziale del film, sperando forse che l'occhio di una macchina fotografica consacri una di loro come "autentica" Holly.

Un anno dopo l'uscita del romanzo, una libraia di Manhattan che si chiamava Bonnie Golightly fece causa a Capote e al suo editore per violazione della privacy e diffamazione, portando come prove il suo appartamento tipicamente "brownstone", i gatti di cui era amorevole proprietaria e la passione per la musica folk, che coltivava strimpellando la chitarra al tramonto sulla scala antincendio, con o senza i capelli umidi avvolti in un morbido turbante di spugna. La richiesta era di ottocentomila dollari e, com'era naturale, non raggiunse mai alcuna aula di tribunale; finì invece lei bollata come mitomane.

Ci fu poi qualche illazione, prima su una misteriosa "ragazza del Montana", poi su una rifugiata tedesca che aveva raggiunto New York a soli 17 anni, scappando dalla Seconda guerra mondiale, quindi su un'ingenua pallida svizzera che faceva realmente la staffetta per un gangster durante i suoi anni di reclusione in un carcere di massima sicurezza.

Per quel che ne so io, Truman Capote non rivelò mai chi fu, se mai ci fu, la ragazza che lo ispirò. Detestava l'adattamento commissionato da Blake Edwards, e non perdeva occasione, in ogni intervista, di rimarcare il suo profondo disappunto in modo sempre meno elegante: il film era "tutto sbagliato", la sceneggiatura pessima, l'interpretazione dozzinale, il regista inqualificabile, i personaggi mal scritti. Il suo giudizio complessivo rimase più o meno invariato negli anni: quella pellicola «lo faceva vomitare». Dichiarò più volte che la Paramount gli aveva chiesto di adattare lui stesso il suo romanzo e che lui aveva disdegnosamente rifiutato quell'incarico. Lasciava poi sottintendere, in modo non troppo velato, che avrebbe consegnato una sceneggiatura infinitamente migliore del mediocre adattamento di Axelrod, che inspiegabilmente gli era valsa addirittura più di una nomination agli Oscar: una per lui, una per la Hepburn e una per quell'inascoltabile raglio di *Moon River*.

Peccato che dalla Paramount fecero sapere, su ogni quotidiano e rivista pubblicati in tutti gli Stati Uniti, di non aver mai nemmeno contattato Truman Capote, neanche per invitarlo a una proiezione omaggio o a un giro turistico negli studios.

D'altronde, Truman non era nuovo a mistificazioni sorprendenti della realtà. Non ho mai davvero capito se si trattasse della sua personalità letteraria, che voleva a tutti i costi creare una storia intorno a episodi altrimenti insignificanti, o se, semplicemente, fosse una di quelle persone capaci di sostenere posizioni contraddittorie senza avvertire in alcun modo il peso dell'incoerenza o l'insopportabile fetore della mistificazione rivelata, che risuona come l'eco di una scorreggia assordante in un ascensore affollato. Persino con Andy, che lo adorò per tutta la vita, si rivelò spesso così sprezzante da risultare inutilmente spregevole, anche agli occhi dei più critici verso Warhol e la sua zuppa di *freak*. Sapevo, perché me l'avevano raccontato entrambi, come si erano conosciuti e, soprattutto, com'erano diventati ufficialmente una coppia da tabloid.

Il fatto è che la fotografia in cui Capote appariva sulla copertina della prima edizione di *Altre voci altre stanze* aveva avuto su Warhol l'effetto di una malia. Non era solo la bellezza di quel ragazzo che fissava con aria spavalda l'obiettivo e, attraverso esso, il mondo intero; era quello stile da omosessuale dandy per cui Warhol andava letteralmente fuori di testa.

Con quella foto di copertina, Capote era entrato di diritto nel suo personale olimpo, piazzandosi esattamente al centro tra Cecil Beaton, Pavel Tchelitchew e Jean Cocteau. Erano loro l'oggetto delle sue preghiere, quelle con cui ogni sera invocava l'opportunità di essere riconosciuto come un vero artista; non per ciò che crea, ma per ciò che comporta assurgere allo stato di artista: il potere, l'adorazione, la folla nelle mostre in Madison Avenue. Per questo, sentire Truman che, dopo anni di devozione, quando già era un nome, un artista "ben noto" e "in ascesa", lo definiva in pubblico «un vetrinista, o meglio: una specie di vetrinista», aggiungendo con noncuranza «per il poco che lo conosco, ovviamente», gli causava qualcosa di simile a un disappunto o a una ferita.

Erano già anni che Andy gli dimostrava la sua devozione, stregato prima dalla foto di copertina e poi dal ritratto con cui l'editore Random House tappezzava le vetrine di ogni libreria scrivendo sotto a lettere cubitali: QUESTO È TRUMAN CAPOTE. Nella gigantografia, lo scrittore appariva languidamente sdraiato sul divano, la camicia candida in contrasto con lo stretto cravattino e il gilet impunturato: un'immagine che tormenterà Warhol e tornerà nelle sue nature morte di nudi maschili, eguagliata per sensualità forse solo dal corpo addormentato di John Giorno segretamente ripreso nel suo primo lungometraggio, *Sleep*.

Mentre Truman distribuiva a conoscenti e cronisti commenti irritanti su Andy, lui lo venerava al punto che, verso la fine degli anni Cinquanta, se ne andava in giro con un parrucchino biondo e una frangetta, come lui stesso ammetteva, "alla Truman Capote". Adorava girovagare per Central Park, aggirandosi nei dintorni di Palm Court o perdendo tempo al bar o nella reception del Plaza Hotel, sperando che qualcuno lo scambiasse per lo scrittore. Sembra passato un niente da quando, tormentato dal suo ritratto in copertina, gli scrisse per un anno, ogni giorno, lettere piene di devozione e di promesse.

Non fu un corteggiamento amoroso, ma una di quelle che imparai presto a riconoscere come le ossessioni paralizzanti di Andy: quando si fissava su qualcuno, lo idolatrava al punto da non riuscire più a vivere finché quello non si accorgeva di lui e lo ricambiava in un qualunque modo. È come se regredisse a uno stato materiale e mitologico: privato dell'anima e della vitalità, si spegneva interamente fino a che l'oggetto della sua devozione, rivolgendogli uno sguardo, non gli restituiva la vita: una sorta di Alcesti alla rovescia, dove la statua torna alla vita per potere offrire sotto sembianze umane tutta la sua devozione all'amato sposo.

Dell'agalmatofilia di Andy Warhol, così intensa da risultare paralizzante in alcuni momenti e durante diverse relazioni della sua vita, nessun catalogo d'arte o nessuna biografia riporta alcunché. Anche Dalí fece un calco dei miei seni; ma il culto di Andy per i simulacri è qualcosa che non ho mai conosciuto in tutta la mia esistenza e che non è affatto semplice raccontare. So per esperienza che tutte le sue affermazioni, puntualmente riportate, sull'amore per la plastica al punto da voler essere lui stesso fatto di plastica, o le numerose manifestazioni di preferenza per uno stato di sostanziale non-vita, sono interpretate come pura eccentricità o, più spesso, come voglia di provocare l'interlocutore.

Andy era un perfetto allievo di Machiavelli e spendeva ogni secondo della sua esistenza a cementare la sua fama. La sua tattica era in fondo efficace ed estremamente semplice: gli piaceva tutto. Detestava solo due cose: le imposizioni e ciò che era noioso. Sul resto non aveva dubbi: diceva che tutto era grandioso e usava aggettivi entusiasti per ogni cosa, da un panino a un'opera d'arte, da un locale a un qualsiasi – qualsiasi! – avvenimento di cronaca. Prendendolo in parola, finivano tutti per ritenerlo un fine osservatore, sia quelli che avevano un'opinione positiva della cosa in sé, e dunque si ritrovavano nel parere positivo di Warhol, sia quelli che ritenevano la cosa deplorevole, e dunque attribuivano alle parole di Andy il loro stesso disprezzo, ma espresso con molta più eleganza.

Insomma: diceva sempre la cosa giusta, qualunque fosse questa cosa. In un altro posto o in un'altra epoca avrebbe potuto essere un Napoleone o un Hitler. Ma agli inizi degli anni Cinquanta, quando tutto iniziò ad accelerare, lui voleva solo diventare Truman Capote.

Fu sua madre a dargli l'atteso e sudato riscontro: all'ennesima telefonata, rispose invitandolo nel loro appartamento e chiedendogli, con una dolcezza che lui ricorderà molte volte, di smetterla con le lettere. Anche a lei Andy raccontava che la sua, di madre, gli ripeteva la stessa cosa: «Non pensare all'amore, Andy. Pensa a sposarti». Ma lui pensava a Truman, solo a Truman, a nient'altro che a Truman. Gli scriveva di giorno, lo chiamava a tutte le ore.

«Com'era cominciata con Capote?» gli chiedo quando sono già rinata come una delle sue *warholettes*, il dispregiativo con cui ci additano i rotocalchi che occupiamo ormai quotidianamente.

«Sono stato innamorato di lui per un bel po' prima di poterlo finalmente conoscere, nel 1951. Gli ho scritto una lettera al giorno per un anno. Sono stato fidanzato con Truman per dieci anni, un fidanzamento segreto.»

Questa cosa del fidanzamento la sento per la prima volta, e poi diverse altre ancora; da Truman, invece, ascolto molte altre definizioni del loro rapporto, ma mai quella.

«Vi siete scambiati anelli o orecchini?»

Sono molto curiosa della quotidianità di Warhol innamorato devoto. So che il loro primo incontro è avvenuto in una galleria d'arte e che, da quel momento, tra loro è iniziata una relazione fatta soprattutto di tradimenti. So che Capote è responsabile indiretto della consacrazione di Warhol, dato che la sua prima mostra d'arte, quella con la quale smette di essere solo un illustratore di scarpe, è proprio l'esposizione delle tavole (quindici, per l'esattezza) ispirate ai racconti di Capote.

La mostra venne inaugurata alla Hugo Gallery, tra Madison e la cinquantacinquesima est, il 16 giugno del 1952.

Truman lo sapeva, perché Andy aveva preso l'abitudine di fargli delle telefonate a casa già dalla primavera di quell'anno. Scrivergli soltanto non gli bastava più, non era più sufficiente immaginarsi le sue dita che stringevano la lettera e i suoi occhi che scorrevano le parole: voleva sentire il suono del suo respiro e, se possibile, anche della sua voce.

Fu proprio all'annuncio della mostra che Madame Capote, intrigata, curiosa e ubriaca come al solito, invitò Andy a casa: eravamo ancora distanti dagli insulti innominabili con cui gli avrebbe riattaccato il telefono, intimandogli di stare ben lontano da suo figlio. Mentre erano seduti al tavolo della cucina, lui parlava della sua vita, del fatto che vivesse con la madre e venticinque gatti, e Truman ricorda che, quando tornò a casa, trovò sua madre con un'espressione sbalordita di fronte al suo eccentrico ospite. Visti così, diceva spesso con un'ironia spietata, sembravano due creature senza speranza.

Per questo, raccontava Capote, rispose sempre alle sue telefonate: perché sembrava un essere desolato, a cui niente di buono sarebbe mai potuto succedere. Non c'era un motivo specifico, tranne il fatto che alcune persone sembrano proprio così.

Dopo che sua madre lo minacciò con tanta aggressività da risultare credibile, Truman si dimenticò di Andy pressoché immediatamente. Se ne ricordò solo quando la sua amica D.D. Ryan, *socialite* di salotti prestigiosi in cui entrava grazie anche al suo ruolo chiave nella redazione di "Harper's Bazaar", gli inviò come regalo di Natale una scarpa d'oro dedicata proprio a lui con un biglietto che diceva: *Warhol sta diventando molto famoso: si sta facendo strada*.

Si rividero poco tempo dopo, del tutto casualmente. Stavolta Andy non era più solo, ma circondato da un vero e proprio entourage. Ripresero a sentirsi con regolarità e Warhol ricominciò a inviare a Capote regali con dedica. Doni che regolarmente venivano accolti con freddezza. La cosa più carina che sentii dire da Truman su Andy fu che gli riconosceva di avere le idee chiare, di aver sempre saputo cosa voleva: la fama. Quanto al talento, dava per scontato che almeno un po' ne avesse, ma non sapeva bene dire in cosa. Certamente, era un genio nel fare pubblicità a se stesso.

«Ci siamo scambiati fotografie. Foto di noi che ci baciavamo o facevamo l'amore nudi.»

La devozione di Andy per Truman era inscindibile dalla sua ambizione e dalla possibilità di monetizzarla, come in ogni passo della liturgia warholiana delle relazioni capaci di condurlo verso l'olimpo delle celebrità. Capote era un talento in ascesa, una persona dall'affascinante vita pubblica e dall'inconfessabile vita privata: usare il suo nome avrebbe aperto a Andy la porta giusta. E in quel momento la porta che si spalancò fu quella di David Mann, il gallerista che permise a quel ragazzo dalla faccia sfigurata dall'acne vestito in modo trasandato, con una cartellina sfilacciata sotto il braccio, di mostrargli i suoi disegni. Mann diede a Warhol cento dollari per la sua prima mostra: tre settimane di esposizione, in cui avrebbe diviso lo spazio della galleria con alcuni disegni e sculture di un altro esordiente, Irving Sherman.

«Sei ancora coinvolto da quella storia?» gli chiedo, sapendo bene di entrare in un terreno in cui Andy non ama spingersi: quello che si estende al di là della superficie.

«Solo per telefono. Non voglio che mi si spettinino i capelli.»

Ben mi sta. Rido: *capote* in francese significa preservativo. Se è vero che le parole hanno un potere sciamanico, allora la sua attrazione per Truman era scritta nel destino: entrambi si sono cambiati il cognome, nascondono il passato e mentono sul loro presente per aderire a una fama che desiderano più della loro stessa vita mortale.

Alla prima esposizione di Andy, quella con cui mise un piede nel mondo dei galleristi e dei loro facoltosi clienti, Truman dice di non essersi mai presentato; ma David Mann non solo ricorda di aver accolto lui e sua madre, ma anche di aver a lungo discusso con Capote, che desiderava che quelle illustrazioni fossero inserite assolutamente in una futura edizione di *Un albero di notte* e di *Altre voci altre stanze*.

«Perché proprio al telefono? Se arrossisci, non ti possono vedere: è per questo? O è che non ti piace essere toccato?»

La mia domanda è retorica: ricordo bene il nostro primo incontro, quando di fronte al mio approccio fisico ha opposto un brontolio infantile, quasi animale.

«Non ci si sporca. Non ci si bagna di urina. Il sesso è

un'illusione, non è niente. Io non sento niente. La cosa più eccitante è non farlo.»

Sono quasi offesa: come si permette di tenere un atteggiamento tanto snob proprio con me?

Quando ormai abbiamo visto e fatto tutto, alla fine degli anni Sessanta, diventa tanto avanguardia dire che il sesso non è niente di speciale, una cosa di cui non vale neanche la pena di parlare. Ma io l'ho visto, per anni, completamente rapito dietro i suoi feticismi. Come quando per tutto il 1957 se ne andava in giro a dipingere i piedi dei ballerini. Sempre quell'anno, quando arrivò l'inverno, spostò la sua attenzione su organi molto più intimi. Ne fece una collezione di dipinti, poi di stampe, infine un libro.

A questo punto sarebbe facile offenderlo: detesta che io lo paragoni a chiunque altro. Eppure, di pittori voyeur ne ho incontrati a centinaia nella mia vita. Non ho paura di affermare che un pittore, per essere tale, deve anche essere un guardone. Ma per Warhol il voyeurismo non ha confini e usa tutto ciò di cui è capace per spingere chiunque a mettersi in mostra per lui. Con i ragazzi che arrivano dalla strada, con quelli che hanno bisogno di qualcosa – soldi, droga, un pasto caldo, una doccia – è più facile che con gli irreprensibili esponenti del bel mondo in cui sogna di confondersi. Più sono delinquenti, diffidenti, in difficoltà, più lui è diretto. Gli dice, sempre con inattesa gentilezza: «Togliti tutto. Mi piacerebbe farti una foto». Di solito, sono così drogati da non riuscire a ricordarsi nemmeno se sono vestiti o no. Altre volte, i ragazzi di strada si spogliano per sembrare agli occhi di quell'artista così eccentrico dei tipi metropolitani, liberi e all'avanguardia. Gente che ha solo un momento di difficoltà, ma se gli offri una chance, darà al mondo intero una bella lezione; proprio indimenticabile.

Gli credo quando mi dice che non è interessato al sesso così come lo vede fare agli altri, come lo viviamo e lo pratichiamo più o meno tutti: la sua vera ossessione è sempre il denaro.

Una delle definizioni migliori di Warhol che ho mai sentito è stata data da Truman: «Una sfinge senza segreti». Andy stesso ha ripetuto per tutta la vita, in pubblico e in privato, che lui e la sua arte non erano nulla più della superficie visibile. Non c'era niente da cercare oltre l'artista e la sua opera perché il suo valore era proprio lì, sul cartellino.

Vivere con Andy mi ha insegnato a non preoccuparmi troppo di cosa è vero e cosa non lo è, di qual è la versione più attendibile dei fatti; e nemmeno a interessarmi troppo all'integrità e alla sopravvivenza delle cose. Ed è proprio con questo vuoto che, a un certo punto, ho dovuto fare i conti, perché non puoi spogliare ogni cosa umana di senso e poi avanzare ancora qualche pretesa sulla vita.

Mi sono persa un momento, vi chiedo scusa. Succederà ancora, dovete aver pazienza. I ricordi funzionano così, esplodono come fuochi d'artificio ed è impossibile non ammirarli tutti simultaneamente.

Vi ho trascinato sui gradini della cattedrale di St. Patrick e non vi ho ancora detto che siete qui per rivivere insieme a me la cronaca di un evento memorabile, esattamente la mattina del 1° aprile 1987. C'è una donna che grida a squarciagola, tanto che a turno dobbiamo uscire per sentire cosa dice, e per prendere fiato: dentro non si respira per quanta gente c'è accalcata.

Quando mi vede apparire sotto il grande portale, la donna strilla: «Il mostro è morto! Finalmente il mostro è morto!». Percorro la memoria per cercare di ricordare se l'ho già vista, se quel viso profondamente scavato è stato un tempo abbastanza desiderabile da entrare nella cerchia dei fedelissimi e delle *starlette*. Nonostante siamo in molti a provare verso Andy sentimenti contrastanti, non sono numerosi quelli che l'hanno definito e lo definiscono pubblicamente un mostro: è appena morto, ma è già un'icona sacra dell'arte, della cultura e soprattutto della finanza americana. Nelle sue opere e nella sua memoria sono custoditi milioni di dollari per i quali il mercato dell'arte ha già pronto un lungo piano di moltiplicazione del valore, che inizia in un modo alquanto singolare: a cadavere ancora caldo, il gallerista André Emmerich si è già materializzato davanti a un giudice per conto della Fondazione Warhol a spergiurare che no, Andy non era affatto quel grande artista che vogliono far credere i critici indipendenti, i galleristi devoti e i collezionisti intuitivi.

Nel momento esatto in cui il cuore di Andy smette di battere, stavolta per sempre, il suo sogno si realizza: diventa una montagna di soldi. Il patrimonio che lascia alla Fondazione vale più di mezzo biliardo di dollari. Emmerich, che la Fondazione paga profumatamente, 3.500 dollari al giorno per prepararsi a testimoniare e 4.000 dollari per ogni seduta davanti alla corte, esagera pure e arriva a prevedere che l'intero lavoro di Warhol sarebbe finito presto nell'oblio per via della vacuità dei soggetti che aveva scelto di ritrarre, a partire da Elvis e Marilyn Monroe. Tutto per ottenere una riduzione a metà della valutazione patrimoniale e, di conseguenza, sottrarsi al fisco il prima possibile. In quel momento, la Fondazione è capitanata da Fred Hughes nel ruolo di direttore, Vincent Fremont e John Warhola come consiglieri. Anche i fratelli sono liquidati: oltre al generoso lascito testamentario di duecentocinquantamila dollari ciascuno, la Fondazione riconosce loro l'intero risarcimento di tre milioni, al netto delle tasse, ottenuto dopo l'inchiesta del Dipartimento di Salute di New York a seguito della morte dell'artista, che si conclude con una sentenza di negligenza sanitaria.

L'ossessione per i soldi non è un capriccio d'artista, ma un virus continentale: ora che nessun parente può più reclamare alcuna parte del suo corpo, la missione sarà moltiplicare i soldi fino a che non si potranno più nemmeno contare. Neppure il tempo di completare la tumulazione nel cimitero bizantino di San Giovanni Battista, appena fuori Pittsburgh, che Hughes chiama Arch Gilles: un manager di lungo corso, ignorante in fatto di arte ma con un portfolio di relazioni inestimabile, dato che ha appena lasciato la carica di presidente alla World Policy Institution. Sarà lui a diventare presidente in meno di due anni e a far lievitare i costi della Fondazione Warhol da quattrocentomila dollari a oltre cinque milioni al giorno.

Non male per il più piccolo e gracile figlio di una famiglia di immigrati rusyny, nato e cresciuto in baracche a schiera nei sobborghi operai di Pittsburgh, con seri problemi di pronuncia e forse anche di dislessia e una salute così fragile da dover invocare gli antichi spiriti rusnaky per preservarla.

Nonostante si sia sempre dipinto come un essere completamente disinteressato alla vita, io so che Warhol non aveva alcun desiderio di finirla prima del tempo. Non ne abbiamo mai parlato. Ricordate? Con Andy solo discorsi superficiali in cui lui potesse esprimere un complimento o, in ogni caso, ribadire che tutto va alla grande.

Eppure, negli anni l'ho visto fuggire dalle veglie, dribblare i funerali, negarsi alle sepolture, mancare ogni commemorazione. Ci fu un momento più di altri che mi lasciò senza parole. Ero appena tornata a New York dopo esserne fuggita per salvarmi, continuare a vivere e iniziare la terza parte della mia vita. Andy era la prima persona che chiamavo dopo aver salutato la mia famiglia continentale: forse pensavo a lui come a un padre e un figlio insieme, legato a me da una forma di amore diversa dal sangue eppure altrettanto ancestrale. Quando ha alzato il ricevitore, la prima cosa che gli ho chiesto è se sua madre indossava ancora i vestiti che avevamo comprato insieme. Ricordo come se fosse ora la mano di Julia, delicata e glaciale, mentre mi preme il braccio invitandomi a una confidenza: «Tu non ancora sposata. Mio Andy è bravo ragazzo. Dovrebbe sposarsi».

La sua dolcissima *maminko*! Ridevo tra le lacrime, intenerita e divertita dal fatto che lui, così sovversivo e scandaloso nella New York degli anni Sessanta, conservasse per sua madre un'immagine tanto irreale e castigata. Le ho risposto cercando il miglior argomento che potesse capire, per non insistere, almeno con me: «Tuo bimbo molto dolce, ma troppo bianco per matrimonio. Anemico. Il sangue rosso conta poco».

Andy non ha replicato alla mia domanda su sua madre: ho imparato a capire quando cerca di cambiare discorso e a sbarrargli la strada. Alla fine si è arreso ed è rimasto in silenzio. Ho insistito: «Come sta Julia?».

«È morta,» mi ha detto «ormai da diversi anni.»

Ero inorridita, dalla notizia e dal suo tono asettico: possibile che sia completamente senza cuore? Improvvisamente mi ha fatto ricordare perché sono scappata da lui e da questa città. Gli ho dato un'ultima possibilità: gli ho chiesto se ha pianto al suo funerale.

«Non ci sono andato.»

Andy evita i funerali e parla dei morti come se fossero borse fuori moda, dimenticate in fondo all'armadio, che qualcuno ha avuto la decenza di buttare. Anche questa è una cosa che ha imparato da Truman, che non parlò del suicidio di sua madre con nessuno, nemmeno con il suo presunto fidanzato. Anche in seguito, quando proprio doveva riferirlo come dato biografico, si limitava a essere telegrafico e, se la situazione lo permetteva, duramente sarcastico.

Lillie Mae Faulk Capote, che Andy aveva conosciuto già con il nuovo nome di Nina, si era tolta la vita non per l'alcol che la consumava nel corpo e nella testa, bensì per l'improvviso avverarsi di un incubo intollerabile: la fine dei soldi. Il suo secondo marito, Joe, aveva regalato a lei e Truman un cognome esotico e anni di agi, sottraendo un po' più del dovuto alle casse dell'azienda. Con quel modesto stillicidio finanziario, i coniugi Capote fecero una vita invidiabile; finché qualcuno controllò con attenzione i registri e Joe venne arrestato. Successe più o meno nel periodo in cui Nina e Andy entrarono in confidenza. Dopo l'ennesima lettera, rispondendo al telefono, lei lo invitò nel suo bell'appartamento che affacciava su Park Avenue e si comportò con lui come un'alcolizzata qualunque: eccessiva familiarità, immotivato sentimentalismo, repentini scatti d'ira e infine una valanga di insulti omofobi. Nina raccontò che aveva cercato inutilmente di guarire suo figlio Truman, che l'aveva mandato anche da alcuni dottori che avrebbero dovuto aggiustargli il cervello, che le cure e "i trattamenti" – disse proprio così: i trattamenti – erano costati un occhio della testa. Concluse che era per colpa di Andy e per quelli come lui se suo figlio era un invertito di quelli che nemmeno l'accademia militare era riuscita a raddrizzare.

Una come Nina non era fatta per le guerre, né quelle in casa né tanto meno quelle nel mondo. Quando finirono i soldi, provò a farsi bastare la nebbia dell'alcol; ma non durò più di due anni.

Truman e Andy hanno fatto lo stesso pericoloso gioco per tutta la vita: avvicinarsi alla morte il più possibile, accorciando la distanza di sicurezza che li avrebbe protetti da uno sguardo più profondo e, inevitabilmente, salvati dalla resa dei conti. Truman ha perso l'equilibrio e ci è finito dentro a capofitto, stregato da Perry Smith: tra i due killer di Holcomb, quello più dolce, di una dolcezza talmente infantile da succhiarsi il pollice della mano quando si rannicchia nel letto.

Andy è stato più prudente e ha cercato di tenere lontana la morte con la stessa tecnica con cui ha tenuto a distanza la vita: il voyeurismo. L'attrazione morbosa per i potenziali suicidi, le fotografie dei disastri, i magnifici cadaveri e i simboli contemporanei della giustizia gli sono serviti ad avvicinarsi pericolosamente a ciò che, come chiunque altro, temeva: non l'ignoto, ma la perdita completa del controllo. E infatti, da morto, non ha potuto sottrarsi all'esibizione del suo stesso corpo, esposto nella sola giornata del 25 febbraio 1987 alla visita dei parenti più stretti, del direttivo della Fondazione e di pochissimi adepti della Factory.

Io non sono stata avvertita in tempo; e Brigid era riuscita quasi per miracolo a prendere l'ultimo volo utile da Londra per esserci. Mi disse poi che quelli dell'impresa funebre Thomas P. Kunsak – si era appuntata perfino il nome! – avevano fatto un ottimo lavoro; così tanto che qualcuno si era lamentato che Andy sembrasse meno pallido ora che era morto che non quand'era vivo.

Indossava un completo nero in cashmere e una cravatta a motivi *paisley*. In testa, il parrucchino argento e gli immancabili occhiali scuri. Le mani erano giunte sul petto e stringevano un libro di preghiere con la copertina nera e un'unica rosa rossa privata delle spine. Nessuno della famiglia aveva chiesto che la veglia fosse riservata: fu un'idea di Fred Hughes. Ed è stato sempre lui a organizzare per il 1° aprile la sontuosa celebrazione nella cattedrale di St. Patrick, quella di cui devo assolutamente parlarvi. Questa storia funziona così: ogni fine è un inizio, e viceversa. Qualsiasi altra regola è sospesa.

Quando mi presento all'ingresso della cattedrale dal lato della cinquantasettesima strada, in lunghi guanti neri e copricapo di agnello persiano, la Bibbia stretta al petto e il braccio intrecciato a quello dell'amica fotografa Sheila

Baykal, mi chiedo per un momento se non sia un pesce d'aprile.

"Vanity Fair" ha acquistato tutti i diritti di esclusiva sull'evento e ha pubblicato con largo anticipo la lista degli ospiti vip che occuperanno di diritto uno dei 2.500 posti a sedere nella cattedrale. Non si sa come, ma prima lo "Star" e poi il "Village Voice" sono venuti a sapere che il cardinale John O'Connor ha rifiutato di celebrare la messa. Non ha rilasciato dichiarazioni in merito, ma sono in molti a sostenere che c'entra la morte, avvenuta da pochi giorni, di un sacerdote malato di aids. Molta stampa lega Warhol al clima di dissoluzione sessuale e alla noncuranza nello scambiarsi siringhe infette: le due cause che hanno reso l'aids una piaga simile alla peste. Tra i soli frequentatori della Factory, i morti per cause legate all'aids non saranno affatto pochi. Metto in lista, a memoria: l'attore Rufus Collins; Richard Bernstein, collega e amico; Vincent Nasso, il compagno di Holly Woodlawn, che dopo la sua morte tenterà il suicidio; Ted Carey, artista e amico di lunga data; l'esperto d'arte Mario Amaya, che sopravvisse all'attentato di Valerie Solanas; Jon Gould, storico compagno di Warhol; Charles Ludlam, uno dei cofondatori della Ridiculous Theatrical Company; il compositore Gino Piserchio, star della pellicola *Beauty #2*; lo stilista del lusso Halston; Johnny Dodd, a cui tutti dovevamo le luci del Caffe Cino; l'artista Joe Brainard e il curatore Henry Geldzahler. Certamente ho dimenticato qualcuno.

A stemperare la tensione di quella che già si preannuncia come la più grande adunata di vip dell'anno a New York ci pensano i fiori: un tappeto di tulipani gialli e rosa, abbinato a cascate di forsizia gialla, decora la grande navata della cattedrale. Rido pensando che forse dei fiori di plastica sarebbero stati più graditi al defunto rispetto a questa distesa primaverile e gioiosa di fresca vegetazione. Io e Sheila ci accomodiamo su un banco di legno in seconda fila, pronte a non perderci un minuto di quello che succederà. Le note di una marcia di Mozart si alzano dal grande organo centrale, inondando la navata: ci vuole un genio per rendere omaggio a un mito. Mozart scrisse in quattro giorni altrettanti concerti per violino; Warhol portò sullo schermo quasi ogni minuto da lui girato in pellicola. Proprio come Mozart, anche Andy era un artista irriverente e un uomo che non credeva in nulla.

Mi chiedo a cosa stiamo rendendo omaggio se persino io, che ho trascorso metà della mia vita al suo fianco, non posso dire di conoscerlo. Le note del *Flauto Magico* inondano l'aria mentre Yoko Ono si avvicina al microfono e inizia l'elogio funebre. Intorno a me, sento alzarsi mormorii che trovo francamente inopportuni: non è certo questa la sede in cui sottolineare, per l'ennesima volta, che Andy non la sopportava. Mi giro e vedo nell'ordine: una donna che non riconosco sniffare sonoramente cocaina dal contenitore con cucchiaino che porta al collo; Holly Woodlawn che si alza indispettita lanciando occhiate sprezzanti verso Yoko Ono, poi prende un'uscita laterale e si lancia sulla quinta strada.

Sapremo poi che, per riprendersi dal nervoso, ha passato il resto del pomeriggio da Saks, acquistando abbastanza trucchi da rifare il look persino alla Statua della Libertà. Proprio come diceva Warhol: le persone non muoiono, vanno solo nei grandi magazzini.

Nota dell'autrice

Lo spunto di questo romanzo, ovvero la ricerca dei sopravvissuti ai tumultuosi anni Sessanta nella Factory di Andy Warhol fatta da Ultra Violet, al secolo Isabelle Collin Dufresne, è reale. Ma ci sono alcune libertà che da autrice mi sono concessa. Per esempio: Ultra non è mai andata a trovare Edie Sedgwick mentre questa si trovava nel carcere psichiatrico di Matteawan, dove per pura coincidenza era insieme a Valerie Solanas, allora in attesa di processo. Allo stesso modo, non ha mai incontrato suo marito, Michael Post, benché abbia in effetti visitato il cimitero di Oak Hill a Ballard dove è sepolta Edie. Non era presente all'unica proiezione di *The Andy Warhol Story* all'interno della Factory e non si è mai confrontata con Callie Angell in proposito. Per il resto, questo libro è il diario di un viaggio possibile tra le macerie di un decennio memorabile ed esplosivo: i favolosi anni Sessanta degli *youthquakers* di New York. Un'epoca in cui tutto era permesso, tranne dormire.

Durante le ricerche sulla vita di Evelyn McHale e il suo celebre ritratto funebre, ebbi la fortuna di intervistare il poeta John Giorno, compagno di Andy Warhol all'epoca in cui quest'ultimo iniziava il ciclo *Death and Disaster*, di cui fa parte anche *Fallen body*. Giorno mi raccontò qualche particolare scabroso e, soprattutto, mi parlò del mito della Factory come di una prigione da cui nessuno di loro era riuscito mai veramente a evadere. Mi descrisse la dipendenza di Warhol dalle amfetamine come il reale motore della sua creatività e, in generale, trasformò le nostre chiacchierate in un flusso ambivalente di ricordi e accuse. Quelle interviste diventarono un capitolo poi eliminato dal manoscritto finale di *Non sarò mai la brava moglie di nessuno*. Jonn mi ha lasciato molte domande senza risposta, dato che è morto nell'ottobre 2019. Mentre il mito di Warhol e il valore delle sue opere crescono inarrestabili, scompaiono i testimoni dei suoi anni più fecondi, quelli della prima sede della Factory (1962-1968). All'appello dei sopravvissuti mancano soprattutto le superstar più affascinanti, tutte morte in modo drammatico, le cui vestigia vengono sistematicamente rimosse dalla letteratura e dalla memoria collettiva. Edie, Nico e Valerie sono eroine della stessa tragedia e vittime della stessa speranza: quella di trovare, nel covo della controcultura, uno spazio di accettazione, di realizzazione e di libertà. Rileggere quegli anni attraverso i loro occhi non è solo un atto doveroso verso queste protagoniste, ma è l'altra metà della storia che la narrazione ufficiale tenta furiosamente di reprimere. La differenza tra propaganda e cultura – in questo caso, tra finanza e arte – è proprio qui: la prima offre verità monolitiche e pericolose; la seconda alimenta il dibattito e la complessità. Come sempre succede, la storia delle donne è un sentiero poco battuto e pieno di meraviglie da (ri) scoprire. Ho bisogno di ringraziare Deborah Ardilli e Stefania Arcara per il loro lavoro su *SCUM* e i consigli sull'*altra metà* della storia. Per ragioni simili devo ringraziare la casa editrice Il Dito e La Luna e Margherita Giacobino per il grande rispetto con cui trattano la memoria e l'opera di Valerie Solanas. Chiave di volta è stato l'aiuto di Ivan Aiazzi e del Centro Pecci di Prato, con i quali condivido la tristezza per la perdita di Chiara Fumai e di Liliana Chiari. Immensa ammirazione provo per Gary Comenas e il suo instancabile lavoro di ricerca e catalogazione su Andy Warhol. E poi: Nicola, il mio spacciatore di fuori-catalogo rivoluzionari; Licia Lanera, compagna di militanza rigorosa; Barbara Tomasino, paladina delle groupie e delle ragazze selvagge; Francesca Piazza, per gli aneddoti punk. Grazie alla squadra SEM, soprattutto ad Antonio Riccardi, che non mi lascia scampo. In fondo, ma prima di ogni altra cosa, Marco Tagliola, metà di tutto, premuroso sparring partner nell'esercizio quotidiano di amorosi equilibri.